निर्लेप नारायण

औपन्यासिक जीवन-कथा

प्राकृत भारती अकादमी
जयपुर

निर्लेप नारायण

डॉ. राजेन्द्र रत्नेश

भूमिका

श्री बालकवि बैरागी

राजकमल प्रकाशन

ISBN : 978-81-267-3041-4

मूल्य : ₹250

पहला संस्करण : 2017
प्राकृत भारती और राजकमल प्रकाशन
का दूसरा संयुक्त प्रकाशन

प्रकाशक : राजकमल प्रकाशन प्रा.लि.
1-बी, नेताजी सुभाष मार्ग, दरियागंज
नई दिल्ली-110 002

शाखाएँ : अशोक राजपथ, साइंस कॉलेज के सामने, पटना-800 006
पहली मंज़िल, दरबारी बिल्डिंग, महात्मा गांधी मार्ग, इलाहाबाद-211 001

वेबसाइट : rajkamalprakashan.com
ई-मेल : info@rajkamalprakashan.com

देवेन्द्रराज मेहता
संस्थापक एवं मुख्य संरक्षक
प्राकृत भारती अकादमी
13-ए, गुरुनानक पथ, मैन मालवीय नगर
जयपुर-302017
वेबसाइट : www.prakritbharati.net
ई-मेल : prabharati@gmail.com

मुद्रक : बी.के. ऑफसेट
नवीन शाहदरा, दिल्ली-110 032

NIRLEP NARAYAN
by Dr. Rajendra Ratnesh

श्रमण संस्कृति के महान संवाहक
पूज्य आचार्य प्रवर स्मृति शेष
हस्तीमलजी महाराज साहब की
पावन स्मृति में सादर समर्पित!

अभिमत

'निर्लेप नारायण' पुस्तक सामान्यजन के लिए प्रेरणास्रोत है। इसका प्रकाशन प्राकृत भारती अकादमी के लिए सौभाग्य का विषय है। यह जीवनी उमरावमल साहब की है। उमरावमल साहब एक ऐसे महानुभाव थे, जो वैभव में विराग की भावना को जीते थे। वे सरलता के प्रतीक रहे। उन्होंने समस्त सांसारिक दायित्वों को पूर्ण रूप से निभाया, फिर भी वे किसी भी प्रवृत्ति में लिप्त नहीं हुए।

उमरावमल साहब पूर्णतया निर्लेप थे। कोई अहंकार नहीं, यश की आकांक्षा नहीं, क्रोध और क्षोभ नहीं। सिर्फ कर्तव्य का पालन, जो गीता की भाषा में—निष्काम भाव से जीवनगत कार्य करते रहना है। जीवन में किसी से विवाद नहीं रहा इसलिए वे अजातशत्रु थे। उन्हें परिवार और समाज में भरपूर सम्मान मिला। एक उच्च और प्रतिष्ठित जैन आचार्य जो स्वयं तटस्थ थे, वे भी उमरावमल साहब से प्रभावित हुए बिना नहीं रह पाए। इन्हीं पूजनीय आचार्य ने 'निर्लेप नारायण' विशेषण से ढढ्ढा साहब को अलंकृत किया।

उनसे मेरे घनिष्ठ स्नेहमय पारिवारिक संबंध थे। इसके उपरांत भी मैंने अनुभव किया कि वे अनुरक्ति में विरक्ति को जीते थे। वे सभी के साथ होकर भी अलग थे। सर्व-धर्म-समभाव उनकी चेतना को आलोकित करता था। निंदा और नकारात्मकता से शून्य उनका हृदय करुणाशील था। वे जीवनभर संघर्षों की आग में तपकर कुंदन बन गए। अनुकूल और प्रतिकूल परिस्थितियों में समभाव की साधना करना उनके सहज जीवन का अंग था।

मेरी कई उपनिषदें उनके साथ हुईं। जब मैं भारतीय प्रशासनिक अधिकारी के रूप में काम कर रहा था, तब उन्होंने हमेशा मुझे चेताया कि ऐसा कोई काम नहीं हो, जिससे गरीब को दर्द झेलना पड़े। जितना हो सके, गरीब के कल्याण

के लिए कार्य करते रहना। उनकी प्रेरणा के प्रकाश में मैंने अपना दायित्व निभाया। अधिकार की जगह, दायित्व को महत्त्व दिया। जहाँ अभाव और अकाल का वातावरण होता, वहाँ वे सामग्री और साधन लेकर पहुँच जाते। अपना नाम कहीं नहीं आने देते। सेवा को ही परम धर्म मानकर आहत को राहत पहुँचाना ही उनका लक्ष्य था।

वे व्यक्ति नहीं होकर एक पूरी संस्था थे। साधारण जीवन जीने के बाद भी वे इसलिए असाधारण थे कि संपन्न होते हुए भी समुदाय के हित में उन्होंने अपना तन-मन-धन न्यौछावर कर दिया। मेरे गहन संबंधों के बावजूद वे खरी बात कहने में कभी नहीं चूके।

सामाजिक जीवन जीते हुए भले ही किसी से उनके मतभेद हुए पर मनभेद नहीं। कई बार तो किसी से मतभेद होने पर सामने वाला पक्ष मन में गाँठ बाँधता तो वे उससे जाकर क्षमा माँग लेते। यह भाव उनकी उदारता और सच्ची धार्मिकता का प्रतीक है।

ऐसे विलक्षण, सहज, सरल आत्मा का स्मरण करने के लिए प्राकृत भारती अकादमी और राजकमल प्रकाशन समूह ने 'निर्लेप नारायण' कृति का प्रकाशन किया है। मैं इस कृति के लिए प्राकृत भारती अकादमी के विद्वान लेखक डॉ. राजेन्द्र रत्नेश को धन्यवाद दूँगा कि उन्होंने श्रमपूर्वक तथ्य जुटाकर उनके जीवन वृत्त को पुस्तक रूप में प्रस्तुत किया।

— पद्मभूषण डॉ. डी.आर. मेहता

संस्थापक एवं मुख्य संरक्षक
प्राकृत भारती अकादमी,
जयपुर

एक अकिंचन अमीर की जीवन गाथा

अन्तर्राष्ट्रीय स्तर पर ससम्मान ख्याति प्राप्त करती जा रही भारत की अत्यंत महत्त्वपूर्ण राष्ट्रभाषा एवं राजभाषा में सृजन साधना करने वाले विचारक, चिंतक, कवि, लेखक, बौद्धिक प्रबुद्ध सर्जक कहाँ-कहाँ बैठकर कैसी-कैसी लौकिक-अलौकिक सर्जनाएँ कर रहे हैं, इस पर हजारों शोधार्थी शोध कर सकते हैं। 21वीं सदी इस तरह के लेखन और प्रकाशन की एक वन्दनीय शताब्दी मानी जाए, तो इसमें किसी को आश्चर्य नहीं होना चाहिए।

मैं पिछले कुछ वर्षों से ऐसे लेखन-प्रकाशन का एक विनम्र दर्शक बन चुका हूँ। मुझे इतना और ऐसा पढ़ने को मिल रहा है कि बस, पूछिए मत। जो पुस्तक इस समय आपके हाथों में है, वह उसी अमृत वर्षा की एक श्रावणी बूँद है। जयपुर, राजस्थान में 'प्राकृत भारती अकादमी' के 'शीश मुकुट पुरुष' पद्मभूषण श्री डी.आर. मेहता की सुसंगत में बैठे चिंतक-विचारक-लेखक डॉ. राजेन्द्र रत्नेश की एक प्रबुद्ध रचना का शीर्षक ही धर्म-अध्यात्म और अनासक्ति से भरपूर विशेषण है। कृति का नाम है 'निर्लेप नारायण'।

यह विशेषण किसी राह चलते व्यक्ति ने नहीं दिया है। इस शब्द को देने वाले हैं जैन समाज के एक महामुनि पूज्य श्री हस्तीमल जी महाराज। अपने श्रावकों के बीच बैठे एक सुविज्ञ श्रावक श्री उमरावमल जी ढढ्ढा को मुनि श्री ने यह विशेषण सार्वजनिक तौर पर दिया और सचमुच श्री उमरावमल जी इस विशेषण को अपनी अंतिम साँस तक साकार करते रहे। आप स्वयं इस पुस्तक के लेखक के शब्दों में कुछ पंक्तियाँ पढ़कर अपने अन्तर्मन को प्रकाशित कर लीजिए। वे लिखते हैं :

'यह उपन्यास श्रावक उमरावमल ढढ्ढा की जीवनी पर आधारित है। श्री ढढ्ढा का जीवन सीधा, सादा और सरल था। रायबहादुर सेठ के पौत्र और एक बड़ी हवेली के मालिक होकर भी उन्होंने आमजन का जीवन जीया। पुरखों के द्वारा छोड़ी गई करोड़ों की सम्पत्ति को अपने भोग-विलास पर खर्च नहीं करके

दान कर दी। इनके पुरखे अंग्रेजों के बैंकर थे। इनका व्यवसाय इन्दौर, हैदराबाद तक फैला था। महारानी अहल्याबाई के राखीबंद भाई इनके पुरखे थे। निजाम भी इनका बहुत आदर करते थे। बावजूद इसके उमरावमल ने पुरखों की सम्पत्ति को छुए बिना नौकरी करके अपना जीवन-यापन किया।'

श्री उमरावमल ढढ्ढा वस्तुत: एक अकिंचन अमीर थे। वह सचमुच ही निर्लेप नारायण थे। वैसे यह एक औपन्यासिक कृति है। सर्जक की संस्कारशील चेतना ने इसे उत्तम पुरुष की आत्मकथा होने से बचा लिया। आप जैन हैं कि अजैन, आप आस्तिक हैं या नास्तिक, आप गृहस्थ हैं या अनासक्त, आप पाठक हैं या पाठिका, कृपया इस कृति को अवश्य पढ़िए और अपने प्रियजनों को पढ़ने के लिए प्रेरित करें।

इस औपन्यासिक कृति के नायक का नाम उनके माता-पिता ने 'बंसीलाल' रखा था। समय देवता की नजर बंसीलाल पर कुछ ऐसी पड़ी कि बंसीलाल को दूसरे परिवार में दत्तक पुत्र बनकर जाना पड़ा और दत्तक लेने वाले पिता-माता ने बंसीलाल को 'उमरावमल' नाम दिया और बंसीलाल ने गृहस्थ धर्म, भारतीय धार्मिकता, सर्व-धर्म-समभाव एवं विश्व-बंधुत्व तथा पंथ-निरपेक्षता की ऐसी बंसी बजाई कि उमरावमल सचमुच भारतीय समाज का उमराव ही होकर जीया और उमराव ही होकर अरिहंत लोक को गया। अपने परिवार में बुजुर्गों से लेकर बच्चों के बीच में कैसे जीया जाता है; माँ, बेटी, बहू, बहिन, नानी, नातिन, पौत्र, प्रपौत्र और अपने अंशज-वंशज से कैसे संवाद किया जाता है, यह कोई उमरावमल से सीखे।

साधु, संतों, पीरों, फकीरों, छोटों, बड़ों से किस तरह ज्ञान लेना है, यह विधि हमें उमरावमल अच्छी तरह सिखाते हैं। अपनी हवेली परिसर में स्थित शिवमंदिर के सामने बैठकर णमोकार साधना कैसे की जाए, यह हम उमरावमल के जीवन से सीख सकते हैं। प्रतिक्रमण और णमोकार आराधना ही नहीं, किसी धर्म की पूजा-प्रार्थना में एकाग्रता की सर्वोच्चता से उमरावमल हमें दीक्षित करते हुए 'दिव्य गुरु' लगते हैं। प्रार्थनाओं और प्रतिक्रमण के समय कौन-कौन-सी शारीरिक प्रक्रियाएँ नहीं हों, यह हमें उमरावमल जैसा सामाजिक श्रेष्ठ विद्वान ही सिखा और पढ़ा सकता है।

धर्म और अध्यात्म की लहरों से लबरेज प्रवचनों में जब प्रवचनकर्ता हस्तीमलजी महाराज अपने श्रावकों के संगत प्रश्नों का उत्तर निर्लेप नारायण विशेषण से अलंकृत, अपने सुप्रिय श्रावक उमरावमल से दिलवाते हैं तो सारा सभागार आह्लादकारी रोमांच से कैसे रोमांचित हो जाता है, यह इस उपन्यास का आत्मधन है। धन, सम्पदा, सुख, समृद्धि और यशस्विनी सम्पन्नता को छोड़कर जीवन-यापन के लिए तब के

कलकत्ता और आज के कोलकाता में नौकरियाँ ढूँढ़ना और फिर टाटानगर (जमशेदपुर) में नौकरी करना—यह सब उमरावमल के जीवन-संघर्ष का एक अद्‌भुत अध्याय है। कहीं भी रहने पर अपने समाज और परिजनों से जुड़े रहना तथा उनकी चिंताओं की गठरी अपने सिर पर रखकर समाधान तक पहुँचना उमरावमल की जीवन शैली है। उपन्यासकार इन सारी बातों को विस्तार से लिखकर हमें सौंप रहा है। अपने संकल्प के प्रति निष्ठा और कर्तव्य के प्रति गीताबोध की पगडंडियों पर चलकर लक्ष्य की प्राप्ति किस तरह हो, यह उमरावमल से ही सीखा जा सकता है।

इस उपन्यास में कई प्रसंग इतने चमत्कारपूर्ण हैं कि अविश्वसनीय लगते हुए भी विश्वसनीय हैं। जैसे एक सधवा लाख अवरोधों और बाधाओं के होते हुए भी अपने बेटे का विवाह धूमधाम और पूरी सामाजिक रस्मों के साथ लाखों रुपए लगाकर सुसम्पन्न कर देती है। बाधाओं को आकार देने वाले अरिजन-परिजन जब 'यह कैसे हो गया? पैसा कहाँ से आया?' जैसे प्रश्न उछालते हैं तो सधवा माँ सामाजिकों और प्रश्नकर्ताओं को अपनी अनामिका उँगली दिखाकर उत्तर देती है कि 'यह सब केवल एक अंगूठी से हो गया।' वह ही रत्नजड़ित लाखों रुपयों की थी। प्रश्नकर्ता हक्के-बक्के और अवाक् रह जाते हैं।

ढढ्ढाओं की हवेली में हुआ एक बिटिया का विवाह सारे संसार को रोमांचित और चकित करने वाला एकमात्र विवाह है जिसकी सच्चाई सामने है। बिटिया को हल्दी लग गई, मेहँदी रच गई, शहनाई और बैंड, ढोल सब बजने लगे; महिलाओं के मंगल गीत शुरू हो गए। बताशे बँटने लगे और आँगन में माणक स्तंभ गड़ गया। यह सब होता रहा। कोई दस-बीस दिन नहीं। जी हाँ, यह सब चलता रहा पूरे 18 महीनों तक, जिसे कहते हैं पूरे डेढ़ वर्ष तक। बेटे के बाप के सामने समस्या यह पैदा हुई कि एक वैभवशाली परिवार से आ रही बारात को ठहराया कहाँ जाएगा? तय हुआ कि जब नगर में उस बारात को ठहराने लायक कोई स्थान ही नहीं है तो फिर किया यह जाए कि एक नई हवेली बनवा ली जाए। बस, हवेली का काम शुरू हो गया। हवेली के बनने में पूरा डेढ़ वर्ष लगा। तब तक बिटिया पर हल्दी, मेहँदी की रस्में और ढोल, नगाड़े, बैंड, शहनाइयाँ, नाच-गीत, संगीत सब होता रहा। उधर से बारात ही 18 महीनों के बाद आई और तोरण हुआ। फिर सप्तपदी और मंगल विवाह होने के बाद बेटी-जमाई का दाम्पत्य जीवन शुरू हुआ। भारत ही नहीं, पूरे संसार में यह एक रोमांचकारी मंगल विवाह माना जाएगा। वह हवेली आज भी मौजूद है और उस दम्पती के वंशज राजस्थान में अपना कारोबार कर रहे हैं।

ऐसे कई प्रसंगों से यह उपन्यास भरा पड़ा है। श्री डी.आर. मेहता ने लेखक श्री राजेन्द्र रत्नेश को सदियों पुराने ऐसे पारिवारिक प्रसंगों की सामग्री संस्मरण सत्य एवं तथ्य के साथ उपलब्ध करवाई। आप पढ़ेंगे तो पढ़ते रह जाएँगे। उन हवेलियों की दीवारें, दरवाजे, खिड़कियाँ और उजालदान आज भी इन प्रसंगों को अपनी जबान में कह रहे हैं। हवेलियों के परिसरों में स्थापित जैन-अजैन मंदिरों की देवमूर्तियाँ सभी को ऐसे प्रसंगों की कहानियाँ सुना रही हैं। ईश्वर ने इन सभी के प्रकटीकरण का निमित्त श्री उमरावमल जी को बनाया और श्री देवेन्द्रराज मेहता ने डॉ. श्री राजेन्द्र रत्नेश के जिम्मे यह सारस्वत, साहित्यिक, सांस्कृतिक और सुसंस्कारपूर्ण काम सौंपा, यह भी बड़े सौभाग्य का प्रसंग है। संभवत: कोई दूसरा कलमकार अपनी समर्पित साधना इस निमित्त को शायद ही दे पाता। आप इस पुस्तक को जहाँ से भी पढ़ेंगे, वहीं से चकित होने लग जाएँगे। पुस्तक हाथ की हाथ में रहेगी।

माया, मोह, राग-द्वेष, धनलक्ष्मी, ममता, काम, क्रोध, वैभव, लोभ, लालच से परिपूर्ण इस नश्वर संसार में निर्लिप्त और निर्लेप होकर एक नारायणी जीवन जीना बेशक आसान नहीं है किन्तु ऐसा जीवन जीया जा सकता है, यह अमृतपाठ इस उपन्यास से हर व्यक्ति सीख सकता है। मेरा विश्वास है कि पाठक अपने बाल-बच्चों पर यह संस्कार-धन न्यौछावर जरूर करेंगे।

श्री डी.आर. मेहता को साधुवाद। जयपुर में कार्यरत भारत की सुप्रसिद्ध 'प्राकृत भारती अकादमी' का आभार और इसके प्रकाशक को धन्यवाद। लेखक डॉ. श्री राजेन्द्र रत्नेश को अभिनंदन। स्वर्गीय उमरावमल के सभी परिजनों को बधाई कि वे सभी इस पुस्तक के पाठक हैं।

हाँ, मैं उस माँ की कोख को बार-बार प्रणाम करता हूँ जिसने बंसीलाल को जन्म दिया और उस माँ के आँचल का अत्यंत ऋणी हूँ, जिस आँचल ने दत्तक पुत्र बनाकर बंसीलाल को उमरावमल बनाया तथा भारत माता की गोद में बैठा दिया। निर्लेप नारायण उमरावमल हमारा आदर्श बनें, यह प्रार्थना मैं अपने इष्ट प्रभु से भी करता हूँ। ऐसा अकिंचन अमीर ईश्वर सभी को बनाए। अशेष प्रणाम!!

11 नवंबर, 2015
दीपावली पर्व-बुधवार

— बालकवि बैरागी
पूर्व सांसद लोकसभा/राज्यसभा

लेखकीय

युग पुरुष उमरावमल ढढ्ढा मानते थे कि मैं सबसे पहले इंसान हूँ, बाद में हिन्दुस्तानी। उसके बाद जैन। जैन के बाद श्वेतांबर। स्थानकवासी परंपरा का श्रावक। इतना विराट दृष्टिकोण रखने वाले श्री ढढ्ढा के दर्शन मैंने शैशव काल में किए। पर पद्मभूषण श्री डी.आर. मेहता के सान्निध्य में जब मैं अजमेर गया तो मुझे उनके सुपुत्र प्रकाशमल ढढ्ढा ने विस्तार से समझाया कि वे छह काया के प्रतिपालक थे यानी पृथ्वी, अप, तेजो, वायु, वनस्पति और त्रसकाय की प्रतिपालना करके उन्होंने एक महान पर्यावरण प्रेमी के रूप में जीवन जीया।

वे सम्यक् अर्थों में महावीर मार्ग के अनुगामी और अनुरागी थे। एक चिंतक ने ठीक कहा है कि दो मानसिकता वाले लोग सत्य को नहीं समझ सकते। एक अनुयायी और दूसरा विरोधी। अनुयायी आँखें बंद करके गुरु-वाक्य और शास्त्र-वाक्य को स्वीकारता है, जबकि विरोधी सत्य को समझते हुए भी उसका विरोध इसलिए करता है क्योंकि यह उसके ग्रंथ और पंथ के अनुकूल नहीं है।

वे हमेशा अपनी बात अनेकांत की भाषा में कहते थे। अनेकांत को समझाने का उनका फार्मूला बड़ा सीधा था। वे कहते थे कि 'ही' और 'भी' में ही अनेकांत का सिद्धांत छिपा है। मेरा मत 'ही' सच्चा है, यह एकांतवाद है जबकि अनेकांत कहता है कि मेरा मत 'भी' सच्चा है और आपका मत 'भी' सच्चा हो सकता है। जहाँ 'ही' है, वहाँ संघर्ष है। जहाँ 'भी' है, वहाँ समन्वय का स्वर बोलता है। इसलिए उमरावमल जीवन में कभी किसी के प्रति दुराग्रही नहीं हुए। उन्होंने इस बात की न केवल प्रतिपादना की बल्कि उसे अपने आचरण का हिस्सा बनाया। उन्हें इस बात का सम्यक् अनुभव था कि समद्रष्टा मिथ्या ग्रंथों से भी सत्य का संधान कर सकता है और विषम द्रष्टा सत्य शास्त्रों से भी मिथ्यात्व को ग्रहण करता है।

वे महावीर के अनुरागी थे। इसलिए उनका मानना था कि अपनी जरूरत से अधिक धन को गरीबों में बाँट देना चाहिए। अपनी डायरी में एक जगह वे लिखते हैं कि त्याग हम उस चीज का कर सकते हैं जो हमारी है। आत्म भाव की दृष्टि से चिंतन करते हैं तो केवल हमारी आत्मा के सिवाय हमारा कुछ भी नहीं है, यहाँ तक कि शरीर भी हमारी संपदा नहीं है इसलिए त्याग उस वस्तु का हो सकता है जो हमारी अपनी है। जब तन ही अपना नहीं है तो धन पर मूर्च्छा रखना मिथ्यात्व का लक्षण है। अपने जीवन में उन्होंने इसी सूत्र को जीया। जब कोई उन्हें दानवीर कहता तो वे अपने मुँह पर अंगुली लगाकर उसे चुप रहने का संदेश देते।

उमरावमल कहते थे, हम दानी तभी बनते हैं जब सामने वाला हमारा दिया हुआ स्वीकार करता है। अगर वह अस्वीकार कर दे तो हम दानी कैसे हो सकते हैं? इसलिए देने वाले से लेने वाला बड़ा होता है।

उमरावमल का चरित्र अनूठा था। उन्होंने पुरखों के छोड़े करोड़ों रुपयों के धन को छुआ ही नहीं। वकालत, वृत्तिका और व्यवसाय—इन सबमें उन्हें वांछित सफलता नहीं मिली। वकालत इसलिए छोड़ दी कि झूठ की रोटी वे नहीं खा सकते थे। वृत्तिका भी गिरते स्वास्थ्य की वजह से लंबी नहीं चली। व्यवसाय में घाटे पर घाटे लगे। जो कुछ पास में बचा, वह दान-पुण्य में लुटा दिया।

उमरावमल सच्चे जैन श्रावक थे। इसलिए उन्होंने अमीरी को छोड़ गरीबी को अपनाया। जब भी कोई ढढ्ढा हवेली की भव्यता को देखता तो उसकी आँखें आश्चर्य से फटी की फटी रह जातीं कि इतनी बड़ी हवेली का स्वामी एक सीधी-सादी जिंदगी जी रहा है।

खान-पान और वेशभूषा में जितनी सादगी थी, विचारों के स्तर पर वे कई गुना धनी थे। जीवन में कई उतार-चढ़ाव आए, पर मन को कभी निर्बल नहीं होने दिया बल्कि उसे और अधिक सफल और सक्षम बनाया। परिजनों से कहते—"आवश्यकताओं में कमी नहीं है पर आकांक्षाओं पर लगाम लगानी होगी।"

उनकी माँ कहती थी—"बेटा, घर में बहुत धन है, फिर भी तुम दुखी क्यों रहते हो?" वे बोले—"मैं अभाव के प्रभाव को जी सकता हूँ इसलिए दुखी नहीं हूँ। रहा प्रश्न पूर्वजों के धन का, उसका मैं केवल ट्रस्टी हूँ। जनकल्याण के सिवाय यदि उसका हम अपने लिए उपयोग करते हैं तो हम अपने पूर्वजों के प्रति कृतघ्न होते हैं।"

यहाँ एक विशेष बात का उल्लेख करूँगा कि उन्होंने दान के दर्शन को ठीक से समझा। कभी दान का प्रदर्शन नहीं किया। मैं एक वरिष्ठ जैन मुनि को

जानता हूँ। उन्होंने बताया कि मैंने एक गरीब जैन श्रावक के व्यवसाय के लिए उमरावमल को कुछ धन देने का संकेत किया। उमरावमल ने मेरे कथन पर एक बड़ी राशि दे दी, पर हाथ जोड़कर कहा—"ये बात हम तीनों के सिवाय किसी को मालूम नहीं होनी चाहिए।" सच्चा दान तो गुप्त दान होता है।

लंबे समय तक उन्होंने जैन समाज का नेतृत्व किया। पर कभी अपने अहं को आड़े नहीं आने दिया। इसलिए वे अजातशत्रु रहे। एक बार किसी सज्जन ने उनकी आलोचना की। यह बात उमरावमल के कानों तक पहुँची। दूसरे दिन वे उनके घर पहुँचे और कहा—"मैं आपको धन्यवाद करने आया हूँ कि आपने मेरी भूल की ओर ध्यान दिलाया।" वे सज्जन गद्‌गद थे। वे बोले कि इतनी छोटी सी बात को मैंने बढ़ा-चढ़ाकर कहा इसलिए मैं आपसे क्षमा माँगता हूँ। उमरावमल बोले कि छोटी बात को समझ लेना चाहिए वरना कभी बड़ी गलती भी हो सकती है। उनका कथन था, जो भूल को स्वीकार करता है, उसकी भूल फूल बन जाती है और जो भूल को अस्वीकारता है, उसके लिए भूल शूल बन जाती है और जीवन को धूल में मिला देती है।

मैंने हवेली के चप्पे-चप्पे को देखा। उस हवेली में एक महफिलखाना भी है। उमरावमल ने महफिलखाने को सत्संग भवन बना दिया। आए दिन वहाँ धार्मिक कार्यक्रम होते थे। हवेली का रुआब तब मैंने जाना कि मैं ऐसी हवेली का अतिथि हूँ जहाँ से अंग्रेजी सरकार प्रशासन चलाने के लिए धन लेती थी यानी ढढ्ढा अंग्रेजों के बैंकर्स थे। स्वतंत्रता के सूर्योदय के पहले अजमेर में तीन सेठ माने जाते थे—सोनी, लोढ़ा और ढढ्ढा। इन तीनों सेठों के आर्थिक सहयोग से अंग्रेजी रेजिडेंसी चलती थी।

'निर्लेप नारायण' की निर्णय क्षमता के दर्शन मेरे नयन युगलों को हुए। बात 1974 की है। इस वर्ष श्रमणसंघ के प्रवर्तक पुष्कर मुनि महाराज का वर्षायोग यानी चातुर्मास था। विजय दशमी के दिन दो विरक्त आत्माओं की दीक्षा होनी थी। कुछ विघ्न संतोषी लोगों ने वैरागी-वैरागिन को बालदीक्षा देने का विरोध किया। उमरावमल ने पहली बार अपने वकील को जगाया। उन्होंने ऐसे तर्क दिये कि प्रशासन को मानना पड़ा कि जब बाल विवाह नहीं रोका जा सकता है तो बाल दीक्षा को रोकना धार्मिक भावनाओं पर आघात पहुँचाना है।

दीक्षा के अंतिम दिन वैरागी-वैरागिन ढढ्ढा हवेली पहुँचे। जैसे विवाहोत्सव वर के साथ चलने वाले 'बनियाकड़े' होते हैं, वैसे ही मैं भी ढढ्ढा हवेली उनके

साथ गया। 'दुछतिया' महल में हमारे लिए बड़ा बाजोट रखा। दिनेश कुमार मोदी ने कहा कि इतना बड़ा बाजोट न तो देखा, न सुना। विरक्त दिनेश कुमार से वैरागिन स्नेहलता ने कहा कि इतनी अच्छी तो डायनिंग टेबल भी नहीं होती।

दिनेश ने कहा—"सैकड़ों बंदोले खाए। भोजन जितना उत्कृष्ट है, उससे ज्यादा मधुरता उमरावमल की मनुहार में है।" भोजन समापन के बाद वैरागी की अंगुली में स्वर्ण की अंगूठी पहनाई। वैरागिन स्नेहलता को शानदार साड़ी भेंट की। स्नेहलता ने कहा—"एक सप्ताह बाद तो हमारी दीक्षा है। फिर इस स्वर्ण का क्या महत्त्व है?" ढढ्ढा हवेली में सभी लोग मंडलित थे। ननुनच के बाद सेठजी की भावनानुरूप स्वीकारा। पर यह शर्त रखी कि गुरुदेव ने मना कर दिया तो हम लौटा देंगे। सेठजी ने कहा कि दी हुई वस्तु मैं नहीं लेता, इसे जीवदया में खर्च कर देना।

विरक्त दिनेश और वैरागिन स्नेहलता ने गुरुदेव के सामने दोनों वस्तुएँ रखीं। गुरुदेव सहज थे। उनके होंठों पर मुस्कान तैर आई। वे बोले—हस्ती गुरु का शिष्य उमरावमल इतना सम्मान देता है तो अस्वीकार का तो प्रश्न ही नहीं होता।

उमरावमल मस्तमौला इंसान थे। जब उन्होंने वकालत छोड़ी तो साथी वकीलों ने सोचा कि अच्छी खासी प्रैक्टिस को लात मारने की बात हमारी समझ से बाहर है। वकील उमरावमल ने कहा कि किसने कहा, मैं वकालत नहीं कर रहा हूँ। फर्क इतना है कि मेरे मुद्दई मुझे फीस नहीं देते। एक युवा वकील तमतमाया कि कौन लोग हैं जो आपको फीस नहीं देते? उमरावमल ने हँसते हुए कहा कि कुत्ते मेरे मुवक्किल हैं। उन दिनों कुत्तों को जहर देकर मारा जाता था। इसके खिलाफ उमरावमल ने मुकदमा किया और मारने की जगह कुत्तों का बंध्याकरण प्रारंभ हुआ। उमरावमल को मैंने बचपन में देखा पर उनके व्यक्तित्व को उस समय मैं नहीं समझ पाया। बस, इतना समझ आता था कि वह बड़े सेठ होकर भी साधारण इंसान हैं।

40 साल बाद उनके जीवन पर मुझे कलम चलानी पड़ेगी, इसकी सपने में भी कल्पना नहीं थी। पद्मभूषण श्री डी.आर. मेहता साहब के साथ अजमेर जाने का अवसर मिला। ढढ्ढा हवेली पहुँचकर हमने खाना खाया। तब पता चला कि डी.आर. मेहता साहब की ससुराल यह हवेली है। मैंने तो हवेली पर फीचर लिखना चाहा पर जब उमरावमल के बारे में सुना तो मेरा विचार हवेली के साथ हवेली के मालिक पर लिखने का मन बन पड़ा।

किसी समकालीन जीवन पर लिखना हिमालय आरोहण की यात्रा है। लेखक को उनके सखा-संबंधी, इष्ट-मित्र, विपक्षी और पक्षी—सभी से जुड़ना पड़ता है। सभी के स्वर भिन्न-भिन्न होते हैं। उमरावमल के जीवन के बिंदु को जरा विस्तार से लिखने का मन बना तो प्रारंभ में ढढ्ढा हवेली में रुका। यहाँ जो मिले, वे सभी ढढ्ढा परिवार के प्रशंसक थे।

मैंने उनके पुत्र प्रकाशमल से उन लोगों की सूची माँगी जिनकी पटरी ढढ्ढा साहब से नहीं बैठती थी। उन महानुभावों से मैं अनासागर झील पर बने सर्किट हाउस में मिला। पर आश्चर्य तब हुआ जब विपक्षियों ने भी कहा कि उन जैसा इंसान उन्होंने अपनी जिंदगी में नहीं देखा। हाँ, वे कुछ मुद्दों पर हठवादी थे। उनके समर्थक उन्हें सिद्धांतवादी मानते हैं। हठवादिता और सिद्धांतवादिता के बीच की रेखा बहुत महीन है। इसलिए समर्थकों को अपना नेता सिद्धांतवादी और विपक्षियों को हठवादी लगता है। उमरावमल को इन दोनों मंतव्यों से जोड़कर देखना होगा। बकौल मुनव्वर राणा :

चुपके-चुपके मेरी गजलों को नवाज
दुश्मनों ने गुनगुनाया देर तक
वो रुला कर हँस न पाया देर तक
जग में रोकर मुस्कुराया देर तक।

उमरावमल का जीवन-चरित्र इन्हीं पंक्तियों का साकार रूप था। वे व्यक्ति नहीं, व्यक्तित्व थे। ढढ्ढा हवेली में उनके प्रशंसकों से मिलना महज एक औपचारिकता थी। सर्किट हाउस में जो सज्जन मिले, मेरी दृष्टि में वे ही उमरावमल के सच्चे और अच्छे समर्थक थे जिनके मंतव्य का सारांश था कि ढढ्ढा साहब का जीवन सौ टंच सोना था। बस, हम लोगों का ही किसी मुद्दे पर 'इगो' था। इसलिए हम उनके आलोचक बन गए। हम तब जवान थे। जवानी में जोश ज्यादा और होश कम होता है। हम भले ही उनके आलोचक थे पर विरोधी हरगिज नहीं।

मेरी कलम का सौभाग्यशाली पल है कि एक ऐसे व्यक्तित्व पर उसे लिखने का अवसर मिला जो जगत के लिए जीता था, जिसका जीवन किसी उपवन से कम नहीं था। वे जहाँ जाते, सेवा की सुगंध बाँटते थे। दान देने का उनका तरीका अनुकरणीय है। उन्होंने ऐसा कोई दान नहीं दिया जहाँ उनके नाम का शिलालेख लगा हो। वे दीन-दुखियों, दलितों और पशु-पक्षियों के लिए हमेशा कुछ न कुछ करते रहते थे। उनका मानना था, दान का मान के साथ कोई रिश्ता नहीं है। अगर

सम्मान के लिए दिया गया दान है तो वह दान नहीं होकर अपने अहं का विस्तार है। इसलिए वे गुप्तदान दिया करते थे।

एक बार तो परिहास करते हुए उन्होंने बताया कि एक सेठ के पास कुछ लोग दान लेने गए तो सेठ ने चैक पर दान की राशि भरी और दे दी। पर चैक पर हस्ताक्षर नहीं किए। दान माँगने वालों ने कहा कि सेठजी, चैक पर हस्ताक्षर तो कीजिए। सेठजी बोले—''मैं तो गुप्त दान दे रहा हूँ इसलिए अपने हस्ताक्षर नहीं करूँगा।'' इसलिए उमरावमल ने कभी भी चैक से दान नहीं देकर नकद राशि दान में दी। वे साधारण होते हुए भी असाधारण व्यक्ति थे। उनका जीवन ही उनका दर्शन है। उनकी डायरियों में मिले कुछ अंश को हम विचार की भाषा में लिख रहे हैं। इससे आप अनुभव कर सकेंगे कि उनकी दृष्टि कितनी विशाल थी। मैं कृतज्ञ हूँ देश के मशहूर गीतकार बालकवि बैरागी दादा का जिन्होंने अपने व्यस्त समय में से कुछ पल चुराकर इस कृति की भूमिका लिखी।

मैं आभारी हूँ पद्मभूषण श्री डी.आर. मेहता, श्रीमती विमला मेहता एवं श्री प्रकाशमल ढढ्ढा और उनके सभी सगे-संबंधियों का जिन्होंने आवश्यक सामग्री जुटाने में मदद की। ढढ्ढा परिवार के सभी हितुओं, मितुओं का हृदय से आभार।

— डॉ. राजेन्द्र रत्नेश

प्राकृत भारती अकादमी
13-ए, मैन मालवीय नगर
जयपुर-302017

निर्लेप नारायण

ढढ्ढा-वंशोत्पत्ति

सारंगदास जैसलमेर से फलौदी सन् 1653-54 में आए—

सारंगदास

- शाह रघुनाथदास
  - शाह खेतसीदास
    - रतनसी
    - तिलोकसी (फलौदी से बीकानेर सन् 1767-68 में आए)
      - पदमसी
        - ज्ञानसी उर्फ तेजसी
          - सदासुख उर्फ नैनसी
            - उदयमल
              - रायबहादुर सोभागमल-(दत्तक) (चिमनसी)
                - राजकुमारी
                - कल्याणमल-(दत्तक)
                  - उमरावमल उर्फ बंसीलाल-(दत्तक)
                    - पारसमल
                    - प्रकाशमल
                    - विभा
                    - विमला
                    - निर्मला
                    - कमला
    - विलमसी
    - करमसी
  - बिरदमान
  - अभयराज
  - हेमराज
  - खीमराज
  - बच्छराज
- शाह नेतसीदास

आचार्य श्री हस्ती ने अजमेर की धर्मसभा में कहा—"मैं उपस्थित श्रावक श्री उमरावमल ढढ्ढा को 'निर्लेप नारायण' के विशेषण से संबोधित करता हूँ। निर्लेप का आशय है जिस पर कोई आवरण नहीं। कमल पत्र पर बिखरी ओस बूँद-सा अलिप्त। उनके मन के महाकाश पर राग-द्वेष का कोई बादल नहीं। उनकी सामयिक शुद्ध है। जीवन व्यवहार पवित्र है। उन्होंने जीवन को समभाव और स्वभाव में जीया। ऐसे तो वे संसार में रहते हैं पर संसार उनके संस्कार में नहीं बसता। उमरावमल को 'निर्लेप नारायण' कहना सम्यक् और सुसंगत है।" आचार्य श्री के स्वर को ईश्वर का स्वर मानने वाले श्रावकों ने अपने हृदय पात्र में उनके वचनामृत को आस्था के साथ आत्मसात किया।

एक जिज्ञासु श्रावक ने पूछा—"गुरुदेव, मुझे आपके संबोधन में कोई शंका नहीं है। पर सेठ उमरावमल को 'निर्लेप नारायण' का विशेषण देने का आशय समझाने की कृपा करें।"

आचार्य बोले—"मूर्ति इसलिए भी पूजी जाती है कि उसने तराशने की पीड़ा सही है। 'निर्लेप नारायण' का जीवन अकिंचन और अपरिग्रही बनने की कहानी है।" श्रावक ने आचार्य श्री के वचन का अनुमोदन किया।

आचार्य के 'निर्लेप नारायण' अलंकरण से अजमेर संघ झूम उठा। 'हर्षहर्ष, जयजय' का उद्घोष हुआ। श्री संघ का हर सदस्य प्रसन्न और पुलकित था। संघ पदाधिकारियों ने अपने बीच बैठे सेठ उमरावमल ढढ्ढा को बधाई दी।

फलों और पुष्पों से लदे वृक्ष की तरह झुक गए उमरावमल। उनकी आँखें लबालब थीं। वे बोले—"मुझ अकिंचन पर आचार्य श्री ने मेरु सा भार दिया। मेरे गुरु पारस हैं। उनका स्पर्श लोहे को सोना बना सकता है। लोहे की नहीं, पारस की प्रशंसा होनी चाहिए। आचार्य श्री की अनुग्रहणा गणना, वर्णना से परे है।"

संवत्सरी का दिन। आज के दिन को क्षमायाचना का दिन या क्षमावाणी भी कहते हैं। अजमेर की धर्मसभा में हजारों लोगों के बीच कहे गए संबोधन से श्रोता भाव-विभोर हुए। आचार्य सार्वजनिक रूप से व्यक्ति विशेष की

चर्चा नहीं करते हैं। औचक उनके इस कथन से सभी के मन में आश्चर्यमिश्रित आह्लाद था।

संवत्सरी संवत्सर पर्व है। रोचक तथ्य है कि होली, दीवाली पर गरीब-गुरबे भी नए कपड़े पहनते हैं। मिठाई और लजीज व्यंजन खाते हैं, पर संपन्न जैन इन आठ दिनों में सीधा-सादा जीवन और नीरस आहार करते हैं। इसका मनोवैज्ञानिक पहलू है कि मनुष्य की मन:स्थिति विपरीत परिस्थिति में आनंद खोजती है। संवत्सरी के दिन पूरे जैन संघ के साथ सेठ उमरावमल भी उपवासे थे। आज उनका पौषधोपवास (उपवास के साथ किया जाने वाला अनुष्ठान) और मौन भी था।

हवेली के दरीखाने में उमरावमल बैठे थे। एक अनुभवी श्रावक ने सेठजी को मिली 'निर्लेप नारायण' की उपाधि की बधाई दी। सेठजी हँसते हुए बोले—"व्याधि से भी उपाधि ज्यादा दुखद होती है।" सेठजी परिवार की रईसी परम्परा में पहले ऐसे व्यक्ति थे, जिन्होंने साहिबी के बीच सादगी को समभाव के साथ जीया। देखते-देखते दरीखाना आगंतुकों से भर गया।

अचानक घंटे-घड़ियाल बजे। शंखनाद भी हुआ। एक श्रावक ने पूछा—"सेठसा, यहाँ आस-पास में कोई मंदिर है क्या?"

सेठजी बोले—"हवेली में सैकड़ो साल पुराना शिवालय है। मैं रोज वहीं बैठ सामयिक करता हूँ।"

"जैन होकर भी आप शिव पूजा करते हैं?" श्रावक ने पूछा। अधरों पर स्मित बिखेरते हुए सेठजी बोले—"मैंने एक जैन आचार्य के कथन का अनुकरण किया है—

भव बीजांकुर जननां, रागाद्या क्षय मुपागता यस्य,
ब्रह्मार्वा विष्णुर्वा जिनोर्वा नमस्तमै: नमस्तमै: ॥

जिनके भव-बीज के अंकुर नष्ट हो गए हैं, जो राग-द्वेष से मुक्त हैं, भले ही उन्हें ब्रह्मा कहो, विष्णु कहो, शिव कहो अथवा जिन उनको नमन करना मेरा धर्म है। शिव का अर्थ मंगल और कल्याणकारी है। भला मंगल और कल्याण की कामना रखनेवाले शिव शंकर की पूजा-अर्चना करें तो इसमें जैनत्व की सीमा रेखा का कहाँ उल्लंघन होता है?" सेठजी के स्वर में समाधान बोल रहा था। सेठजी मानते थे—

सेयंबरो वा आसंबरो वा, बुद्धो व अहव अन्नो वा।
समभावभावियप्पा, लहई मोक्खं न संदेहो।।

कोई श्वेताम्बर हो या दिगम्बर हो; जैन हो या बौद्ध अथवा वैष्णव हो। ये कोई धर्म नहीं हैं, मुक्ति के मार्ग नहीं हैं। धर्म कोई दस हजार या दो हजार वर्ष के परंपरागत प्रचार का परिणाम नहीं है, वह तो अखंड शाश्वत और परिष्कृत विचार है और हमारी विशुद्ध आंतरिक चेतना है। मुक्ति उसे ही मिल सकती है, जिसकी साधना समभाव से परिपूर्ण है। जो दु:ख में भी और सुख में भी सम है, निर्द्वन्द्व है, वीतराग है। आप लोग वर्षा के समय बरसाती ओढ़कर निकलते हैं, कितना ही पानी बरसे, वह भीगती नहीं, गीली नहीं होती, पानी बह गया और बरसाती सूखी की सूखी। साधक का मन भी बरसाती के समान हो जाना चाहिए। सुख का पानी गिरे या दु:ख का, मन को भीगना नहीं चाहिए।

अजमेर, एशिया का 'मक्का' माना जाता है। गरीब नवाज ख्वाजा मोइनुउद्दीन चिश्ती की दरगाह में लाखों मुस्लिम-हिन्दू जियारत के लिए आते हैं। इरादे रोज बनते हैं, इरादे रोज बिगड़ते हैं। वही अजमेर आते हैं, जिन्हें ख्वाजा बुलाते हैं।

सेठजी उदार हृदयी थे। सर्वधर्म समभावी ढढ्ढा की बात हिन्दू और मुसलमान सभी मानते थे। दोनों समुदायों में कभी छोटा-बड़ा संघर्ष होता तो सेठजी दोनों पक्षों को साथ बिठाकर मामले को रफा-दफा कर देते थे। आखिर वे न्यायाधीश की भूमिका निभा चुके थे। वे कहते थे कि सभी धर्मों की लड़ाई अधर्म से है। फिर समझ नहीं आता कि लोग धर्म के नाम पर क्यों लड़ते हैं?

सेठ उमरावमल अपनी भव्य अट्टालिका के द्वार जनसाधारण के लिए सदैव खुले रखते थे। ढढ्ढा वंश की कुलवधू कुमुद बताती हैं कि होली के दिन तो चारों चौक में 'गेरिए', (चंग यानी ढपली बजाकर नाचने वाले नर्तक) इतनी बड़ी संख्या में आते थे कि हवेली के चारों चौक छोटे पड़ जाते थे। बादाम-केसर पूरित भंग के रंग में नाचती टोलियाँ देखने के लिए महिलाएँ हवेली की रेलिंग के सहारे खड़ी हो जाती थीं।

होली के साथ गणगौर के उत्सव का उल्लास भी दर्शनीय होता था। चौक के बीच 'ईसर-गणगौर' की स्थापना होती थी। गौरी और ईसर के पूजन के बाद बहू-बेटियाँ नृत्य कर अपनी आस्था को प्रकट करती थीं।

दीवाली पर्वोत्तम है। नर-नारी हवेली के द्वार पर दीपक धरते थे। 'रामा-शामा' के दिन हवेली के बुजुर्गों से आशीर्वाद लेते थे। ढढ्ढा परिवार की ओर से उन्हें मिष्ठान्न और मुखवास की मनुहार की जाती थी। ईद मुबारक पर भी सेठजी अपने परिचित मोमिनों को मुबारकवाद देना नहीं भूलते थे। सभी त्योहारों पर ढढ्ढा हवेली जगमग होती थी।

सेठ उमरावमल के दीवाली मनाने का अंदाज अनूठा था। वे दीवाली को सभी का मुँह मीठा करते पर स्वयं उपवासे होते थे। दीवाली के दिन चौबीसवें तीर्थंकर वर्धमान महावीर का निर्वाण हुआ था। कई जैन-जन तो 'तेला' यानी तीन दिन का उपवास रखते हैं। पूरे परिवार को सेठजी का निर्देश था कि किसी आगंतुक को यह नहीं बताएँ कि सेठजी उपवास में हैं। वे 'हितोपदेश' को उद्धृत करते थे—

आयुवितं गृहश्छिद्रं मंत्र मैथुन भैषजम्।
दान मानापमानं च नव गोप्यानि यत्नत:।

आयु, धन, गृहश्छिद्र, मंत्र, प्रणय, औषध, दान, मान और अपमान—इन नौ बातों को गोपनीय रखना चाहिए। इस तरह सेठ उमरावमल के जीवन का रथ नियति से कम, नीति के पथ पर ज्यादा आगे बढ़ रहा था।

एक दिन उमरावमल 'रामचरितमानस' पढ़ रहे थे। एक कट्टर श्रावक उनसे मिलने आए। वे सामयिक मुद्रा में बैठे थे। 'ठवणी' पर रामचरितमानस विराजमान थी। उमरावमल मौन में थे। जैसे ही सामयिक से निवृत्त हुए, आगंतुक ने पूछा कि आप रामचरितमानस पढ़ रहे हैं? यह तो मिथ्या शास्त्र है। उमरावमल ने स्नेहपूर्ण भाषा में समझाया कि कोई भी शास्त्र सम्यक् या मिथ्या नहीं होता है। सम्यक् अथवा मिथ्या तो दृष्टि होती है। अगर दृष्टि सम्यक् है तो कथित मिथ्या शास्त्र भी सम्यक् लगते हैं। दृष्टि मिथ्या है तो हम जिन्हें सत्शास्त्र कहते हैं, वे भी मिथ्या हो सकते हैं।

रूपक की भाषा में समझाते हुए उमरावमल बोले कि दो मित्र थे। उन्होंने एक किताब पढ़ी जिसमें एक वाक्य था—'God is no where' नास्तिक मित्र ने कहा—"अरे देखो धर्मशास्त्र में 'God is no where' लिखा है।" दूसरे मित्र ने कहा मुझे भी पढ़ने दो। उसने कहा, शास्त्र बिलकुल ठीक कहते हैं। तुम इसे 'God is now here' क्यों नहीं पढ़ते? मित्र, शैतान भी शास्त्र से अपने कथन का अर्थ ढूँढ़ लेता है। शास्त्र दर्पण है। दर्पण कुछ भी दिखाता नहीं है, उसमें तो देखना होता है। एक शास्त्रज्ञ का कथन है—

यस्य नास्ति स्वस्य प्रज्ञा
तस्य शास्त्रं करोति किम्
लोचनाभ्यां विहिनस्य
दर्पणं किं करिष्यति।

जिस शास्त्रपाठी के पास अपनी प्रज्ञा नहीं है, शास्त्र उसके लिए क्या कर सकता है? हम यह क्यों भूल जाते हैं कि नयन विहीन लोगों के लिए दर्पण कुछ नहीं कर सकता है? महावीर ने कहा है कि अन्यलिंगी यानी अन्य वेशभूषा वाला भी मुक्ति का वरण कर सकता है। स्वलिंगी यानी श्रमण मुद्रा में जीवन जीने वाला भी नीची गति में जा सकता है। दर्शन नहीं, दृष्टि का महत्त्व है। दृष्टि सम्यक् है तो हर शास्त्र सम्यक् और दृष्टि मिथ्या है तो सम्यक् शास्त्र भी मिथ्या प्रतीत होता है। भगवान महावीर ने सुंदर सूक्त दिया है—

जे जाणई ते ण भासई
जे भासई ते ण जाणई।

जो जानता है, वह बोलता नहीं। जो बोलता है, वह जानता नहीं है। इसलिए कबीर ने ठीक लिखा है—सत्य तो 'गूंगे केरी सरकरा' है। मूक मनुष्य चीनी की मिठास का अनुभव तो करता है पर उसके मधुर स्वाद को व्यक्त नहीं कर सकता है।

साँझ होते ही सेठजी 'देवसी प्रतिक्रमण' यानी दिनभर में हुई भूलों का शाम को प्रायश्चित्त करते थे। वे लाखन कोटड़ी के स्थानक पहुँचे। आचार्य श्री हस्ती धर्मचर्चा कर रहे थे। उन्होंने भी अपनी उपस्थिति दी।

उन्होंने पूछा कि आचार्यवर, मुनि किसे कहेंगे?

आचार्य उवाचे—"सुत्ता सो अमुणी मुणिणो सया जागरंति। जो सोया है वह अमुनि है। मुनि तो सदैव जागृत होता है। प्रसुप्ति मृत्यु है। जागृति जीवन है। मृत्यु को चिरनिद्रा कहते हैं।"

1977 में आचार्य श्री का अजमेर चौमासा था। वरना हर संवत्सरी पर हवेली में सौ-पचास श्रावक-श्राविकाओं के पौषध होते थे। महिलाएँ 'दुछतिया महल' में और पुरुष 'काँच महल' में पौषध करते थे। पौषध करने वालों के धारणे-पारणे भी हवेली में होते थे। पौषध का जैन साधना में बहुत महत्त्व है। सेठजी की दृष्टि में पौषध रुग्ण आत्मा के लिए औषध है। उनकी पौषध की आचार्य श्री भी सराहना करते थे।

आचार्य श्री ने पौषध की परिभाषा बताई—"नियमपूर्वक उपवास करना अर्थात् आत्मचिन्तन के निमित्त सभी सावद्यक्रिया यानी सूक्ष्म हिंसा का त्याग कर शान्तिपूर्ण स्थान पर बैठकर नियम-संयम के साथ एक दिन की साधना पौषध है। इस व्रत में उपवास का प्रयोजन आत्मतत्त्व का पोषण करना है। इसलिए इसे पौषधोपवास व्रत कहते हैं। आत्मपोषण के निमित्त पौषधोपवास को अंगीकार

करनेवाला श्रावक भौतिक प्रलोभनों से दूर रहता है, भौतिक आपत्तियों से विचलित नहीं होता। इस व्रत का साधक श्रमणवत् साधनारत होता है। वह आहार के परित्याग के साथ ही शरीर सत्कार अर्थात् शारीरिक श्रृंगार, संभोग एवं सावद्य कर्म का त्याग करता है। महीने में पाँच पौषध-उपवास करने वाले उमरावमल इन दिनों कोई भी गृहस्थ संबंधी कार्य नहीं करते थे। संत कबीर ने भी कहा है—

कबिरा छुधा कूकरी, करत भजन में भंग।
या को टुकड़ा डारिके, भजन करो नीशंक।।

भूख एक कुतिया है, यह शोर करती है, तो शांति भंग होती है, ध्यान स्खलित हो जाता है, अतः इसे भोजन का टुकड़ा डाल दो और फिर शांति से अपनी साधना करते रहो। वे दो समय ही आहार लेते थे। महाभारत में कहा है—

अन्तरा सायमाशं च प्रातराशं च यो नरः।
सदोपवासी भवति यो न भुंक्तेऽन्तरा पुनः।।

जो व्यक्ति प्रातःकाल एवं सायंकाल केवल दो समय भोजन करता है और बीच में कुछ नहीं खाता, वह सदा उपवासी होता है।

अजमेर में तीन बड़े सेठ थे—सेठ भागचंद सोनी, सेठ सौभागमल ढड्ढा और सेठ समीरमल लोढ़ा। सौभागमल की विरासत को सँभालने वाले उमरावमल ने कभी पैसे को महत्त्व नहीं दिया। उनकी दृष्टि थी कि पैसा बहुत कुछ है पर सब कुछ नहीं। वे अमीरी में गरीबी की चादर ओढ़कर चलते थे। ढड्ढा हवेली के विशाल प्रांगण में आए-दिन गरीबों को भोजन, वस्त्र और औषधि दान दी जाती थी। संवत्सरी को हवेली के कारिंदे भी उपवास करते थे। हवेली में संवत्सरी को चूल्हा नहीं जलता था। संवत्सरी का दूसरा दिन क्षमापना है। इस दिन विगत में हुई भूलों के लिए जैन आपस में क्षमायाचना करते हैं। क्षमा की पूर्णता, अपने अपराध के लिए क्षमा माँग लेने तक ही सीमित नहीं है। क्षमा की पूर्णता है, यदि कभी किसी अन्य व्यक्ति ने आपके प्रति कोई गलती की हो तो उसे क्षमा करना। अपने लिए क्षमा माँगना सरल है, परंतु दूसरे को क्षमा देना, सहज नहीं है। क्षमा देने का अर्थ है—यदि किसी ने हमारा कोई अपराध किया है तो उसके उस अपराध को समभाव के द्वारा भूल जाना, उसके प्रति मन में किसी तरह के द्वेष, घृणा आदि का दुर्भाव न रखना। किसी के अपराध को स्मृति में प्रविष्ट न होने देना, उसे स्मृति में बनाए न रखना, भूल जाना, यही क्षमा का दान है और यही सबसे बड़ी साधना है। मैत्री भाव की, क्षमा भाव की ज्योति जिस जीवन में प्रज्वलित हो गई, उसे

किसी भी बुराई की स्मृति ही नहीं रहेगी। वह तो उसे तुरंत भूल जाएगा। क्षमा पहला सूत्र है—मैं सब जीवों को क्षमा करता हूँ—

खामेमि सव्वे जीवा, सव्वे जीवा खमन्तु मे।
मित्ती मे सव्व भूएसु, वेरं मज्झं न केणइ।।

मैं समस्त जीवों को क्षमा करता हूँ, सभी जीव मुझे क्षमा करें। समस्त प्राणियों के, जीवों के साथ मेरी मैत्री है, किसी के साथ मेरा बैर नहीं है, शत्रुता नहीं है।

उमरावमल महाभारत का एक प्रसंग बताते थे कि महाभारत का युद्ध समाप्त हो गया। भीम की गदा के प्रहार से घायल होकर दुर्योधन रणभूमि में पड़ा मृत्यु की प्रतीक्षा कर रहा है। दुर्योधन ही वह अंतिम व्यक्ति था, जो अपने बन्धु-बांधवों में बचा हुआ, मरण शय्या पर पड़ा है। दूसरी ओर युद्ध के मैदान में विजय के बाद, आराम से पांडव एवं पांडव सेना नींद ले रही है। कोई भव्य भवन तो है नहीं, खुले मैदान में राजा भी सो रहे हैं, राजकुमार भी सो रहे हैं, सेनापति एवं सैनिक भी वहीं सो रहे हैं। धरती माँ की गोद में सब समान रूप से सोए हुए हैं।

दुर्योधन घायल पड़ा कराह रहा है। अश्वत्थामा उसके पास आता है। कहता है—युद्ध प्रारम्भ करते समय कोई यह सोच ही नहीं सकता था कि आप पराजित होंगे। खैर, जो हुआ सो हुआ। अब आपकी अंतिम इच्छा क्या है?

दुर्योधन कहता है—मित्र, मुझे पराजय एवं मृत्यु का इतना दुःख नहीं है, जितना इस बात का दुःख है कि पाँच पांडवों में से एक के सिर का भी मैं छेदन नहीं कर सका। यदि पाँच में से किसी एक के सिर को भी तुम ला सको, तो मैं शांति से मर सकूँगा।

अश्वत्थामा ने कहा—निश्चिंत रहिए, मैं आपकी यह अंतिम इच्छा पूरी किए देता हूँ। वह पांडवों के खेमे में गया। सघन अंधेरा था। पांडव तो मिले नहीं। द्रौपदी के पाँच पुत्र निकट में ही सोए हुए मिल गए। उसने तुरंत पाँचों के सिर काट लिए और दुर्योधन के पास ले गए।

दुर्योधन ने कहा—मित्र, ये पांडव तो नहीं हैं?

अश्वत्थामा बोला—पांडव नहीं तो क्या हुआ, उनके पुत्र तो हैं। दुर्योधन ने कहा—पहले ही मेरे सिर पर पाप की भारी गठरी लदी है, उसे तूने और अधिक बोझिल बना दिया। कहते हुए दुर्योधन छटपटाकर मर गया।

उधर, जब द्रौपदी को पता चला, पांडवों को पता चला, तो हाहाकार मच गया। एक माँ के पाँचों ही बेटों के इस तरह कोई सिर काटकर ले जाए तो माँ

के हृदय का क्या हाल होता है, कुछ पूछिए नहीं। द्रौपदी की करुण चीख से धरती और आकाश काँप उठे। यदि युद्ध में लड़ते हुए मारे जाते, वीरगति प्राप्त करते तो कुछ और बात होती, पर युद्ध में विजेता बनकर अंत में इस तरह हत्या के शिकार हो जाना, वस्तुतः बहुत भयंकर दुःख की बात थी।

श्री कृष्ण और अर्जुन को पता लग गया कि यह जघन्य कृत्य अश्वत्थामा ने किया है। अस्तु दोनों ने सान्त्वना देते हुए कहा—द्रौपदी, धैर्य रखो। हम हत्यारे शत्रु को बिलकुल नहीं छोड़ेंगे। आज ही पकड़कर तुम्हारे सामने उपस्थित करेंगे और तुम जो भी दंड देना चाहोगी, दंड देंगे। प्राणों के बदले प्राण लेना, हम क्षत्रियों का धर्म है। श्री कृष्ण और अर्जुन दोनों उसे खोजने निकले। अश्वत्थामा अपने प्राण बचाने के लिए दूर जंगल में भाग रहा था। परन्तु कृष्ण एवं अर्जुन ने उसे पकड़ ही लिया और घसीटकर द्रौपदी के सामने ले आए।

"तुम्हारे पाँचों पुत्रों का दुष्ट हत्यारा यह है। द्रौपदी, तुम जो भी चाहो, दंड दे सकती हो। बोलो, क्या आदेश है तुम्हारा?" कृष्ण बोले।

द्रौपदी के मन में अश्वत्थामा के प्रति भयंकर घृणा और बैर की आग जल रही थी। वह उसका सिर काटकर ही बदला लेना चाहती थी। क्रोध इतना तीव्र था कि वह यों ही शांत हो जाए, ऐसा नहीं था। परन्तु अश्वत्थामा, ज्योंही उसके समक्ष उपस्थित किया गया, उसके मन की, परिणामों की धारा एकदम बदल गई। वह कृष्ण से कहने लगी—मुच्यतां मुच्यतामेष...। छोड़ दो, छोड़ दो, छोड़ दो इसे। हे व्रजराज, मुझे अनुभव है कि बेटे की हत्या से माँ के हृदय में कितनी पीड़ा होती है। हे देव, यह सत्य है कि एक साथ पाँचों पुत्रों की हत्या से मेरे मन में अश्वत्थामा के प्रति भीषण रोष था। पुत्रों के वियोग की पीड़ा का दावानल मेरे हृदय में अभी भी है। मैं तो उस वेदना को जीवन भर भोगूँगी ही। किन्तु मैं नहीं चाहती कि अश्वत्थामा की बूढ़ी माँ गौतमी भी इसी तरह जीवन भर रोती रहे। उसके पति आचार्य द्रोण तो पहले ही मारे जा चुके हैं। अब सिर्फ एक बेटा ही है उसके बुढ़ापे का सहारा। यदि इसे भी आप मार देंगे तो उस बेचारी बूढ़ी माँ का क्या हाल होगा? ये हैं, वीर नारी द्रौपदी के उदात्त उद्‌गार!

अजमेर के स्थानक को लोग 'पंडाल' कहते हैं। इस बरस पूज्य हस्तीमल महाराज का चौमासा था। पंडाल में खूब चहल-पहल थी। दिन-रात धर्म प्रभावना हो रही थी। हस्तीमल महाराज पूरे भारत के जैनों में ही नहीं, अजैनों में भी पूजे जाते थे। वे साधारण जनमानस में 'पूजमहाराज' के नाम से जाने जाते थे। पूज्य

हस्तीमल महाराज ढढ्ढा परिवार के लिए आराध्य थे। रत्नवंश के सन्त और आचार्य इस परिवार के कुलगुरु हैं।

रात्रि प्रतिक्रमण के बाद सेठ उमरावमल ने आचार्य श्री के चरणारविंदों में वंदना कर कहा—''गुरुदेव! कल गोचरी (गाय जिस तरह थोड़ा-थोड़ा घास खाती है वैसे ही मुनि को गृहस्थ के घर से थोड़ी-थोड़ी भिक्षाचर्या) के बाद मेरे परिवार को श्री चरण-कमलों में सेवा के लिए समय देने की महती कृपा करें।''

क्षमा का अर्थ है—क्रोध आदि राग-द्वेषात्मक विकारों का विसर्जन। जब तक अन्तर्मन में से क्रोध, अहंकार आदि का जहर नहीं निकल जाएगा, तब तक क्षमा का अमृत प्रवाह प्रवहमान हो नहीं सकता। व्यक्ति के मन में अपने द्वारा हुई भूलों को भूल समझने की सही दृष्टि, विकारों के नष्ट होने पर या कम होने पर ही जागृत होती है। विकारों के उपशमन एवं क्षमोपशमन में ही विनम्र भाव से क्षमा का आदान-प्रदान होता है।

संवत्सरी के अवसर पर ढढ्ढा परिवार की बहन-बेटियाँ भी गुरुदर्शन के लिए आई थीं। आचार्य प्रवर ने कहा—''ढढ्ढाजी, आपके परिवार के लिए ही नहीं, हर जिज्ञासु के लिए मेरे मन के द्वार खुले हैं।'' किसी ने ठीक कहा कि व्यस्त लोगों के पास सबसे अधिक समय होता है। वे समय का प्रबंधन करके अपनी दिनचर्या चलाते हैं।

आचार्य श्री हस्ती ने कहा कि संत का काम तो सूरज की तरह है। वह तो सभी को प्रकाश का प्रसाद बाँटता है। सूरज यह कभी नहीं सोचता कि मैं राजा के महल को उजालूँ और गरीब की झोंपड़ी को अँधियारे की कारा में कैद कर दूँ। सन्त मन से निकली सहज बात सेठ जी के मन को बाग-बाग कर गई।

ढढ्ढा परिवार आचार्य श्री के शुभ सन्निधि में बैठा था। बहू-बेटियों और बाल-गोपाल को प्रतिबोध देते हुए आचार्य श्री बोले—'ढढ्ढा' शब्द 'दृढ़' शब्द से बना है। दृढ़ शब्द घिसते-घिसते दढ्ढ बना। दढ्ढ से ढढ्ढ हुआ। ढढ्ढ से ही ढढ्ढा शब्द बना। इसीलिए ढढ्ढों को तन से ही नहीं, मन से भी सुदृढ़ बनना है। मन दृढ़ तभी बनता है जब संयम, साधना और मर्यादा जीवन के आँगन में उतरती है।'' आचार्य श्री की प्रेरणा से ढढ्ढा परिवार के सभी सदस्यों ने व्रत-प्रत्याख्यान ग्रहण किए। 'जे कम्मे सूरा ते धम्मे सूरा' का जिनसूत्र अपनाकर उमरावमल ने अपने पूरे परिवार को संयम, साधना और अध्यात्म का पाठ पढ़ाया। वे ढढ्ढों के कुलगुरु हैं। उमरावमल मानते थे—

ध्यानमूलं गुरोर्मूर्तिः पूजामूलं गुरोः पदम्।
मन्त्रमूलं गुरुवाक्यं मोक्षमूलं गुरोः कृपा।।

ध्यान का आदिकारण गुरु मूर्ति है। गुरु का चरण पूजा का मुख्य स्थान है। गुरु का वाक्य सब मन्त्रों का मूल है और गुरु की कृपा मुक्ति का कारण है। ❑

एक दिन सेठजी से उनकी पुत्रवधू ने पूछा—"मैं पराये घर से आई हूँ। छोटे बाल-गोपाल ढद्ढों का महान इतिवृत्त नहीं जानते हैं। कृपया अपने पुरखों का इतिहास बताने का अनुग्रह करें!"

कुमुद पारंपरिक हिंदू परिवारों के अनुसार पर्दा करती थी। उसने ये सारी बात एक किशोरी को माध्यम बना कर कहीं। कुमुद के प्रस्ताव का सभी ने समर्थन किया। सेठजी परिहास मुद्रा में इतिहास का अवगुंठन उघाड़ने लगे। महफिलखाने में मौन की चादर तन गई। सभी अपने पूर्वजों के बारे में विस्तार से जानने को उत्सुक थे।

सेठजी बोले—"इतिहास के अनावरण से ही व्यक्ति अपने अतीत को जान-समझकर वर्तमान और भविष्य का निर्माण करते हैं। कल इतिहास है और आज इतिहास की भूमिका है।" इतिहास विश्वास का नहीं, विश्लेषण का विचार है। यह मनुष्य का अपनी परंपरा में आत्मविश्लेषण है।

बात दसवीं सदी की है। गुजरात में सिद्धराज जयसिंह सोलंकी एक प्रतापी राजा थे। उन्होंने सिद्धपुर पाटन नगर बसाया। उनके पुत्र कुमारपाल ने 1160 में जैन धर्म अंगीकार किया। समग्र गुजरात में पशु हिंसा पर रोक लगाई। कुमारपाल 'जैन सम्राट' थे। अहिंसा के इस परम पुजारी की घुड़साल के घोड़ों को भी पानी छानकर पिलाया जाता था।

कुमारपाल के जीवन पर कलिकाल सर्वज्ञ आचार्य हेमचन्द्र का गहन प्रभाव था। हेमचन्द्र 'हेमचन्द्राचार्य' के नाम से भी प्रसिद्ध थे। हेमचन्द्र ने कुमारपाल की अहिंसक राजनीति और उसकी प्रजावत्सलता पर 'कुमारपाल चरिउं' महाकाव्य लिखा। एक गुरु का अपने शिष्य पर लेखनी चलाना कितना महान उपक्रम है!

कुमारपाल के पौत्र राजा नरवान थे। नरवान को सन्तान-सुख प्राप्त नहीं था। एक पंडित ने नरवान को बताया कि आचार्य धनेश्वरसूरि का आशीर्वाद मिल जाए तो पुत्र की कामना पूरी हो सकती है।

राजा ने आचार्य को पाटन आने का निमंत्रण दिया। आचार्य ने कहा—"हम तो बहता पानी निर्मला की तरह बढ़ते और बहते हैं। कभी संयोग बना तो आपकी विनती पर विचार करूँगा।" राजा नरवान निराश हुए। उन्होंने निश्चय किया कि वह नंगे पाँव पदयात्रा करके आचार्य से पाटन आने का आग्रह करेगा।

राजा के आग्रह पर आचार्य पसीजे—"राजन, तुम्हारे दादा ने जिनशासन की महान प्रभावना की। पाटन की पुण्यभूमि मेरे चरणों को उस दिशा में बढ़ने के लिए पुकार रही है। मैं अब उसी दिशा में विहार करूँगा।" राजा नरवान परम प्रसन्न हुए। फिर भी उन्होंने अपने मंतव्य को आचार्य श्री के समक्ष प्रकट नहीं किया।

आचार्य श्री पाटन पधारे। नगरवासियों ने स्वागत किया। राजप्रासाद में आचार्य अपने शिष्यों के साथ शोभायमान थे, जैसे तारक मणियों के बीच चंद्रमा! दिनभर दर्शनार्थियों का ताँता लगा रहा। राजा अपने मन की बात नहीं कह पाए।

'प्रतिक्रमण' के बाद आचार्य श्री को एकांत मिला। राजा नरवान ने अपनी व्यथा-कथा कही कि जिनदेव और गुरुदेव की कृपा से सारे सुख हैं पर संतान नहीं होने से सारे सुख अलूने हैं। कृपा कर ऐसा आशीर्वाद दें कि मेरे महल के आँगन में भी किलकारियाँ गूँजें। अपनी बात कहते हुए राजा की आँखें ही नहीं, पूरा गात स्निग्ध हो गया। राजा ने आचार्य श्री के पाँवों में सिर धरकर कहा कि अब आपका ही सहारा है अन्यथा राज्य उत्तराधिकारी से वंचित होगा।

चरणों में पड़े अश्रुस्निग्ध राजा को बाँहों में भरते हुए आचार्य बोले—"मैं देवी अम्बा की आराधना करता हूँ। मुझे पूर्ण विश्वास है कि मेरी तपस्या और तुम्हारी आस्था के प्रभाव से देवी प्रकट होगी। पुत्र प्राप्ति का वरदान देंगी।"

आचार्य के आशीर्वाद से राजा की खुशियाँ बाँसों उछलने लगीं। आचार्य के बताए विधान के अनुसार राजा ने माँ अम्बा की पूजा की। देवी प्रकट हुईं और बोलीं—"तुमने आचार्यश्री को प्रसन्न कर लिया। मैं आचार्य देव की अधिष्ठायिका हूँ। तुम पुत्र चाहते हो, जाओ, तुम्हारी इच्छा सफल और सुफल होगी। पर एक बात का पालन करना, राज्य को हिंसा मुक्त बनाए रखना।" देवी अन्तर्ध्यान हो गईं।

समय के साथ राजा को पुत्ररत्न की प्राप्ति हुई। आचार्य की आज्ञा के अनुसार राजा ने अम्बादेवी को 'कुलदेवी' की मान्यता दी। राजा नरवान प्रासाद स्थित देवालय में माँ अम्बिका की नियमित पूजा करते थे।

नरवान के वंशज श्रीपति गोत्र के थे। राजा नरवान के बाद राजसिंहासन पर तेलपाद राजा विराजित हुए। तेलपाद ने राज्य के सोलह मुख्य नगरों में प्रथम तीर्थंकर ऋषभदेव और चौबीसवें तीर्थंकर महावीर के भव्य मन्दिर बनवाए।

एक दन्तकथा कहती है—'राजा मन्दिरों के निर्माण का निरीक्षण कर रहे थे। एक वास्तुविद् ने राय दी। वे मन्दिर की नींवों में तेल डालेंगे तो मन्दिर की नींव सुदृढ़ होगी। युग-युगांतरों तक आपका नाम अमर होगा।

राजा ने कोषपाल को बुलाया। उनसे कहा कि मन्दिरों की नींवों में तेल के कलश उँड़ेलो। तेल उँड़ेलने की इस घटना से श्रीपति गोत्र 'तिलेरा' कहे जाने लगे।'

"हम राजवंशी हैं फिर जैन कैसे बनें?" परिवार के एक बालक ने प्रश्न किया। उमरावमल ने बताया कि राजा तेलपाद की 29वीं पीढ़ी में सारंगदास हुए। सारंगदास गुजरात से जैसलमेर जा बसे। जैसलमेर की गर्मी वे सहन नहीं कर पाए।

जैसलमेर की दुर्गमता को लेकर एक लोक कहावत कहती है—'बख्तर कीजै लौह का/ तन कीजै पाखाण/ घोड़ा कीजै काठ का/ तब देखो जैसाण।'

ढद्ढा महाजन परिवार के साथ जोधपुर से 80 मील उत्तर दिशा में बसे फलौदी नगर आए। फलौदी में सारंगदास ने अपना व्यवसाय स्थापित किया। सारंगदास साहसी होने के साथ बुद्धिमान भी थे। भारत के कई हिस्सों में उन्होंने अपने व्यापारिक साम्राज्य का विस्तार किया। व्यवसाय के लिए उन्होंने सिंध की यात्रा भी की। सारंगदास की मजबूत कदकाठी को देख सिंध के बढ़ेरे उन्हें 'ढद्ढा' कहने लगे। सिन्धी में भी ढद्ढ का अर्थ दृढ़ होता है।

सारंगदास धन के साथ धर्म का अर्जन भी करते थे। वे मानते थे कि इस जन्म में धन सुख देता है, तो अगले जन्म में धर्म ही सुख का साधन बनेगा। वे कहते थे कि सुख साधनों में नहीं, साधना में है। अपनी उम्र की ढलान पर उनका चिंतन और उनकी चर्या में धर्म पल-पल प्रतिभासित होता था।

सारंगदास किसी योग्य गुरु की तलाश में थे। प्यासे को पनघट मिल ही जाता है। 1717 में उनका परिचय लूंकागच्छ के आचार्य भागचंद से हुआ। लूंकागच्छ ही बाद में स्थानकवासी सम्प्रदाय बना। इस संप्रदाय में 22 आचार्य होने से इसे 'बाईस टोला' भी कहा गया। इसे 'बाईस सम्प्रदाय' के नाम से भी पुकारा जाता है। 22 सम्प्रदाय अमूर्तिपूजक हैं, जबकि लूंकागच्छ के उपासक मंदिर और मूर्ति दोनों को मानते हैं, पर वे पूजा में फल, पुष्प, जल और नैवेद्य नहीं चढ़ाते हैं। जैनों में लूंकागच्छ की संख्या बहुत कम है।

सारंगदास के दो पुत्र थे—रघुनाथदास और नेतसी। रघुनाथदास के परिवार वालों ने फलौदी को नहीं छोड़ा। नेतसी का परिवार बीकानेर, जयपुर, जोधपुर और अजमेर में जा बसा। जोधपुर, जैसलमेर और बीकानेर के राजाओं को समय-समय पर ढढ्ढा परिवार ने राज्य संचालन के लिए ऋण दिया। ये क्षेत्र अकाल के काल के विकराल पाश में हमेशा जकड़े रहते थे। इन राजाओं के द्वारा दिये 'रुक्के' आज भी ढढ्ढा वंश की विरासत हैं। जोधपुर और जैसलमेर राज्य ने तो ढढ्ढा व्यापारियों को 'चौथाई महसूल' की माफी दी।

सदैव सामाजिक रहे उमरावमल ने अपने पुत्र-पुत्रियों के परिवार से अजमेर का जिक्र किया। एक पौत्र ने अजमेर के साथ उनके लगाव की वजह पूछी। उमरावमल की आँखें मुँद गईं। वे यादों के आँगन में उतरे। अजमेर कैसे बना, इस बारे में बताया—राजा अजयदेव चौहान ने 1100 में अजमेर की स्थापना की। पुष्कर अथवा अनासागर झील के निकट होने से अजयदेव ने अपनी राजधानी का नाम अजयमेर रखा। मेर या मीर—झील को कहते हैं। जैसे कश्यपमीर=काश्मीर। उन्होंने तारागढ़ की पहाड़ी पर एक किला 'गढ़ बिटली' नाम से बनाया। कर्नल टॉड ने अजमेर को 'राजपूताना की कुंजी' कहा है।

अजमेर में 1153 में प्रथम चौहान नरेश बीसलदेव ने एक मंदिर का निर्माण किया। 1192 में मुहम्मद गौरी ने इसको तोड़ा। उसी जगह 'अढ़ाई दिन का झोंपड़ा' मस्जिद बनाई। दूसरे मत के अनुसार इसका निर्माण कुतुबुद्दीन ऐबक ने किया। कहा जाता है कि यह इमारत अढ़ाई दिन में बनकर तैयार हुई। एक मत यह है कि इस स्थान पर मराठाकाल में 'अढ़ाई दिन का मेला' भरता था।

'अढ़ाई दिन का झोंपड़ा' की कारीगरी और पत्थर की नक्काशी नयनाभिराम है। 1124 में सोमनाथ की ओर कूच करते हुए महमूद गजनवी अजमेर होकर गया। गौरी ने जब 1192 में भारत पर आक्रमण किया, उस समय अजमेर पृथ्वीराज के राज्य का नगर था। पृथ्वीराज की पराजय के बाद दिल्ली पर मुगलों के अधिकार के साथ अजमेर पर उनका कब्जा हो गया।

सम्राट अकबर को अजमेर से बहुत लगाव था। वह ख्वाजा गरीब नवाज मोइनुउद्दीन चिश्ती की दरगाह की आए दिन यात्रा करता था। एक बार अकबर आगरा से पैदल चल दरगाह की जियारत करने आया। गरीब नवाज मोइनुउद्दीन चिश्ती 12वीं सदी में ईरान से भारत आए। अकबर और जहाँगीर ने दरगाह के आस-पास कई मस्जिदें बनाईं। शाहजहाँ ने अजमेर को अपना अस्थायी निवास

स्थान चुना। अजमेर की तारागढ़ की पहाड़ी पर उसने एक दुर्ग का निर्माण किया। इसे बिशप हेबर ने भारत का 'जिब्राल्टर' बताया है। राजपूत काल में अजमेर को 'राजस्थान का नाका' कहा जाता था।

अजमेर की अनासागर झील का सौंदर्य देख पर्यटक प्रशंसा करते नहीं अघाते। सुंदर पहाड़ियों से घिरे इस शहर की सुंदरता से आकर्षित शाहजहाँ ने यहाँ संगमरमर के महल बनाए।

अजमेर में, चौहानों के समय संस्कृत साहित्य की विपुल रचना हुई। पृथ्वीराज के पितृव्य विग्रहराज चतुर्थ के समय संस्कृत और प्राकृत में लिखित 'ललित विग्रहराज नाटक' और 'हरकली नाटक' छह काले संगमरमर के पटलों पर उत्कीर्ण हैं। ये पत्थर अजमेर की एक मस्जिद में लगे हुए थे। ये किसी मंदिर की शोभा बढ़ाने के लिए जड़े गए थे। अजमेर पर जैन शासकों ने भी शासन किया।

उमरावमल ने कहा कि अजमेर से जुड़ी कहानियाँ मेरे मानसपटल पर लिखी हैं। अजमेर मुगलों, अंग्रेजों जैसे विदेशियों को अपनी सुंदरता से खींच लाया। दादा की जुबानी अजमेर की कहानी ने डिनर को और भी रसदार बना दिया।

दूसरे दिन फिर बालटोली दादा नाना से पूछ बैठी—आपने अजमेर की कहानी सुनाई। पर हम पुष्कर के आध्यात्मिक वैभव के दर्शन भी करना चाहते हैं। उमरावमल बोले कि तुम ठीक कह रहे हो। अपने पुरखों ने जितनी इज्जत अजमेर को दी, उतनी ही पुष्कर को भी। अजमेर और पुष्कर के बीच ढढ्ढों ने एक बगीची बनाई। इस बगीची में तरह-तरह के गुलाबों की गंध से ऐसा लगता, हम किसी स्वर्गीय सुख का आनंद ले रहे हैं।

एक दिन एक खादिम ने कहा कि आपके बगीचे के गुलाब बहुत खुशनुमा हैं। मैं इसे गरीब नवाज की दरगाह पर चढ़ाना चाहता हूँ। आप इसके बदले क्या रकम लेंगे? उमरावमल बोले कि ख्वाजा की दरगाह में अकीदत के फूल चढ़ेंगे, उसकी कीमत अनमोल है। आप तो फूल चढ़ाओ और दुआ करो कि वतन में खुशहाली फैले और हर इंसान खुदा को जेहन में रखे। मेरी ओर से हर रोज ख्वाजा साहब की अकीदत में फूल चढ़ाओ। आप जितने ले जा सको उतने फूल यहाँ से लेकर गरीब नवाज को अर्पित करो। गरीब नवाज के खादिम से क्या रुपया लेना। मैं तो हृदय से चाहूँगा कि गरीब नवाज की मजार पर चढ़ाने वाले फूल मेरे उद्यान से जाएँ। गरीबों पर अपनी इनायत रखने वाले गरीब नवाज को मेरे बगीचे के फूल

जाएँगे तो मेरा अहोभाग्य होगा। संत अनंत हैं। भले ही किसी भी वेश-भूषा में हों, संत तो संत ही हैं। तुलसी बाबा ठीक कहते हैं—"जानहुं संत अनंत समाना।"

वह खादिम हर आम खास मौके पर ढढ्ढा बगीची से फूल ले जाता। वह यह कहना भी नहीं भूलता कि बगीचे के फूल ख्वाजा को पसंद आए। तभी मेरी दुआ उन्होंने कबूल की। खुदा, आपकी भी हर दुआ कबूल करे।

उमरावमल अतीत की यादों में उतरे। अजमेर से चौदह मील की दूरी पर तीर्थ गुरु पुष्कर में पहुँचते ही श्रद्धालु को लगता है कि एक बार पुष्कर स्नान करने का अर्थ है—जिंदगी भर के पापों का परिमार्जन। महाभारत में पुष्कर को महान तीर्थ माना है—'कार्तिक पुष्करस्नाने द्वादशाब्देन यत् फलम्'। विष्णुपुराण में पुष्कर को प्रयाग और कुरुक्षेत्र के समान माना है। जनश्रुति में कहा है कि पांडवों ने पुष्कर की पहाड़ियों में वनवास काटा। पुष्कर के 'नाग पहाड़' पर ऋषियों की तपोभूमि थी।

पौराणिक मत है कि प्रजापति ब्रह्मा ने सृष्टि रचना के समय यहाँ यज्ञ किया। पुष्कर को 'ब्रह्म पुष्कर' भी कहते हैं। भारत में इकलौता ब्रह्मा का मंदिर पुष्कर में है। ब्रह्मा की पत्नी सावित्री का मंदिर पुष्कर की पहाड़ी पर है। ब्रह्मा मंदिर के द्वार पर हंस की मूर्ति उत्कीर्ण है।

9वीं सदी में राजा नरहरिराव ने झील के जल को चमत्कारी मानते हुए यहाँ कई पक्के घाट बनाए। पुष्कर में 925 ईसवी का एक अभिलेख मिला है। कई अन्य अभिलेखों की तरह यह प्राचीनतम है। मुगल सम्राट जहाँगीर की बनवाई दो छतरियाँ झील के घाटों पर हैं। पुष्कर सरोवर पर चालीस पक्के घाट हैं।

एक कथा के अनुसार जिस समय ब्रह्मा ने यज्ञ प्रारम्भ करना चाहा, पत्नी सावित्री की अनुपस्थिति में वे यज्ञ नहीं कर सके। उन्होंने सावित्री से रूठ गायत्री से विवाह कर यज्ञ किया। सावित्री लौट आई। गायत्री को अपने स्थान पर देख सावित्री के रोम-रोम में ईर्ष्या की अग्नि प्रज्वलित हो गई। सावित्री ब्रह्मा को छोड़ पास की पहाड़ियों में चली गई, जहाँ उनके नाम का एक मंदिर है। पुष्कर की यात्रा दुष्कर है।

सेठ कल्याणमल भी पिता के नक्शेकदम पर चले। कल्याणमल और सौभागमल की जुगल जोड़ी ने इस बगीचे की फिजाँ में, खिजाँ की नजर नहीं लगने दी। वे जब भी उद्यान में आते तो एक-एक क्यारी पर नजर रखते मानो वे फूलों से बात करते थे! उमरावमल ने अपनी आस्था के साथ कभी समझौता नहीं

किया। कभी जहाँ से भी कुछ सीखने को मिला, वह द्वार चाहे जैन, बौद्ध, हिंदू और इस्लाम का ही क्यों न हो, जरूर सीखा। सीखा ही नहीं, उसे अपने जीवन में उतारा, पर धर्म में सुदृढ़ रहे। एक जैन आचार्य ने ठीक लिखा है—"जहा खरो चंदण भारवाही, भारस्स भागी णतु चंदणस्स। एवं किरिया विहूण नाणी, नाणस्स भागी णतु सोगइ।" जैसे चंदन ढोने वाला गधा चंदन का भार तो ढोता है, पर सुगंध का आनंद नहीं लेता, वैसे ही आचरणविहीन ज्ञानी ज्ञान का भागीदार है, सुगति का नहीं। इसी बात को शेखसादी ने कहा है—"न दानिशमंद न मोहकिककंद। बर पाए चार किताबें चंद।" ऐसा विद्वान जिसका आचरण पवित्र नहीं, वह ऐसा गधा है जिसके ऊपर किताबों का बोझ लदा है।

❑

विमला ने पूछा—"पिताजी, हमने सुना है कि हमारे पूर्वज भारत के अन्य हिस्सों में भी व्यापारिक यात्रा के लिए गए थे? अपना परिवार तो बहुदेशीय है?"

"हाँ, विमला, तुम ठीक कहती हो। अब इस घटना से आवरण उठाता हूँ।"

सेठजी बोले कि सेठ नेतसी के बाद खेतसी, सेठ तिलोकसी और सेठ पदमसी ने व्यवसाय रथ को प्रगति पथ पर अग्रसर किया। उन्होंने इन्दौर में व्यवसाय 'सेठ पदमसी नैनसी' के नाम से स्थापित किया। तब इन्दौर की राजमाता अहल्याबाई होल्कर थीं। वे न्यायप्रिय राजमाता थीं। उन्होंने अपनी प्रजा का पुत्र की तरह लालन-पालन किया। सेठ तिलोकसी और सेठ पदमसी ने राजमाता से मिलने का समय माँगा।

राजमाता ने पिता-पुत्र को मिलने का समय दिया। तिलोकसी और पदमसी ने राजमाता को मुजरा करते हुए थाल भरे मोती समर्पित किए। राजमाता अहल्याबाई ने कहा कि इसे मैं स्वीकार नहीं सकती। आप राजकोष में जमा करा दो। इसका उपयोग गरीब प्रजा के लिए होगा।

भेंट के बाद राजमाता से तिलोकसी और पदमसी के संबंध इतने मधुर हो गए कि हर रक्षाबंधन को राजमाता अहल्याबाई पिता-पुत्र दोनों के लिए राखी भेजती थीं। थोड़े ही दिनों में इन्दौर में 'पदमसी-नैनसी' प्रतिष्ठान क्षितिजीय ऊँचाइयाँ छूने लगा।

इंदौर से व्यवसाय समेट पदमसी–नैनसी हैदराबाद आए। यहाँ भी 'पदमसी–नैनसी' फर्म स्थापित की। फर्म की स्थापना के बाद हैदराबाद के लोगों में यह धारणा बन गई कि निजाम के बाद 'नैनसी–पदमसी' का नाम ही संपन्नों की सूची में आता है।

ढढ्ढा परिवार ने हैदराबाद में 23वें तीर्थंकर पार्श्वनाथ का मंदिर बनवाया। साधु–साध्वियों के उपाश्रय का निर्माण भी करवाया। इसकी व्यवस्था ढढ्ढा परिवार करता था। 1921 में यहाँ का प्रबंध सेठ सरदारमल सुगनमल बैंकर्स को सौंपा। अपने तीन मकान हजारों की लागत के शेयर्स एवं चल–अचल सम्पत्ति भी उन्हें सँभला दी। वह विश्वास का युग था। उस समय साथी को स्वार्थी नहीं माना जाता था। तभी उन्होंने इतनी बड़ी रकम और तीन मकान समर्पित कर दिये।

❑

मध्य प्रदेश के सबसे बड़े नगर इंदौर के रामबाग क्षेत्र में श्री जिनकुशल सूरीश्वर महाराज की छतरी 1815 में निर्मित की। दोनों छतरियों की व्यवस्था पदमसी–नैनसी फर्म की ओर से की जाती रही। फर्म में कल्याणमल पदारूढ़ हुए। उन्हें प्रेरणा हुई कि ढढ्ढा परिवार अजमेर में निवास कर इन दोनों छत्रियों की व्यवस्था सुचारु रूप से नहीं कर सकेगा। अपनी मन:स्थिति उन्होंने इन्दौर के खतरगच्छ श्री संघ के समक्ष रखी। वे अल्प समय में ही काल के कवल बने। उमरावमल ने अपने पिता के विचारों को मान देकर एक ट्रस्टी पत्र पंजीकृत किया। 1 जनवरी, 1957 में श्री दादाबाड़ी संस्थान ट्रस्ट, इंदौर का जन्म हुआ। ट्रस्ट का उद्देश्य, जैन सिद्धांतों के अनुरूप परमार्थिक कार्य करना।

न्यास की स्थापना के बाद न्यास समिति ने बड़ी व छोटी दादाबाड़ियों का जीर्णोद्धार कराया। प्रवर्तिनी साध्वी विचक्षण श्री महाराज की प्रेरणा से सामाजिक एवं मांगलिक कार्यों के लिए धर्मशाला का निर्माण हुआ। इसमें एक सभागार, सात कमरे, एक कुआँ और टंकी बने हैं। स्थायी आय के लिए बड़ी दादाबाड़ी के पास दुकानों का भी निर्माण किया।

पदमसी के पुत्र ज्ञानसी और उनके पुत्र सदासुख ने हैदराबाद में 'कोठी का मंदिर' बनाया। समाज को उसकी देखरेख सौंपी। ढढ्ढा परिवार हमेशा पशु–पक्षी प्रेमी था। पक्षियों को दाना डालना उनकी परम्परा थी। हैदराबाद में आज भी पदमसी–नैनसी के नाम से कबूतरों को दाना डाला जाता है। नैनसी के पुत्र उदयमल का

जयपुर में स्वर्गवास हुआ। उनके संतान नहीं थी। पदमसी का स्वास्थ्य गिरने लगा। वे राजस्थान आए। जयपुर में बसे। जिस जगह उनकी हवेली थी, वह कॉलोनी आज भी 'ढढ्ढों का बाग' कही जाती है।

1818 में लंबी बीमारी के बाद सेठजी मरण का वरण कर गए। उनकी अन्त्येष्टि 'घाट दरवाजे' पर हुई। घाट दरवाजे पर उनकी याद में स्मारक के रूप में एक छतरी बनी है। पदमसी राजसी उर्फ जेठमल, प्रतापसी और ज्ञानसी उर्फ तेजसी नाम के तीन पुत्र हुए। सेठ तेजसी ने बीकानेर के गोगा दरवाजे के पास एक धर्मशाला बनाई। धर्मशाला में सुन्दर देवालय दर्शनीय हैं। पुत्रों ने देवालय पर सोने का कलश चढ़ाया। सेठ तेजसी ने जयपुर के साँगानेर दरवाजे के पास एक उद्यान बनाया। इस उद्यान में उनके पुत्र सदासुख ने एक विष्णु मन्दिर का निर्माण किया। उद्यान और मन्दिर के निर्माण में 75 हजार खर्च किए। राजसी का देहांत 1861 में पिता पदमसी की मौजूदगी में हुआ। उनका दाह-संस्कार भी घाट दरवाजे पर हुआ। वहाँ उनकी छतरी बनी है।

ज्ञानसी उर्फ तेजसी की पत्नी संस्कारी महिला थीं। उन्हें सब माँजीसा महाराज कहते थे। माँजीसा ने घर-परिवार की जिम्मेदारी बखूबी निभाई। नौकर-चाकर के दुख-दर्द का भी उन्हें खयाल था।

नारी सुकोमल, भावुक और संवेदनशील होती हैं, पर जब ढढ्ढा परिवार पर कोई भी संकट आता तो परिवार की यह सन्नारी सारी विपदाओं को ढाल बनकर झेल जाती थीं। उनका सम्मान घर के मुखिया से कम नहीं था। वे घराने की संरक्षक थीं। परिजन सम्मान से उन्हें 'माँजीसा महाराज' कहते थे। माँजीसा परिवार को अनुशासित रखती थीं। वे अनूठी आध्यात्मिक शक्ति रखती थीं। वे संपन्न होने के बावजूद संयम और सादगी-पसंद थीं।

उनकी दूरदर्शिता से वंशवृक्ष सदैव पल्लवित और पुष्पित हुआ। माँजीसा महाराज ने बढ़ती और चढ़ती आयु में कभी हिम्मत नहीं हारी, पर बुढ़ापे में उनकी आँखों की रोशनी चली गई।

जयपुर महाराजा सवाई माधोसिंह से अनबन के बाद वे ऊँटों पर रातोंरात निकलीं। परिवार को सुरक्षित अजमेर पहुँचाया। परिवार को बचाने के लिए जयपुर की चल-अचल सम्पत्ति को तिलांजलि दी। व्रत-नियम और संयम साधना उनके जीवन का श्रृंगार था। वे त्याग, तपस्या करती थीं। महीने में दोनों 'पक्खी प्रतिक्रमण' भी करती थीं। पक्खी का अर्थ पाक्षिकी है। 15 दिन में

पापातिचारों का पश्चात्ताप 'पक्खी प्रतिक्रमण' है। पक्खी को वे अन्न, जल, खादिम, स्वादिम का त्याग रखती थीं।

❑

माँजीसा महाराज की आस्था अटूट थी। शहर में कोई साधु-साध्वी होने पर उनकी गोचरी के बाद ही वे भोजन करती थीं। साधु-साध्वियों का नियम है कि वे बुलावे पर नहीं आते हैं। गोचरी लेने की वजह से वे अतिथि कहे जाते हैं। श्रावक का बारहवाँ अणुव्रत अतिथि संविभाग व्रत है। कई बार ऐसे संयोग भी आए कि कोई साधु-साध्वी आहार के लिए हवेली में नहीं आया। माँजीसा महाराज ने उपवास किया। आँखों में रोशनी थी। वे स्थानक जाकर साधु-साध्वियों के दर्शन करती थीं, पर नेत्रहीन होने पर उनके लिए ऐसा संभव नहीं था। ढढ्ढा हवेली में साधु-साध्वियाँ उन्हें मंगलपाठ सुनाने के लिए आते थे।

माँजीसा महाराज अपने नियमों में जितनी कठोर थीं उतनी ही भावुक और दयालु भी। सूक्ति की भाषा में कहें तो 'वज्रादपि कठोरानि, मृदुनि कुसुमादपि।' वे सिद्धांत पालन में वज्र की तरह कठोर थीं। दुखियों, दरिद्रों के लिए फूल सी कोमल। सादगीपसंद इस महिला को पशु-पक्षियों से अनूठा लगाव था।

पुष्कर और अजमेर में बंदरों के झुंड दिखाई देते हैं। महान हिन्दू परंपरा में बंदरों को भगवान हनुमान का प्रतिनिधि माना जाता है। हवेली में बंदर आते थे। उनके चीखने-चिल्लाने से माँजीसा महाराज विचलित हो जाती थीं। उन्हें लगता कि बंदर भूखे हैं। वे सेवक से कहतीं कि 'दावड़ा' (सेवक) बंदर क्यों चिल्ला रहे हैं। दावड़े का जवाब होता कि माँजीसा, इनको भूख लगी है। माँजीसा महाराज ने जवाब दिया कि बंदरों को फल खिला दो। रात को बंदरों के रोने की आवाज से वे पिघल जाती थीं। वे अपने सेवकों से कहतीं कि बंदरों को ठंड लग रही है। उन्हें कंबल ओढ़ा दो। सेवकों ने कहा कि माँजीसा, आपकी भावना सही है, पर बंदर कंबल नहीं ओढ़ते। वे स्वभाव के अनुसार रात गुजार लेंगे। माँजीसा महाराज ने कभी पानी का अपव्यय नहीं किया। वे परात में बैठकर थोड़े से पानी से नहाती थीं।

माँजीसा एक कहानी सुनाती थीं। एक सेठ के घर में दो बहुएँ थीं। दोनों सास-ससुर के लिए पूरे सम्मान भाव रखती थीं। एक दिन की बात है, ससुर भोजन कर रहे थे। बाजोट के पास घिलोड़ी (घी रखने का पात्र) पड़ी थी। घूँघट

वाली बहू का ध्यान नहीं रहा। उसका पाँव टकराने से घी ढुल गया। सेठजी ने मधुर उपालंभ देते हुए कहा कि बहूजी, थोड़ा ध्यान रखा करो। जो घी ढुल गया है, उसे पशुओं के बाट में मिला दो।

संयोग से एक दिन छोटी बहू का पाँव पानी के लोटे से टकरा गया। सेठजी ने उसे बहुत भला-बुरा कहा। छोटी बहू ने सोचा, ससुरजी के मन में कितना भेदभाव है! घी गिराने वाली जेठानी को तो इतना ही कहा कि बहू, ध्यान रखा करो, मुझसे पानी का लोटा गिर गया तो वे आग-बबूले हो गए।

छोटी बहू दुखी रहने लगी। किसी को उसने अपने मन की व्यथा की कथा नहीं कही। दिन-दिन दुबलाती गई। उसके मन में बैठी चिंता चिता बन गई जिससे न तो उसका खाने का मन होता और न ही साज-शृंगार करती थी। सेठजी को लगा, बहू को कोई रोग के ग्रह ने ग्रस लिया है। एक अनुभवी वैद्य को घर बुलाया और कहा कि आप मेरी बेटी जैसी बहू का उपचार करो। वैद्य ने नब्ज देखी, पर रोग की जड़ नहीं आई। रोग तन का नहीं, मन का था।

वैद्य ने पूरे परिवार वालों से कहा कि आप थोड़े समय दूर हो जाओ। मुझे इसके मन को समझना है। वैद्यराज ने कहा कि माता, पिता, गुरु और वैद्य से कोई बात नहीं छिपानी चाहिए। छोटी बहू ने वैद्य की बात को मानते हुए कहा कि मेरे ससुर भेदभाव रखते हैं। छोटी बहू ने सारी रामकहानी सुना दी। वैद्यराज ने सेठ को बुलाया और कहा कि सेठजी, बहू को भयंकर रोग है। इसका उपचार करने के लिए सवा सेर मोती की पिष्टी बनानी होगी। आप बसरे के असली मोती मँगवाओ। इसका मोल लाखों होगा। सेठ ने जवाब दिया—बहू से बढ़कर मेरे लिए पैसे का कोई मूल्य नहीं है। मोती आ गए। छोटी बहू के मन के तनाव की नाव तूफान से बाहर आ गई। उसने कहा कि पिताजी, इन मोतियों को मत पिसवाओ। मुझे आपकी उस बात से ठेस लगी जब मेरी गलती से जल भरा लोटे का पानी बिखरा। आपने बड़ी बहू के घी गिराने पर भी कुछ नहीं कहा, मुझे बड़ा उपालंभ दिया।

सेठजी बोले—तुम बहुत भोली हो। सयानी बनो। घी गिरने से तो कोई फर्क नहीं पड़ता, पर पानी अनमोल है। इसलिए मैंने तुमको उलाहना दिया। मेरे मन में भेदभाव होता तो मैं बसरे के मोती क्यों मँगवाता? बहू ने अपनी भूल मानी। भूल करके जो भूल को मान लेता है, वह भूल को फूल बना देता है। भूल करने पर भी जो उसे नहीं स्वीकारता, वह भूल शूल बन जाती है। छोटी बहू ने ससुर

साहब के पाँव छूए। उसने कहा कि मेरा तनाव दूर हो गया। आप मेरे लिए इतना बड़ा धन खर्च कर सकते हैं, अब समझ आया कि आप कितना नेह रखते हो।

❑

तेजसी के पुत्र सदासुख थे। वे नैनसी के नाम से विख्यात थे। इन्दौर में उनकी फर्म का बहुत प्रभाव था। इन्दौर में संपन्न व्यवसायियों के रूप में 11 पंचों का नाम रियासत से मानित था। 11 पंचों में 'पदमसी-नैनसी' फर्म को सर्वोच्च स्थान प्राप्त था। महाराज तुकोजीराव, होलकर बहादुर के समय फर्म का व्यवसाय उत्कर्ष पर था। सदासुख के बाद सेठ उदयमल हुए। उदयमल पिता सदासुख की मृत्यु के एक महीने बाद ही फानी दुनिया से चले गए।

1859 में ढढ्ढा परिवार जयपुर से अजमेर आ गया। सेठ उदयमल के सन्तान नहीं होने से 1870 में हैदराबाद से सेठ बदनमल ढढ्ढा के पुत्र सौभागमल दत्तक पुत्र हुए। उन्होंने बीकानेर नरेश को सोने-जवाहरात की एक बहुमूल्य कंठी भेंट की। इससे प्रसन्न होकर बीकानेर महाराजा ने इनको व्यापार की चीजों पर 'सायर का आधा महसूल' तथा घर खर्च की चीजों का 'सायर का पूरा महसूल' माफ किया। महाराजा बीकानेर ने ढढ्ढों को अपने मातहत काम करने वाले लोगों से जुड़े विवादों को सुलझाने के लिए दीवानी तथा फौजदारी अधिकार भी दिये।

❑

जयपुर के महाराजा सवाई माधोसिंह सदासुख के वैभव को देख हमेशा टेढ़ी निगाह रखते थे। उनके नाखुश होने की वजह सोने, चाँदी, हीरे, जवाहरात व धन का अकूत भंडार था।

हद तो तब हो गई जब राजा को यह पता चला कि सदासुख के यहाँ कड़ाहियाँ व बर्तन भी सोने व चाँदी के हैं। जरूरत पड़ने पर आसपास की रियासत के धनी-मानी लोग भी माँग ले जाते थे। इस बात की जाँच करने के लिए राजा ने अपने कारिन्दों को ढढ्ढा बाग भेजा। कारिन्दों ने कहा कि राजा सोने की कड़ाही मँगा रहे हैं। मुनीम ने कहा कि आपको कितने सेर की कड़ाही चाहिए? अभी सेठ-सा बाहर पधारे हैं। उनके आते ही उतने सेर की कड़ाही भिजवाने की व्यवस्था हो जाएगी। सदासुख के पुत्र उदयमल के भी संतान नहीं थी। उनका देहांत अल्पायु में हो गया। अकूत भंडार को देखते हुए महाराजा

माधोसिंह इंद्रमल को उदयमल का दत्तक पुत्र बनवाना चाहते थे। यह बात माँजीसा को पता चली। उन्होंने अपनी असहमति प्रकट की। इस बात से माधोसिंह बहुत नाराज हुए और उन्होंने माँजीसा की ओर भृकुटि टेढ़ी कर ली।

30 जून, 1870 के दिन सौभागमल को गोद लिया। इससे जयपुर महाराज नाराज हुए। माँजीसा महाराज को नजरबंद कर दिया। माँजीसा महाराज का नियम था कि वे साधु-साध्वियों के दर्शन किए बिना भोजन नहीं करती थीं। नजरबंदी के दौरान उन्होंने भूख हड़ताल कर दी। राजा को उन्हें साधु-साध्वियों के दर्शन की अनुमति देनी पड़ी।

माँजीसा महाराज बहुत कुशल महिला थीं। उन्होंने दासियों के साथ योजना बनाई। धीरे-धीरे सम्पत्ति बाहर भेजने लगीं। इसके बाद पिंजस में बैठ माँजीसा महाराज एक दावड़ी (दासी) के साथ संत दर्शन के बहाने निकलीं। जयपुर की सीमा से बाहर आ गईं। दावड़ी को पिंजस में बिठा वापस भेज दिया। ऊँटों के काफिले के साथ दूदू की ओर बढ़ीं। दूदू ठाकुर के यहाँ रुकीं। ठाकुर को सारी स्थिति से अवगत कराया। दूदू ठाकुर ने उन्हें सम्मान और सुरक्षा के साथ अजमेर पहुँचाया। षड्यंत्रपूर्वक जयपुर के महाराजा माधोसिंह ने इंद्रमल को दत्तक बनाया। उन्हें जयपुर की सम्पत्ति का मालिकाना हक दिया।

माँजीसा महाराज का जब स्वर्गवास हुआ, तब एक किंवदंती के अनुसार केसर की बरसात हुई। एक कवि ने बैकुंठी उठाते वक्त यह गाया—'माघ सुदी अष्टमी को दिन पहर आयो है। आज दिन देवलोक हुया माँजीसा महाराज/ केसर की बरसात हुई/ चंदन में दाग हुयो/ केवली रथ व्याने लेबा ने आयो है।'

सेठ सौभागमल ढढ्ढा ने कई रियासतों और अंग्रेजी रेसीडेन्सियों के साथ व्यापारिक रिश्ते बनाए। रियासतों और रेसीडेन्सियों के बैंकर के रूप में ढढ्ढों ने क्षितिजीय ऊँचाइयाँ हासिल कीं। सेठ का रुतबा दिल्ली दरबार तक था। अंग्रेज सेठजी की व्यापारिक सूझ-बूझ के कायल थे। अंग्रेज भारत को एक बाजार मानकर ही आए थे। ईस्ट इंडिया कंपनी का उद्देश्य भारत में व्यापार करना था। पर जब देशी रियासतों के आपसी झगड़े देखे, तो कंपनी ने व्यापार की जगह राजनीति को एजेंडा बना लिया। यहीं से 'फूट डालो, राज करो' की नीति शुरू हुई। सेठ सौभागमल की करोड़ों की दौलत को देख अंग्रेजों ने उनको अपना बैंकर बना दिया। सेठ सौभागमल मिजाज से भी पूरे अंग्रेज थे। जब अंग्रेजों के बीच किसी पार्टी में सूटेड-बूटेड होकर खड़े होते तो आम लोग उन्हें 'अंग्रेज बहादुर' समझने की भूल करते थे।

खान-पान-पहनावे से अंग्रेज उनकी साहिबी के कायल थे। अक्सर अंग्रेज रेजीडेन्ट हवेली में भोजन करने आते थे। सेठ मान-मनुहार के धनी थे। जो भी उनकी हवेली पर आता, वह बिना भोजन लिए नहीं जाता था। शाम होते ही घोड़ाबग्घी में बैठकर सेठजी जब सैर के लिए निकलते थे तो नया बाजार से लेकर अनासागर तक लोग मुजरा (अभिवादन) करने के लिए खड़े हो जाते थे।

1903 में रायबहादुर सेठजी को दिल्ली दरबार में बड़े सम्मान के साथ बुलाया। एक भव्य समारोह में रायबहादुर सेठ जी को सम्मानित किया। रायबहादुर की उपाधि उस जमाने में बड़ी सम्मानजनक मानी जाती थी। हिन्दू आभिजात्यों को 'रायबहादुर' और मुस्लिम खानदानी लोगों को अंग्रेज 'खानबहादुर' के खिताब से नवाज़ते थे। दिल्ली दरबार में सेठ सौभागमल के लिए सीट नंबर यू-134 आरक्षित की गई। सेठ सौभागमल जब पहली बार दिल्ली दरबार में गए तो अंग्रेजों ने उनको लिवाने के लिए रेल में स्पेशल कोच लगाया। वापसी भी स्पेशल कोच से हुई।

हवेली में उनकी घुड़साल में 'काबुली घोड़े' देखने के लिए बड़े-बड़े अंग्रेज आते थे। सेठजी घोड़ों के पारखी थे। वे कहते थे कि हिन्दुस्तान में तो घोड़ों को सदियों से 'अश्वरत्न' के रूप में सम्मान दिया गया है।

सौभागमल राजस्थान के ऐसे रईस थे जिन्होंने सवारी के लिए विलायत से 'रॉल्स-रायस' मँगवाई। इस कार में बैठ जब रायबहादुर सेठ सैर के लिए निकलते तो रोड पर कार देखने के लिए हुजूम लग जाता था। तब की कार में हॉर्न भोंपू की तरह बजाया जाता था। आम आदमी सेठ की गाड़ी देख कहते—"अरे, देखो, 'भोंपू वाला सेठ' आग्यो!" अंग्रेज रेजीडेन्सी थी। अजमेर में अंग्रेजों के पास भी 'रॉल्स-रायस' नहीं थी। अंग्रेज एजेन्ट को कार की दरकार होती तो वह ढढ्ढों की हवेली से 'रॉल्स-रायस' माँगने आते थे।

सेठ सौभागमल को अजमेर की गंगा-जमुनी तहज़ीब से बड़ा लगाव था। छोटे-बड़े का भेद उनके दिल में नहीं था। संपन्नता के बाद भी सेठजी सरल और विनम्र थे। बड़े-बुजुर्गों को देख कार या घोड़ाबग्घी रोक नीचे उतर उनका हाल-चाल पूछते।

दरगाह बाजार की बात है—एक बुजुर्ग फकीर को बड़ी मुश्किल से रास्ता पार करते देखा। सेठजी ने तुरन्त ड्राइवर से कहा—"भाई, पिछली सीट पर मियाँ को बिठा दो।" ड्राइवर की आँखें फटी-की-फटी रह गईं। एक फटेहाल फकीर के लिए सेठ के मन में इतनी बड़ी इज्जत की वह कल्पना भी नहीं कर सकता था। सेठजी

ड्राइवर के असमंजस को समझकर बोले कि धन तभी सार्थक है जब धनवान का मन भी धनवान हो। कई बार गरीब-गुरबों के लिए सेठजी गाड़ी हाजिर कर देते थे। बीमारों के लिए तो 'रॉल्स-रायस' एम्बुलेंस का काम करती थी।

दानवीरता सेठ सौभागमल को स्वभाव से मिली। 'राजस्थान पत्रिका' के अजमेर संस्करण में दिनांक 30 जनवरी; 2014, पेज संख्या 2 की रपट में इस बात का उल्लेख है। "सौ साल पहले पाँच रुपए की क्या अहमियत रही, इसका अंदाजा शहर के बीचोबीच स्थित गांधी भवन के रिकॉर्ड देखकर लगाया जा सकता है। राज्यभर के 88 दानदाताओं ने चंदा देकर 20 हजार 856 रुपए जुटाए। चंदा देने वाले भी कोई आम आदमी नहीं बल्कि राजा-महाराजा और सेठ-साहूकार थे। दरगाह कमेटी रिकॉर्ड खंगाला तो इसका खुलासा हुआ। खास पाँच रुपए का चंदा देने वाले का नाम भी लिस्ट में दर्ज है। सबसे ज्यादा 3000 रुपए दो महाराजाओं ने दिये। कर्नल ट्रेवर की याद में बना गांधी भवन वर्ष 1895 में अजमेर मेरवाड़ा के चीफ कमिश्नर कर्नल ट्रेवर की याद में बनाया गया। उस वक्त उसका नाम 'ट्रेवर हॉल एंड लाइब्रेरी' था। दरगाह क़मेटी ने भी उसके निर्माण में 5001 रुपए का योगदान दिया। शारदा एक्ट बनाने वाले हरबिलास शारदा ने 75 रुपए और अल्लारक्खा सेठ के पूर्वज जिवाजी मोहम्मद अल्लारखा सेठ ने पाँच रुपए चंदा दिये। "उदयपुर के महाराणा और जोधपुर के महाराजा ने तीन-तीन हजार दिये। अलवर और बीकानेर महाराजा ने 1500-1500 रुपए का दान दिया। जैसलमेर महाराजा ने 1000 रुपए और किशनगढ़ महाराज ने 500 रुपए दिये। टोंक नवाब ने 250 रुपए, सेठ लक्ष्मण दास राय बहादुर समीरमल लोढ़ा, मूलचंद सोनी चाँदमल, सौभागमल ढढ्ढा और आबकारी कॉन्ट्रेक्टर नोराजी रुस्तम ने क्रमशः 551 रुपए का दान दिया।

❑

सेठ सौभागमल के घर-आँगन में सातों सुखों का डेरा था। पर सेठजी के संतान के नाम पर इकलौती कन्या थी—'राजकँवर'। राजकँवर सही मायने में राजकुमारी से कम नहीं थी। सेठजी अंग्रेजी गुड़िया की तरह उसे सजा-धजा कर रखते थे। सेठ-सेठानी की आँखों का तारा थी—राजकँवर। राजकँवर को पढ़ाने के लिए ढढ्ढा हवेली में हिन्दी-उर्दू और अंग्रेजी के शिक्षक आते थे। जहाँ राजकँवर पढ़ती थी, आज भी हवेली में उस हिस्से को 'स्कूल' कहा जाता है।

राजकँवर, माँ-बाप के लिए सुन्दर सलोना खिलौना थी, पर वह जमाना लड़कों का था। आम भारतीय इस बात में भरोसा करते थे कि पुत्र के बिना जीवन अधूरा और अलूना है। सेठजी ने पूत-सपूत पाने के लिए नित-नए टोने-टोटके किए। कई देवरे और मजारें ढोकीं, पर सेठजी का सपना साकार नहीं हुआ। सेठजी को चिन्ता इस बात की थी कि आखिर इतने बड़े धन-वैभव का उत्तराधिकारी कौन बनेगा? एक लोक कहावत है—'दाँत दिये तो दाना नहीं दिया और दाना दिया तो दाँत नहीं दिये'। हवेली के राग-रंग में सेठजी कई बार उदास हो जाते थे। सेठानी तो कई बार भोजन के बाजोठ पर बैठकर चिंता के चक्रव्यूह में उलझी रहती थी। सेठ जी ढाढ़स देते हुए कहते कि विधि के विधान के आगे मनुष्य हमेशा पराजित होता है।

राखी का दिन था। आज सेठ-सेठानी अपने नित-नियम में जुटे थे। इतने में मचलती-इठलाती राजकँवर सेठ-सेठानी के पास आई। और बोली—"बाबासा, माँसा, आज रक्षाबंधन है। सभी लड़कियाँ भाई की कलाई पर राखी बाँध रही हैं। बताओ, मैं किसके राखी बाँधूँ?" बालमन के सवाल पर सेठ-सेठानी की आँखें छलछला गईं। मन की व्यथा आँखों से बहने लगी, पर सेठजी की व्यथा-कथा के आगे कोई विराम नहीं, एक अंतहीन प्रश्नचिह्न था।

सेठजी ने बेटी को बहलाते हुए कहा—"बेटी, अपनी पाटी को राखी बाँध दो।" नन्ही राजकँवर का मन बहल गया। उसने सोने की राखी अपनी पुस्तक और पाटी पर बाँध मन को मना लिया।

माँझल रात के बाद सेठजी ने सेठानी से कहा—"अगली राखी के पहले हवेली में भी राखी बाँधने वाली कलाई का प्रबंध करूँगा।" सेठानी ने पूछा कि यह कैसे संभव है? सेठ बोले—"कोखजाये पूत नहीं, तो गोद के पूत तो लाये जा सकते हैं।" सेठानी की बाछें खिल गईं।

दूसरे दिन सेठजी ने परिजनों से परामर्श किया। एक वृद्ध सज्जन ने सेठजी को राय दी कि बीकानेर से वंश-बेल को बढ़ाने के लिए पूत-सपूत लाया जा सकता है।

20 ऊँटों के काफिले के साथ रायबहादुर सेठ बीकानेर पहुँचे। पूरे शहर में रायबहादुर के आने की चर्चा खुशबू-सी महक उठी। बीकागा और सेठाणा एक-दूजे के पर्याय माने जाते हैं। बीकानेर के सेठों की चर्चा दूर-दूर तक थी। ढढ्ढों की हवेली के ठाठ भी कम निराले नहीं थे। कहते हैं कि हवेली में रोशनी के लिए मुँडेरों पर इत्र के दीये जलते थे।

बीकानेर के सेठ जुहारमल पैसे और प्रतिष्ठा दोनों में अग्रणी थे। बीकानेर में उनका रुतबा किसी सामंत से कम नहीं था। रायबहादुर सेठ उनके घर पहुँचे तो उन्होंने कहा—"बातचीत बाद में होगी, पहले आपको हमारी मनुहार स्वीकार करनी होगी।" नीलम के बाजोठ पर चाँदी का थाल परोसा गया। बीकानेरी मिठाइयाँ और नमकीन की बानगियाँ अलग ही दिखाई दे रही थीं।

केर-साँगरी, गट्टे की सब्जी सहित छप्पनभोग परोसे। थाली में सबसे पहले लापसी परोसी। सेठ जुहारमल ने कहा कि पहले लापसी से मुँह मीठा करना शगुन माना जाता है। भोजन के बाद मंगल गीत गाए गए। जुहारमल ने 'पाँच पंचों' के बीच अपने तीसरे पुत्र कल्याणमल को रायबहादुर सेठ का दत्तक पुत्र घोषित कर दिया। घर-परिवार और समाज में खुशियाँ बरस रही थीं। कल्याणमल सौभागमल के लाल बन गए। लाखों की दौलत और हाट-हवेलियों के मालिक भी।

दूसरे दिन सेठजी कुँवर कल्याणमल के साथ अजमेर की ओर रुख कर गए। बाँके नौजवान कल्याणमल को देखते ही हवेली रौशन हो गई। सेठानी के सभी अरमान पूरे हो गए। सौभागमल ने कल्याणमल को अपने साथ बिठा कर घर की रीति-नीति समझाई। पेढ़ी पर बैठ कर व्यापार सिखाया। यह भी सिखाया कि विलायती लोगों से किस तरह व्यवहार करना चाहिए। कुँवर कल्याणमल पढ़े-गुने थे। अंग्रेजी उनके कंठ की गलहार थी। वे महाजनी सात पीढ़ियों से जानते थे। देखते-देखते कुँवर कल्याणमल चतुराई में चोखे साबित हुए। सेठजी ने दीवानखाना कुँवर कल्याणमल को सौंप दिया। अब महफिलखाने में सेठजी अंग्रेजी तबीयत के लोगों के साथ गपशप करने लगे।

सेठजी लन्दन से लेकर अजमेर तक की बातें बतियाते तो हवेली की शाम सुरमई हो जाती। एक दिन बैठे-बैठे सेठ सौभागमल को न जाने क्या सूझी कि उन्होंने अपने संगी-साथियों से कहा—

करना था सो कर लिया, काळा केसां काम।
धोळा ने धीरप देओ, ने माथे राखो राम॥

सेठजी अनमने हो गए। हुक्का गुड़गुड़ाना छोड़कर महफिलखाने से उठे और सीधे शिवालय में जा बैठे। आधे घंटे बाद आकर संगी-साथियों से कहा—"अब मैंने सारे राग-रंग छोड़ दिये, आज से सारा दायित्व कुँवर कल्याणमल के कंधे पर डालकर, घर-गृहस्थी से ऊपर उठ हरि-भजन करना चाहूँगा।" दोस्तों ने कहा—"अभी राजकँवर के हाथ तो पीले करने बाकी हैं!"

सेठजी बोले कि फिर कल्याणमल की परीक्षा कब होगी ? यौवन की देहरी पर खड़ी राजकँवर के हाथ पीले करने के लिए सेठजी ने कल्याणमल को जिम्मेदारी और जवाबदारी सौंपी। नीति है कि पिता और भाई बेटी की बचपन में रक्षा करते हैं। यौवन में उसकी रक्षा पति करता है। वार्धक्य में पुत्र उसकी रक्षा-सुरक्षा करता है। अब बेटी पराये घर भेजनी है क्योंकि पिता के बाद पति उसका रक्षक होता है। सेठजी ने कल्याणमल से कहा कि अब तुम अपनी बहना राजकँवर के लिए अच्छे घर और अच्छे वर की तलाश करो। कल्याणमल पिता के आदेश को पलक भर में समझ गए। कल्याणमल ने तय किया कि वे अपनी लाडो के लिए ऐसा घर ढूँढ़ेगे, जहाँ सातों सुख स्वर्ग-सा वातावरण निर्मित करते हों।

कुँवर कल्याणमल ने कई घर और वर ढूँढ़े। कहीं घर समझ आया तो वर नहीं जमा। कहीं वर समझ आया तो घर नहीं जमा। एक जैसा घर-वर मिलने को ही मणिकांचन योग कहते हैं। सोने में सुहागा ढूँढ़ने में जुटे थे—कुँवर कल्याणमल।

एक साँझ हवेली की छत पर बैठे बाप-बेटे राजकँवर के विवाह के बारे में बतिया रहे थे। कल्याणमल ने पिता से कहा कि मैं लगातार आपके हुक्म की पालना में जुटा हूँ, पर अभी सफलता हाथ नहीं लगी। सेठजी मुस्कुराए और बोले—"कल्याण! जोड़ियाँ स्वर्ग में बनती हैं, धरती पर तो महज़ उन्हें ढूँढ़ा जाता है।"

सेठ सौभागमल ने खानदानी खवास को बुलाया। खवास घरेलू नाई भाई को कहते हैं। उस जमाने में नाई भाई पर इतना भरोसा होता था कि उसे वर अथवा वधू की तलाश का काम सौंपा जाता था। सेठजी ने कहा—"खवासजी, बाई के लिए घर और वर ढूँढ़ने में कल्याणमल की मदद करो।"

खवासजी बोले—"सेठजी, अभी कल ही किशनगढ़ से आए एक सज्जन ने बताया कि किशनगढ़ के 'देस दीवान' के बेटे सूरत सिंह अभी कुँवारे हैं। देस दीवान भी किसी 'कुँवारी माँग' की तलाश में हैं। मेरे मुताबिक यह जोड़ी जम सकती है।" रायबहादुर सेठ अनुभवों का खजाना अपने पास रखते थे। वे कल्याणमल से बोले कि किशनगढ़ जाओ। कुँवरी के लिए दीवानजी का घर-वर देखो। सुबह-सुबह बग्घी लेकर कुँवर कल्याणमल ने अजमेर से किशनगढ़ के लिए सीध की। साँझ के झुरमुटे से पहले कुँवर कल्याणमल किशनगढ़ पहुँचे।

दीवानजी की हवेली पर पाँव धरते ही समझ गए, कुँवरी के लायक घर तो मिल गया है अब बस वर को देखने की जरूरत है। ढढ्ढा खानदान के कुँवर को घर आया देख दीवानजी दरी-खाने में आए। आपस में जय जिनेन्द्र हुआ।

जैनधर्मी आपस में मिलते हैं तो अभिवादन में एक दूसरे को जय-जिनेन्द्र कहते हैं, जिसका अर्थ है—जिन अर्थात् जिन्होंने राग-द्वेष जीत लिया है, उनके इन्द्र कहे जाने वाले तीर्थंकरों को नमस्कार।

बातचीत का सिलसिला शुरू होते ही दीवान जी समझ गए कि कुँवरजी के आने का राज क्या है। नीलम का बाजोट लगा। सोने के थाल में स्वादिष्ट भोजन परोसे।

बात-बात में कुँवर साहब ने कहा—"मैं अपनी बहन के लिए वर की याचना के लिए आपके घर आया हूँ। मेहरबानी कर हमारी कुँवरी को देखने ढढ्ढा हवेली पधारें। हमारी हवेली पलक-पावड़े बिछाकर आपके स्वागत को उत्सुक है। फैसला आपको करना है। मैं तो अनुनय कर सकता हूँ।"

दीवानजी बोले कि कुँवर जी! मैं आपकी बात से सहमत हूँ। पंडित से पोथी-पतरा दिखा शुभ मुहूर्त में अजमेर आऊँगा। ढढ्ढों की कुल कन्या हमारे घर की बहू बने, इसमें दो राय नहीं, पर आपके घर में अंग्रेजी सभ्यता है। हम ठहरे खाँटी मारवाड़ी। इस अंतराल को कैसे पाटेंगे? कुँवर ने कहा कि मन मिलते हैं तो सभी अंतराल मिटते हैं।

आपके घर में वर को देखने की परम्परा है। इसलिए वर को लेकर मैं जल्दी ही कुँवरी को देखने अजमेर आ रहा हूँ।" दीवानजी बोले।

वक्त बिना पंख के उड़ गया। बुधवार के दिन दीवानजी रायबहादुर की हवेली पर पधारे। स्वागत में नौपतखाना बज उठा। सेठजी दीवानजी को लेने द्वार तक आए। महफिलखाने में बातचीत का सिलसिला शुरू हुआ। राजकँवर भोजन परोसने आई। दीवान जी और सेठजी के बीच बातचीत खाने से कम लजीज़ नहीं थी।

दीवान जी ने कहा—"सेठजी, हम तो सीधे-सादे ओसवाल हैं। आपके घर का वातावरण तो विलायती साहबों सा है।" सौभागमल ने जवाब दिया कि पर हमने अपनी बेटी को ऐसे संस्कार दिये हैं कि जैसा घर होगा, वैसे ही वह ढल जाएगी।

खयालों के पुलाव भी कम मजेदार नहीं होते। बात-बात में अपने घर की तहज़ीब को समझाते हुए सेठ सौभागमल ने कहा—"दीवानजी, एक परिपूर्ण भोजन तब होता है जब खानसामा मुसलमान हो, डाइनिंग टेबल क्रिश्चियन की हो और रसोई हिन्दुओं की।" सेठजी की बात को समझने के लिए दीवानजी बोले—"थोड़ा तफसील से इस बात को समझाने की मेहरबानी करें।" अंग्रेजी रौब रखने वाले सेठ ने कहा—"मुसलमान 'खानसामा' को मसाले मिलाना अच्छा आता है। क्रिश्चियन की डाइनिंग टेबल की 'प्रीपरेशन' देखने लायक होती है

और हिन्दू की रसोई साफ-सुथरी होती है। अपनी हवेली में तीनों का ताल-मेल देखने को मिलता है। इसलिए मैं घर की रसोई को सद्भाव का केन्द्र मानता हूँ।" दीवानजी सेठ की बात सुन प्रभावित हो गए। शादी की बात पक्की हो गई।

कुँवरी के रूप को देख कुँवर आकर्षण की डोर से बँध गए। कुँवरी की खूबसूरती के क्या कहने! भोजन के बाद पान खाया तो गले में पीक भी दिखाई दे रही थी। देहयष्टि कमनीय थी। हिरणी-सी आँखें, शेरनी-सी कमर और केशराशि चवरी गाय-सी सुन्दर थी। विधाता ने समय निकाल मानो राजकँवर की देह प्रतिमा को गढ़ा है। स्वर्ण प्रतिमा-सी सुन्दर राजकँवर के लिए दीवानजी के कुँवर भी एकदम सही थे। देखने वालों ने कहा—"जोड़ी तो शिव-पार्वती-सी है।" किसी ने कहा—"रति और कामदेव-सा सुन्दर है यह युगल।" मांगलिक गीतों से हवेली गूँज उठी। केसरिया भात के बनते ही पूरी हवेली में यह बात महक उठी कि कुँवरी का संबंध किशनगढ़ के देस दीवान के पुत्र से हो गया है। सभी लोग कुँवरी के भाग्य को सराह रहे थे।

थोड़े दिनों बाद शादी की तैयारी शुरू हुई। सुहागिनें बधावे गाने लगीं। शुभ मुहूर्त में बनी को बाने बिठाया गया। हल्दी-मेहँदी की रस्में होने लगीं। ढढ्ढा हवेली के चौक मांडणों से महक उठे। शहनाई का स्वर कानों में शहद घोल रहा था। बड़ी-बूढ़ी महिलाएँ बनी की बल्लैयाँ लेने लगीं। पीठी के बाद कुँवरी की नजर उतारने के टोटके होने लगे। नगर के पंडितों ने कहा कि इनके जीवन में प्रणय का पीयूष वर्षण सदैव होता रहेगा।

एक महिला यह कहना भी नहीं भूली कि बेटी तो देहरी का दीया होती है जो आँगन और द्वार दोनों को उजालती है। आज यह ढढ्ढा परिवार के आँगन को रौशन कर रही है। कल यही बेटी बहू बनकर दीवानजी के परिवार में उजियारा बरसाएगी।

विवाह-वेदी सज गई। रीति-रिवाज से पंडितों ने पाणिग्रहण कराया। चँवरी में बैठी राजकँवर और सूरत सिंह की नई जोड़ी सभी के आकर्षण का केन्द्र थी। माँ-बाप और भाई ने नेगचार निभाए। देखते-ही-देखते ढढ्ढा परिवार की चहकती चिड़िया अब दीवान परिवार के घर की कूहकती कोयल बन गई।

ढढ्ढा हवेली के सामने एक शानदार हवेली भी दहेज में दी गई। पूरी बारात में हवेली को दहेज में देने की चर्चा से बारातियों का मन बाग-बाग हो गया। लोगों ने रायबहादुर सेठ सौभागमल की इस बात की प्रशंसा की कि उन्होंने बेटी को भी बेटे की तरह सम्पत्ति में बराबर का हकदार माना। ढढ्ढा हवेली में आज इतिहास दोहराया गया। ढढ्ढा हवेली का अतीत भी एक बारात से जुड़ा है।

इतिहास को बाँचते हुए एक बुजुर्ग ने बताया कि बात बहुत पुरानी नहीं तो बहुत नई भी नहीं है। बुजुर्ग ने अतीत के पन्ने पलटते हुए कहा—"दुल्हन के हाथों में मेहँदी रचाई जा रही थी। मंगल गीत वातावरण को सांगीतिक बना रहे थे। पलक-पावड़े बिछाकर बारात की प्रतीक्षा की जा रही थी। ऐसा लग रहा था कि जल्दी ही दूल्हे राजा बारात सजा कर आएँगे। दुल्हन को अपने साथ ले जाएँगे। दूल्हे राजा आए जरूर, पर पूरे 18 महीने बाद। 18 महीनों तक शादी की तैयारियाँ थमने की बजाय परवान चढ़ती जा रही थीं। मंगल गीतों के बीच नाच-गान से उत्सव का माहौल बना हुआ था।

किशनगढ़ से आए बारातियों के मन में यह कौतूहल था कि 18 महीने तक हल्दी-मेहँदी रची दुल्हन क्यूँ दूल्हे राजा की प्रतीक्षा करती रही। बुजुर्ग ने कहानी को आगे बढ़ाते हुए कहा कि हुआ यह कि जैसलमेर के पटवा परिवार के जोरावरमल ने अपने बेटे की शादी अजमेर के लूनियाँ परिवार की पुत्री से तय की। अजमेर में बारात के ठहरने की व्यवस्था देखने के लिए शादी से पहले पटवा परिवार के सदर मुनीम अजमेर आए। वर पक्ष बड़े सेठ थे। वे अजमेर में बड़े ठाठ-बाट से बारात लाना चाहते थे। उस समय अजमेर में कोई आलीशान होटल या धर्मशाला नहीं थी।

दूल्हे के पिता ने सदर मुनीम को और अपने कारिंदों को बारातियों को ठहराने के लिए पाँच हवेलियाँ बनाने का हुक्म दिया। दुल्हन के तेल चढ़ने की रस्म हो चुकी थी। मुनीम ने कहा—"सेठजी, हवेलियाँ कोई दो-चार दिन में तो बनेंगी नहीं, उसके लिए तो महीनों का वक्त चाहिए।" पटवा सेठ ने कहा—"शादी की तैयारियाँ जारी रखी जाएँ, नृत्य-गीत से माहौल को और मंगलमय बनाया जाए। फेरे अब तभी होंगे जब हवेलियाँ तैयार हो जाएँगी।" दूल्हे के घरवाले चाहते थे कि हवेलियाँ इस तरह बनाई जाएँ कि पाँचों भाइयों के परिवारों की महिलाएँ अन्दर-से-अन्दर एक दूसरी हवेली में जा सकें । हवेली में ठहरने वाले परिजनों और बारातियों को आने-जाने में किसी तरह की परेशानी नहीं होनी चाहिए।

मुनीम, गुमाश्तों के लिए भी एक अलग हवेली बनाई गई। जहाँ से वे शादी की व्यवस्था पर नजर रख सकें। हवेलियों को बनाने के लिए जैसलमेर से कारीगर आए। ऊँटों पर नक्काशीदार झरोखे ढोकर लाए गए।

नहर मोहल्ले में बनी इस हवेली का निर्माण 1830 में हुआ। तब इस हवेली पर बड़ी धनराशि व्यय हुई। हवेली में तलघर सहित सात मंजिलें हैं। हवेली की

खिड़कियाँ व चौबारे जैसलमेर से लाए लाल पत्थर की नक्काशी व मेहराब से बने हैं। हवेली के मुख्य द्वार पर लगा नुकीली सलाखों वाला बुलंद दरवाजा हवेली की भव्यता को उद्घाटित करता है। तब से आज तक अजमेर में किसी हवेली का दरवाजा इतना विशाल देखने में नहीं मिलता। पाँचों हवेलियाँ इस तरह बनी हैं कि एक हवेली से दूसरी हवेली में कोई भी आ-जा सकता है। पटवा सेठों की बनाई शहर की सबसे ऊँची व विशाल हवेली के बड़े दरवाजे पर अचरज करने वाला ताला लगता था। इस ताले का वजन 15 किलोग्राम है, जिसे लगाने के लिए तीन कारिंदे नियुक्त थे। इस हवेली की प्रतिच्छवि जैसलमेर की अनूठे स्थापत्य वाली हवेलियों से की जाती है। जहाँ लाखों पर्यटक इन्हें देखने आते हैं।

हवेली का निर्माण होने के बाद बारात जैसलमेर से अजमेर के लिए रवाना हुई। गजमल लूनियाँ की बेटी राजकँवर को ब्याहने के लिए पटवा परिवार की बारात अजमेर आई। इस शाही शादी के किस्से पूरे राजस्थान में चर्चित हुए।

इन्हीं पाँचों हवेलियों में से सबसे बड़ी हवेली को सेठ सौभागमल ने पटवों से खरीदी। इस हवेली के ठीक सामने बेटी राजकँवर की हवेली बनी है जो आज भी 'राजकँवर की हवेली' के नाम से जानी जाती है। बारातियों ने जब हवेली का हाल सुना तो सभी अचरज रो भर गए। आज यही हवेली 'ढढ्ढों की हवेली' के नाम से अजमेर की शान है।

बारात आने में महीनों का विलम्ब हुआ तो वधू पक्ष वालों ने संदेश भिजवाया कि समय पर विवाह नहीं होने से हमारा सैकड़ों किलो घी, तेल बर्बाद हो जाएगा। वर पक्ष भी कम अभिमानी नहीं था, वर पक्ष ने संदेश भेजा कि निर्माणाधीन हवेली की नींवों में तेल और घी के पीपे डाल दो। भुगतान मुनीमजी से ले लो।

लूनियाँ परिवार के भोजन में देरी हो गई तो एक बाराती ने तंज कसा कि ऐसा क्या हीरे, जवाहरात परोसोगे ? सेठ लूनियाँ को यह बात तीर की तरह चुभी। उन्होंने बोरी भरे हीरे, जवाहरात पत्तलों में परोस दिये। इतने में भोजन बन गया। सेठ ने सारे हीरे-जवाहरात भेंट कर दिये। दो सेठों की मूँछ की लड़ाई इतिहास में अमर हो गई। मुंबई के 'होटल ट्राइडेंट' में ढढ्ढों की हवेली का चित्र आज भी लगा है।

हवेली पुरा सम्पदा कानून के तहत संरक्षित स्मारक है। नहर मोहल्ला मराठा काल के पहले का है। पहले यहाँ चारों तरफ जंगल था, बाद में एक बाजार बन गया। मुगलकाल में यहाँ नया बाजार बसने लगा। ढढ्ढा हवेली से पट्टी कटला तक नहर जाती थी, इसलिए मोहल्ले का नाम 'नहर मोहल्ला' पड़ा। नहर मोहल्ले

के नुक्कड़ पर बनी ढढ्ढा हवेली के सामने बेटी राजकँवर की हवेली ने आज फिर पुराने इतिहास को पुनर्जीवित कर दिया।

शादी की धूम-धाम के बाद बारात किशनगढ़ लौटी। सेठ सौभागमल अपनी बेटी को किशनगढ़ भेजकर भी कभी नहीं भूल पाए। आए दिन वे पुत्र कल्याणमल को राजकँवरी की देख-रेख के लिए किशनगढ़ भेजते थे। हर बार महँगे आभूषण और वस्त्र उपहार में भेजे जाते थे। बाबुल अपनी लाड़ली को कितना प्यार करते थे, इसका उदाहरण इस बात से चलता था कि जब भी ढढ्ढा हवेली में कोई विशेष पकवान बनता तो घोड़ाबग्घी के जरिए उसे किशनगढ़ भिजवाया जाता था। किशनगढ़ अजमेर से चौदह मील की दूरी पर है।

राजस्थानी का एक लोकगीत कहता है—'बैन-बेटी बाजै बीरा खूँटे री गावड़ली, बाँधों जठे ही बँध जावे सा।' बहन और बेटी खूँटे से बँधी गाय है। जिसे पिता जहाँ बाँधता है, उसे वहाँ बँधना होता है, पर सेठ सौभागमल और कुँवर कल्याणमल ने इस परिपाटी को बदल दिया।

उस जमाने में भी बेटी और बेटे को बराबर की दो आँखें मानने वाले रायबहादुर सेठ ने आने वाली पीढ़ियों के लिए भी यह आदर्श रखा कि वे बेटी और बेटे के बीच कोई विभेद नहीं रखते हैं। सेठजी ने दोनों भाई-बहन को घुड़सवारी सिखाई। भाई-बहन रोज सुबह-शाम घुड़सवारी करते हुए अनासागर झील पर घूमने जाते थे। सेठ प्रगतिशील विचारों के थे। इसी बात से अंदाजा लगाया जा सकता है कि उस युग में महिलाएँ पर्दे में रहा करती थीं, पर उन्होंने इस कुरीति को अपनाने से इनकार कर दिया।

शादी के कुछ समय बाद ही राजकँवर अपने पति के साथ पिता की दी हवेली में आ गई। उनके भाई कल्याणमल ने आजीवन बहन को हथेली के छाले की तरह सहेजा। पिता के मन के अनुरूप बहन की देखभाल की। कल्याणमल के लिए बहना अनमोल गहना थी।

❑

कल्याणमल भी विवाह योग्य हो गए। शादी के प्रस्ताव लेकर कई धनी मानी सेठ ढढ्ढा की हवेली पहुँचे। अपनी बेटी के लिए कल्याणमल की माँग की। एक मित्र ने सलाह दी कि विवाह के लिए पूरे भारत की परिक्रमा करने की जरूरत नहीं है। अजमेर का लोढ़ा परिवार बड़ा कारोबारी और संस्कारित है। उस

मित्र ने सेठ समीरमल लोढ़ा से बात की। पलभर की देर किए बिना लोढ़ा ने ढढ्ढों को बेटी बिरजकँवर देने के प्रस्ताव पर हाँ कर ली। सेठ समीरमल लोढ़ा दानवीर और कर्मवीर थे। उनकी सबसे छोटी कन्या बिरजकँवर की सगाई सेठ कल्याणमल ढढ्ढा से हुई। आमजन ने कहा कि बिरजकँवर को अच्छा घर और वर मिल गया।

पाँच पंडितों ने मिल कर विवाह मुहूर्त निकाला। लोढ़ा और ढढ्ढा की हवेलियों में नौपतबाजे बजने लगे। सुहागिनों ने वर-वधू के लिए गीत गाए। बिरजकँवर ढढ्ढा हवेली की बहू बनकर आई। बिरजकँवर संयमशील और संस्कारी युवती थी। लोढ़ा परिवार में भी कोई काम होता तो वे अपने पति के साथ सबसे पहले पहुँचती थी। दोनों के आने के बाद ही कोई काम शुरू होता था।

बिरजकँवर की कोख से दो पुत्र जन्मे, पर विधना को यह मंजूर नहीं था। दोनों पुत्र अल्प आयु में ही काल कवलित हो गए। बिरजकँवर और कल्याणमल की सारी खुशियाँ हवा-हवाई हो गईं। वे नहीं समझ पाए कि नियति इतनी कठोर क्यों है? अगर उन्हें पुत्र सुख नहीं देना था तो नियति नर्तकी ने ये दुःखान्त नाटक क्यों खेला? वक्त सारे जख्मों को भर देता है। पति-पत्नी के जीवन की सारी सरसता नीरसता में बदल गई। कई सालों तक पति-पत्नी ने मिष्ठान्न नहीं खाया।

कोई संतान नहीं होने से ढढ्ढा हवेली फिर सूनी हो गई। पूरे परिवार ने ठान लिया कि फिर वंश बेल बढ़ाने के लिए किसी योग्य ढढ्ढा युवक की तलाश करनी होगी, जिससे वंश वल्लरी आगे बढ़ सके।

बीकानेर के सेठ बदनमल जो कि सेठ कल्याणमल के छोटे भाई थे। बदनमल के एक पुत्र और एक पुत्री थी। पुत्र की उम्र तीन साल और पुत्री डेढ़ साल की थी। बदनमल की पत्नी बिरदीबाई का निधन हो गया। यह बदनमल के जीवन में बड़ा आघात था, पर आँखों के खारे पानी से किसका जग में काम चला! वज्रहृदय मानव ही देते हैं संकट की शान गला। इस कठिन वेला में सेठ पत्नी बिरजकँवर सहित 'मोखान' (संवेदना) के लिए बीकानेर आए। लौटते समय मातृविहीन दोनों पुत्र-पुत्री को अपने साथ ले आए। उनका लालन-पालन और उनकी शिक्षा ढढ्ढा हवेली में होने लगी। कल्याणमल ने किसी को नहीं जताया कि वे इनको गोद लेंगे।

बीकानेर में सेठ बदनमल की दूसरी शादी भी हो गई। बदनमल ने अपनी संतान माँगी। सेठ कल्याणमल ने कहा कि अब ये संतान आपकी नहीं मेरी है। मेरे लिए दोनों भाई-बहन दो आँखों की तरह हैं, पर सेठ बदनमल ने बहुत आग्रह

किया। वे अजमेर आए। सेठ से निवेदन किया कि भले ही आप पुत्र बंसीलाल को रख लो, पर बाई को हमें सौंप दो जिससे मैं कन्यादान कर उऋण हो सकूँ। बहुत बहस हुई पर बदनमल नहीं माने। बेटी को अपने साथ ले गए।

सेठ बदनमल की दूसरी पत्नी से दो पुत्र और एक पुत्री हुई। पुत्र का नाम चंदनमल और जीवनमल रखा। पुत्री का नाम भँवरीबाई। पहली पत्नी की संतान अंतरकँवर का परिवार बीकानेर और भँवरीबाई का परिवार जयपुर में बस गया।

एक दिन कल्याणमल ने सामाजिक जनों को भोजन के लिए बुलाया। गणमान्य जनों के सामने अपने उत्तराधिकारी के रूप में बंसीलाल के सिर पर पगड़ी बाँध दी।

गोद की रस्म पूरी हुई। सेठ कल्याणमल ने कहा कि बालक का नाम दो अवसरों पर बदलने की परम्परा है। पहली परंपरा के अनुसार गुरु दीक्षा देने के समय नाम परिवर्तित करते हैं। दूसरा अवसर गोद की रस्म के बाद पुत्र का नाम बदला जाता है। इसलिए आज से आमजन बंसीलाल को 'उमरावमल' के नाम से जानेंगे। सभी परिजनों और इष्ट मित्रों ने इस नाम की सराहना की।

'उमराव' शब्द अरबी का है जिसका अर्थ संपन्न और श्रेष्ठ है। 'मल' शब्द संस्कृत के मल्ल शब्द का अपभ्रंश है जिसका अर्थ शक्तिशाली और सामर्थ्यवान है। इस तरह सेठ उमरावमल संपन्न, श्रेष्ठ और समर्थ—दोनों विशेषणों को धारण करते थे। यथानाम तथा गुण थे।

उमरावमल की प्रारंभिक पढ़ाई हवेली में हुई। उमरावमल टेनिस के दीवाने थे। हर शाम 'टेनिस क्लब' में जाते थे। कई विदेशियों के साथ उन्होंने टेनिस टूर्नामेंट न केवल खेले बल्कि जीते भी। अजमेर का टेनिस क्लब मशहूर था। उमरावमल ने गवर्नमेंट कॉलेज से बी.ए. पास किया। आगरा यूनिवर्सिटी से एल-एल.बी. के लिए एडमिशन लिया। उन्होंने आगरा में पढ़ाई की। वहाँ उन्होंने एक कमरा लिया। एक नौकर साथ भेजा गया। वह उनका सारा काम करता था। वहाँ दो साल रहे। परीक्षा के समय तबियत खराब हो गई। फिर भी एल-एल.बी. की पढ़ाई पूरी की। बाद में वे अजमेर आ गए।

एल-एल.बी. होते ही सेठानी बिरजकँवर के मानस में बेटे के विवाह की बात आई। हर भावना के पीछे एक संभावना छिपी होती है। चारों तरफ संदेशे भेजे गए। रिश्तों के लिए कई प्रस्ताव आए। सेठानी को लाडले की शादी के बहाने अपने अरमान पूरे करने थे।

खानदेश के कन्हैयालाल लूणावत की पुत्री विवाह योग्य थी। लूणावत परिवार भी संस्कारित और संपन्न था। उनकी फर्म 'चंदूलाल पन्नालाल' सुख्यात थी। आढ़त के बड़े व्यापारी के रूप में बाजार में उनका एक अलग रुतबा था। रुई के व्यापार में तो वे खानदेश में बेताज बादशाह थे। उनके पास तीन जिनींग फैक्टरी थीं। इनके आम के बगीचे, गन्ने व अनाज के खेत थे। घर में कम से कम तीस-चालीस गाय-भैंसें थीं। पचासों कारिंदे फर्म और घर के बीच कामकाज करते थे।

लूणावत परिवार मूलत: नरवर का था। नरवर अजमेर से दस मील की दूरी पर बसा गाँव है। बिणज की वजह से वे खानदेश चले गए। उनको पता चला कि ढढ्ढा परिवार में विवाह योग्य सुपुत्र है। सेठ पन्नालाल लड़की के दादा थे। वे ढढ्ढा परिवार की ख्याति और समृद्धि से परिचित थे।

लड़का सुंदर और सुशील प्रतीत हुआ। सेठ पन्नालाल ने कहा कि आप एक फोटो भेजें। परिवार को बताकर सगाई का दस्तूर करेंगे। डाक से फोटो भी आ गई। फोटो देखकर लगा कि लड़के का एक पाँव टेढ़ा है। लड़की की माँ को एतराज था। बेटी का रिश्ता नहीं हो सकता। देखने का सिलसिला दोबारा शुरू हुआ। सब कुछ फोटोग्राफर की गलती से हुआ। लड़के के दोनों पाँव सही-सलामत हैं। सगाई हुई। शादी का मुहूर्त भी निकल गया।

उमरावमल का ननिहाल लोढ़ा परिवार में था। इसलिए सेठानी बिरजकँवर को वहाँ भी सूचित करना था। वे बधाई लेकर भाई बिरदमल लोढ़ा के पास गईं। सारी बात बताई। सभी राजी हो गए। लोढ़ा सेठ ने सोचा कि बाई हमसे शादी के लिए मदद माँगने आई हैं। उन्होंने कहा कि सीधा-सादा ब्याह कर लो।

बिरजकँवर बोली—"भाई साहब, मेरे तो एक ही बेटा है इसलिए मैं तो इसकी धूमधाम से शादी करूँगी। हर शौक इस शादी के बहाने पूरे करूँगी।" इस बीच सेठ बिरदमल बोले—"बाई, मन की मिनक्या मन में ही राखो तो ठीक रहसी।" यानी मन की इच्छा-रूपी बिल्लियों को मन में ही रखो।

बिरजकँवर गुस्सा गई और बोली—"भाईसा, मन की मिनक्या ने मैं कुत्ता देकर भगा देस्यूं।" अर्थात् आप जिन बिल्लियों की चर्चा कर रहे हो तो मन में कुत्ते भी रखती हूँ, जो उन बिल्लियों को भगा देंगे। अपने साथ आए सेवक हनुमान से बोली कि उठो, ब्याह का बहुत काम है। उसने भाई से कहा—मैं तो न्योता देने आई हूँ, बेजा बात सुनने के लिए नहीं। उनके जाने के बाद सेठ लोढ़ा बिरदमल ने

परिवार में कहा, मेरी बहन हठीली है। वह डरने वाली नहीं। बिरजकँवर माँजीसा महाराज की तरह दबंग महिला थीं। अपने निर्णय वे स्वयं लेती थीं। वे माँजीसा महाराज के लिए कहती थीं कि माँजीसा महाराज 'बिना पगड़ी की मर्द' थीं।

शादी की तैयारियाँ शुरू हुईं। अजमेर के नरवर गाँव में शादी थी। खानपान का सारा सामान और बिजली के जनरेटर ऊँटों पर लादे गए। बारातियों को ठहराने के लिए टैंट लगाए गए। सात सौ बाराती आए। सात दिन तक बारात को रोका गया। सत्ताइस दिनों तक बिंदौरियाँ निकलीं। बिंदौरी में शामिल होने वालों को रोज नारियल बाँटे जाते थे। शादी की सारी रस्में पूरी हुईं। श्रीकँवर बिरजकँवर के परिवार की लाड़ली बहू बनकर आई। थोड़े दिनों बाद बिरदमल ने पूछा—"बाई, बा अंगूठी कठै है?" बाई ने कहा—"भाईसा, वी अंगूठी सूँ तो मैं बेटो परणा लाई।"

1936 में उनके पहला पुत्र हुआ। खुशियाँ मनाईं। चार पीढ़ी में वे पहली पुत्र संतान थी। 10 महीने में ही देहांत हो गया। उसके बाद दूसरा पुत्र 14 मार्च, 1938 को हुआ। पुत्रजन्म से खुशी का माहौल छा गया। पुत्र का नाम प्रकाशमल रखा गया। प्यार से सब उसे 'भँवरजी' के नाम से ही बुलाते थे।

जैतारण के सेठ गणेशमल ओस्तवाल परिवार से काफी घनिष्ठ संबंध थे। गणेशमल ने जैतारण से एक गाय भिजवाई। प्रकाशमल को बाहर का दूध नहीं पिलाना था। इसी गाय का दूध पिलाया क्योंकि चार पीढ़ियों से इस परिवार में सभी पुत्र गोद आए। प्रकाश का पालन-पोषण अच्छे से होने लगा। प्रकाश अपने नाम के अनुरूप ढढ्ढा परिवार का उजाला है। होनहार बिरवान के होत चिकने पात। बचपन से ही पढ़ने में प्रकाश अव्वल दर्जे आता था।

25 अक्टूबर, 1940 को एक पुत्री का जन्म हुआ। नाम सरदार रखा। बड़ी हुई। यह नाम अच्छा नहीं लगा। ऐसा लगा, जैसे यह किसी लड़के का नाम है! स्कूल में दाखिला हुआ तो उसने अपना नाम विभा लिखा। अब सब उसे 'विभा' कहने लगे। पुराने लोग तो सरदार बाईसा के नाम से ही पुकारते हैं। राजकँवर के बाद यह परिवार में पहली पुत्री हुई।

17 जनवरी, 1943 को उमरावमल के दूसरी पुत्री हुई। नाम विमला रखा। उसकी पढ़ाई सावित्री कॉलेज में बी.ए. तक हुई।

2 जनवरी, 1947 को तीसरी पुत्री का जन्म हुआ। नाम रखा निर्मला। जैसा नाम, वैसे ही गुण। एकदम शांत स्वभाव, गुस्से से बहुत दूर। उसने पढ़ाई बी.ए.

तक की। एन.सी.सी. भी की। निर्मला सेठ कल्याणमल की लाडली पोती थी। उसके बिना उनका एक पल भी अकेले नहीं बीतता था।

चौथी पुत्री 10 दिसम्बर, 1950 को हुई। सबसे छोटी होने के कारण वह सबकी लाडली थी। नाम कमला रखा। कमला ने भी बी.ए. किया। कमला के जन्म के बाद 1953 में उमरावमल ऑनरेरी मजिस्ट्रेट बन गए। कन्या शिक्षा के बारे में उमरावमल का ध्यान उस युग में चला गया जब कन्याओं का विवाह तेरह-चौदह वर्ष की उम्र में कर दिया जाता था।

पाँच भाई-बहनों से ढढ्ढा हवेली में चहल-पहल बढ़ी। ढढ्ढा हवेली ने पहली बार बचपन को अपने आँगन में खेलते-कूदते देखा। द्वार चहकने लगा। आँगन महकने लगा। हवेली के कंगूरे-कंगूरे रौशन हो गए। प्रकाशमल ने अपनी पढ़ाई शुरू की। बी.कॉम. किया और 1959 से राजस्थान यूनिवर्सिटी से एम.ए. (इकोनॉमिक्स एंड पब्लिक एडमिनिस्ट्रेशन) में किया। फिर निजी कम्पनी में कार्यरत हुए।

उमरावमल के लिए वकालत घाटे का सौदा रहा। काला कोट डाल वे कोर्ट पहुँचे। उन्हें अनुभव हुआ कि वकालत सच्चाई के साथ करना कठिन है। शाम को जैसे ही कोर्ट से वे हवेली लौटे, सेठानी ने चाय-पानी के लिए पूछा। श्रीकँवर को लगा, जिस उत्साह के साथ पति कोर्ट गए, वह उमंग अब उनके चेहरे से नदारद है। अनमने उमरावमल से पूछ बैठी—"आज आपके चेहरे पर खुशियों की रंगत होनी चाहिए। आपने पहली बार अदालत के सामने प्रतिवादी से बहस की है। काम की खुशी क्यों नहीं दिखाई दे रही है?" भीतर तक भीग गए, सेठ उमरावमल। ऐसी कोई बात नहीं सूझ रही थी कि वे पत्नी को ठीक से समझा सकें कि भले ही वकालत पढ़ी, पर वकालत करना उनके लिए संभव नहीं है। पत्नी को तनाव न हो इसलिए बात को टालते हुए उमरावमल बोले—"श्रीमतीजी, पुरुष के मन की नाव तनाव के तूफान से घिरी रहती है।"

सेठानी ने हँसते हुए कहा, "यह तो ठीक है कि नाव तूफान में रहे पर तूफान अगर नाव में रहने लग गया तो..."

सेठजी का 'वकील साहब' मन-ही-मन विचलित था। पहली बार श्रीकँवर से उन्होंने कुछ छिपाया है। संबंधों में लुकाछिपी का खेल कैसे चल सकता है! पति-पत्नी के बीच तो सब-कुछ दर्पण की तरह साफ होता है। दिन भर उमरावमल का मन उथल-पुथल में रहा। आखिर उन्होंने फैसला किया कि परिवार के हित में वे अदालत जाते-आते रहेंगे। थोड़े ही दिनों में उमरावमल की पहचान अजमेर के अच्छे वकीलों में होने लगी।

पर अपनी वकालत के मायने उमरावमल ने तय किए। उन्होंने संकल्प किया कि वे आपराधिक मामलों में गुनहगार के साथ कभी खड़े नहीं होंगे। अगर बेगुनाह को सजा भी मिलती है तो वे उसे कैद कठघरे से बाहर करने में मदद करेंगे। यह भी फैसला किया कि वे गरीब मुवक्किल से फीस नहीं माँगेंगे। नैतिकता पालन का परिणाम थोड़े ही दिनों में सामने था। उमरावमल के चैम्बर में चहल-पहल रहती थी, पर जेब में तंगी। उनका सारा समय मुकदमों में उलझा रह जाता। थोड़े ही दिनों में उमरावमल की आर्थिक हालत पतली हो गई।

माँ के आशीर्वाद से सातों सुख हवेली में खेलते थे। पुरखों का कमाया सात पीढ़ी तक खुटने वाला नहीं था। अपने पसीने की कमाई में कुछ अलग ही खुशबू होती है। उमरावमल ने 'हारिए न हिम्मत बिसारिए न यार' यानी जिंदगी में कभी किसी भी मुश्किल में हिम्मत नहीं हारनी चाहिए और ईश्वर को कभी नहीं भूलना चाहिए। हिम्मत अब किसी दोस्त से कम नहीं थी। आखिर हारकर जिंदगी को जी भी तो नहीं जा सकती। एक हारा हुआ आदमी जीतने के सिवाय कुछ नहीं कर सकता है। कामयाब लोग अपने इरादों से दुनिया को बदल देते हैं। नाकामयाब लोग दुनिया के डर से अपने इरादे बदल देते हैं।

उमरावमल के पास तो वह आत्मबल था जो हार के प्रहार को आसानी से हँसते-हँसते झेल सकता है। मुसीबतों का अपना गणित होता है। मुश्किल अकेली कभी नहीं आती। एक शायर ने ठीक कहा है :

हर इक खुशी यूँ फर्ज निभा कर चली गई
मेरा पता गमों को बता कर चली गई
यूँ तो हरेक मौसम बिजली गिरा गया
बरसात भी आकर मेरे घर को जला गई।

उमरावमल को लगा कि अब माँसा को हकीकत बतानी होगी। जिंदगी की गाड़ी खींचना उनके लिए आसान नहीं है। वे कशमकश में थे। चाहकर भी माँसा से कुछ कह नहीं पाए। उन्हें लगा कि माँ के संचित धन का उपयोग अपने सुख के लिए नहीं बल्कि वंचित के हितों के लिए करेंगे। वे अपने पुरखों का धन सेवा में लगाना चाहते थे। उन्होंने निश्चय किया कि अपने को तो हालात के हवाले छोड़ देना चाहिए। अगर हालात की हवा अनुकूल दिशा में बह गई तो नाव किनारे लग जाएगी।

हमारी नाव है अब हवा के हवाले
हवा की हो मर्जी तो इसको सँभाले।

सेठजी का दर्द चुप्पियों में बोल रहा था। उमरावमल वकील तो बन गए, पर वकालत उन्हें रास नहीं आ रही थी। उन्हें यह गँवारा नहीं था कि अपने पक्षकार को सही साबित करने के लिए झूठे तर्कों का सहारा लेना पड़े।

सरकार ने 1953 में मानद न्यायाधीश का दर्जा दिया। न्यायाधीश ढढ्ढा अब न्याय के आसन पर बैठे थे। वे दूध का दूध और पानी का पानी कर सकते थे। वे इसमें सफल भी हुए। उनके फैसलों पर हाईकोर्ट की भी मुद्रा लगने लगी। कई वकील सोचते थे कि यदि वे वकील बने रहते तो उनकी जेब में हमेशा हरियाली रहती। ऑनरेरी मजिस्ट्रेट के नाते उन्हें थोड़े से भत्ते के सिवाय कुछ नहीं मिलेगा।

अजमेर के जाने-माने वकील थे हरिकिशन शारदा। उन्होंने उमरावमल को अपने चैंबर में चाय के बहाने बुलाया। औपचारिक बातचीत के बाद बोले कि उमरावमल, मैं पीढ़ियों से आपके परिवार को जानता हूँ। आप एक सफल वकील हो सकते हो, पर आपने वकालत क्यों नहीं की?

उमरावमल शारदा की बहुत इज्जत करते थे। शारदा ने ही राजस्थान में बाल विवाह विरोधी अधिनियम बनाया जिसे 'शारदा ऐक्ट' के नाम से जाना जाता है। उनके प्रयासों से ही एक बड़ी सामाजिक कुरीति की अरथी उठी। उमरावमल की दृष्टि में शारदा समाज सुधारक थे। शारदा भी मानते थे कि उमरावमल एक नेक इंसान हैं। चाय पिलाकर विदा करते हुए वे उमरावमल से यह कहना नहीं भूले कि उनको अपनी आत्मा पर पत्थर रखकर कोई काम नहीं करना चाहिए। शारदा के सामने सिर झुकाकर वे बोले कि हाँ, मैं ऐसा ही करूँगा। न्याय की अदालतों से भी एक बड़ी अदालत होती है। वह अदालत अंतर की आवाज की है और वह अन्य सब अदालतों से ऊपर की अदालत है। अन्त:करण वह अंदर की आवाज है जो हमें चेतावनी देती है कि कोई देख रहा होगा।

विलियन मार्ले पुंशोन लिखते हैं कि कायरता पूछती है—क्या यह निरापद है? स्वार्थ पूछता है—क्या यह नीतियुक्त है? अहंकार पूछता है—क्या यह लोकप्रिय है? परंतु अंत:करण पूछता है—क्या यह न्यायसंगत है?

उमरावमल की दक्षता और क्षमता को देखते हुए सरकार ने 1954 में अपर श्रेणी न्यायाधीश बनाया। यह बड़ा सम्मान था। गवर्नमेंट कॉलेज से 1931 के ग्रेजुएट और आगरा यूनिवर्सिटी से 1933 के लॉ ग्रेजुएट उमरावमल की नेकनीयत उनके हर फैसले से उजागर होती थी। न्याय की तुला पर उनके फैसले सही साबित होने लगे।

संविधान ने जज को अपने विवेक के इस्तेमाल की अनुमति दी है। वे विवेक का सदैव सहारा लेते थे। वे कहते थे कि गुनहगार भले ही छूट जाए पर बेगुनाह को हरगिज सजा नहीं होनी चाहिए।

नौकरी के बावजूद जीवन-यापन कठिन था। उन्होंने दादा सौभागमल ढढ्ढा द्वारा स्थापित 'अजमेर इंपोर्ट एंड एक्सपोर्ट कंपनी' को पुनर्जीवित करने का फैसला किया। यह कंपनी चीन के साथ मिलकर कालीन निर्यात करती थी। उमरावमल की अपरिग्रही जीवन शैली की वजह से कंपनी का आधार कमजोर हो गया इसलिए इस उद्योग को भी ठप्प करना पड़ा।

उमरावमल मानते थे कि 'पूत सपूत तो क्यों धन संचै। पूत कपूत तो क्यों धन संचै'। संतोषी प्रवृत्ति के चलते घर-परिवार इस धंधे के रसातल में जाने से दुखी थे, पर उन्होंने साफ कह दिया कि मेरा मन-पंछी उतने ही डैनें फैलाता है। वह अपनी हद के आसमान से ज्यादा उड़ान नहीं भर सकता है।

परिवार जानता था कि उनके लिए नैतिक मूल्य पहले और व्यापार बाद में। इस आयात-निर्यात के व्यवसाय में सफल होना उन्हें असंभव लगा। उन्होंने चीन के साथ अपने कारोबार को समेट लिया।

समय की दीवार पर टँगे कई कैलेंडर बदले। हालात नहीं बदले। हालात के साथ समझौता करने के लिए वे कतई तैयार नहीं थे। उमरावमल के लिए वकालत छोड़ने का फैसला आसान नहीं था। उन्होंने लोहे का उद्योग लगाया। पाँच साल बाद वह उद्योग भी तालाबंदी का शिकार हुआ। अब वे स्वयं अर्जित थोड़े से धन से अपनी गिरस्ती चला रहे थे। गिरस्ती के दायित्व निभाने के साथ वे स्वाध्याय करते थे। परिजनों ने उनकी सहज सरल जीवन-शैली को देख उन्हें किसी व्यवसाय के लिए विवश नहीं किया।

उमरावमल ने पत्नी से कहा कि अपने पास इतना पैसा है कि हमारी शेष जिंदगी आसानी से कट सकती है। इसलिए व्यापार के नाम पर ज्यादा प्रपंच मैं नहीं कर सकता। सभी उमरावमल का स्वभाव जानते थे। सभी ने कहा कि जिससे सुख हो, वैसा करो। परिवार की आज्ञा मिलते ही उन्होंने चारों स्कंध छोड़ दिये। चार स्कंधों में शामिल हैं—रात्रिभोजन नहीं करना, कंदमूल नहीं खाना, विगय त्याग और आजन्म शीलव्रत लेना यानी ब्रह्मचर्य पालन।

चिंता के चक्रव्यूह में फँसे मन के अभिमन्यु को एक रात नींद नहीं आई। ईंधन से जैसे अग्नि बढ़ती है, ऐसे ही सोचने से चिंता बढ़ती है। न

सोचने से चिंता वैसे ही नष्ट हो जाती है, जैसे ईंधन के बिना अग्नि। निराशा का घोड़ा संकल्प–विकल्प के रास्ते पर सरपट दौड़ रहा था। एक खुले दिमाग के आदमी को नींद नहीं आना किसी संकट से कम नहीं होता। किसी ने क्या खूब कहा है—'सो जाते हैं फुटपाथ पर, अखबार बिछाके/ मजदूर कभी नींद की गोली नहीं खाते।'

रात के चार बज चुके थे। सेठजी ने फैसला किया कि वकालत और व्यापार के विफल होने के बाद उन्हें नौकरी की तैयारी करनी चाहिए। वे नौकरी की तलाश में थे।

उनके दोस्त प्रोफेसर माथुर थे। उमरावमल ने नौकरी का जिक्र किया। माथुर राजा–महाराजाओं और अंग्रेजों के बच्चे जिस 'मेयो कॉलेज' में पढ़ते थे, वहाँ अध्यापन कार्य करते थे। उमरावमल की बात सुनकर वे बोले—"एक रईस के बेटे के लिए नौकरी कितनी मुश्किल होगी, इसका अन्दाज तो करो।"

उमरावमल ने कहा—"मैं अपने हाथों पर भरोसा रखता हूँ, हाथ की लकीरों पर नहीं। मुझे भाग्य पर भरोसा रखने वालों में शामिल मत करो। मुझे अब नौकरी ही विकल्प दिखाई देती है।" माथुर ने बहुत समझाया। उमरावमल नहीं माने। उनको हालात ने जो पाठ पढ़ाया, वह पाठ 'मेयो कॉलेज' के प्रोफेसर के सिलेबस में नहीं था।

एक दिन उमरावमल ने माँसा और पत्नी से कहा—"मुझे कुछ दिनों के लिए अजमेर छोड़ना होगा।" माँजीसा बोलीं—"क्यों?" उमरावमल बोले—"माँजीसा, पूर्वजों ने कहा है कि आपदा में देश को छोड़ देना चाहिए।"..."आपदा तो तुम्हारे दुश्मन पर भी नहीं आनी चाहिए। बताओ, क्या बात है?" माँसा ने पूछा। उमरावमल ने कहा—"माँजीसा, मैं अपने हाथ से कमाए धन को ही अपना धन मानता हूँ। पूर्वजों के धन के तो महज हम रखवाले हैं। इसका उपयोग आप धर्म–कर्म में कर सकते हो। मैं पूर्वजों के पुण्य की कमाई से परिवार नहीं चलाऊँगा।"

एक दिन बोरिया–बिस्तर बाँध लिया। वे ऐसी जगह की तलाश में थे जहाँ कारोबार की नई जड़ जमा सकें। कलकत्ता उन दिनों देश की आर्थिक राजधानी थी, जहाँ कारोबार और नौकरी के लिए लोग जाते थे। माँजीसा से अनुमति ली, फिर श्रीकँवर से कहा—"मैं कल कलकत्ता के लिए घर से सीध कर रहा हूँ।"

श्रीकँवर की आँखें छलकीं। रोम–रोम रुदन करने लगा। सात पीढ़ी का इतिहास उसे मालूम था। ढढ्ढा परिवार के पास कई मुसाहिब रहे, पर ढढ्ढों की किसी

पीढ़ी ने मुसाहिबी और मुनीमी नहीं की। धन धरती, धिक् चाकरी, धन-धन हो व्यापार। सेठानी ने अंग्रेजों को ट्रंकों में नोट लाते-ले जाते देखा था।

उमरावमल ने पसीने की रोटी खाने का फैसला किया। सेठानी जानती थी, उनको अपनी बात से डिगाना आसान नहीं है। वे अपने संकल्प को जीते हैं। बिना ननुनच के सेठजी को बींटे-बिस्तर बाँधने में मदद की। सेठानी रुआँसे स्वर में बोली—"आपको, अपनी जिद के आगे भी कुछ सूझ रही है?" सेठजी बोले—"नहीं, अब समझ आया कि जिंदगी की रेखा सीधी नहीं है, वह तो कई विषम रेखाओं से गुजरती है तब समरेखा बनती है।" जिसने प्रथम अवस्था (बाल्यावस्था) में विद्या का अर्जन नहीं किया, द्वितीय (युवावस्था) में धन का अर्जन नहीं किया और तृतीय (प्रौढ़ावस्था) में तप का अर्जन नहीं किया, वह चतुर्थ अवस्था (वृद्धावस्था) में क्या करेगा?

सेठानी ने आरती उतारी, तिलक किया, गुड़-दही खिला विदाई के शगुन किए। पूर्वजों के लिए रेलगाड़ी में स्पेशल कोच लगता था। उसी ढढ्ढा परिवार का वंशज रेलगाड़ी की एक सीट रिजर्व कर कलकत्ता जा रहा था। सेठजी का मन गा रहा था—'भाव मेरे तो अभावों के सुमन हैं/ जो कि सींचे से कभी खिलते नहीं हैं/ इस गरीबी ने दिये बेमोल अनुभव/ जो कि पैसों से कभी मिलते नहीं हैं।'

छुकछुक से ज्यादा दिल की धकधक की गति थी। उमरावमल को नियति का नया लेख पढ़ना था। वे कलकत्ता पहुँचे। अपने मित्र निर्मलचंद रायसुराणा परिवार के घर-अतिथि हुए। शाम को भोजन की टेबल पर घर-बार की बातें होने लगीं।

उमरावमल ने अपने मन के भावों को चेहरे पर जाहिर नहीं होने दिया। घर के बच्चे 'डाइनिंग-टेबल' से उठे। उन्होंने अपने मित्र को 'हाल-ए-दिल' बताया—"यार, दौलत और जवानी लौटकर वापिस नहीं आती। जवानी चली गई तो बुढ़ापा ठीक हो सकता है बशर्ते दौलत हाथ में हो, पर अब तो दौलत भी दो लात जमा-कर विदा हो गई। मैं नौकरी की तलाश में आया हूँ। मेरी कुछ मदद करो।"

"तुम क्या बात कर रहे हो, तुम और नौकरी? रइसों के बेटे नौकरी करते हैं या नौकर रखते हैं?" दोस्त ने पलटकर जवाब दिया।

"वकालत और कारोबार मेरी फितरत में नहीं है। झूठ की रोटी मैं खा नहीं सकता। सच्चाई की रोटी ही मुझे पचती है। नौकरी ढूँढ़ने में तुम कुछ मदद करो, नहीं तो मैं खुद हाथ-पाँव मार कहीं भी नौकरी कर लूँगा।" 'मछली

के जाए किन तैराए।' यानी मछली के बच्चों को तैरना कोई सिखाता नहीं है। उमरावमल ने समझाया।

दोस्त ने कहा—"तुम्हें नौकरी करनी ही है तो मेरा हाथ तुम्हारे साथ है।" दोनों ने हाथ मिलाए। उमरावमल नई उम्मीदों की बुनावट करने लगे।

किसी के जरिए पता चला कि सर जमशेत जी टाटा के शहर जमशेदपुर में एक फाइव स्टार होटल 'ब्लूबर्ड' नाम से खुला है। सारे शहर में होटल के चर्चे थे। होटल को एक आदमी की तलाश थी, जो उसके कानूनी मामलों को देख सके। उमरावमल ने इसके लिए स्वयं को योग्य समझा। वे जमशेदपुर पहुँचे। यहाँ उमरावमल को बहुत अच्छा लगा। साफ-सुथरी रोड, फ्लड लाइट्स से जगमगाती रातें। वक्त से आगे के विकास को देख उनको लगा कि टाटा ने अपने उद्योग का विस्तार ही नहीं किया बल्कि शहरी जिंदगी को भी नया अंदाज दिया। पैसा होना अलग बात है, पैसे से आम आदमी के जीवन को सँवारना ज्यादा अहम है।

वे होटल ब्लूबर्ड पहुँचे। शाही होटल में कश्मीरी कारपेट बिछे थे। विक्टोरियन पेंटिंग्स की सजावट ने पुराने दिनों की याद दिला दी। वे होटल मालिक से मिले। बूटेड-सूटेड, गले में नेकटाई पहने, गोरे-चिट्टे उमरावमल को देख हर किसी को उनमें अंग्रेज की झलक दिखती थी। अंग्रेजी अदब तो उनके खून में था। थोड़े ही दिनों में उन्होंने होटल प्रबन्धन को समझ लिया। होटल का एक सूईट उन्हें दे दिया और एक रसोइया भी। दिन अच्छे से कटने लगे।

रायसुराणों का कारोबारी केन्द्र भी होटल के एक हिस्से में था। उनके दोस्त को जब भी फुर्सत मिलती, वे उनके कमरे में आ जाते। उमरावमल जैसे ही 'फ्री मूड' में होते, उनकी फर्म पर चले जाते। सिताबचंद रायसुराणा के पुत्र निर्मलचंद ने कहा—"यार, जब हमारा इतना बड़ा घर जमशेदपुर में है, तब तुम्हें होटल में रुकने की क्या जरूरत? अब तक तो मैं बर्दाश्त करता रहा, पर तुम्हारी भाभी ने मुझे कहा कि कल से तुम घर में नहीं आए तो वह तुम्हें यहाँ टिकने नहीं देगी।" उमरावमल की ननुनच नहीं चली।

आखिर होटल से बिस्तर पैक हुए। वे 'रायसुराणा हाउस' पहुँचे। उमरावमल के लिए पूरे घर में सम्मान का भाव था। वह घर की बहुओं के लिए 'भाईसाहब' थे। नन्नू-मुन्नू के दादा-नाना। वे घर में इस तरह से घुले-मिले कि जब तक वे नहीं आते, घर का खाना नहीं होता।

उमरावमल को ब्लूबर्ड में देर रात काम करना होता था। उन्होंने होटल मालिक को रायसुराणा परिवार के साथ अपने संबंधों की बात बताई। परिवार का उनके बिना खाना नहीं खाने का जिक्र भी किया। होटल मालिक ने कहा—"अब आप डिनर टाइम पर घर चले जाओ।"

पूरा परिवार डाइनिंग टेबल पर था। अचानक उमरावमल आ गए। बच्चों ने कहा—"दादाजी, आज तो पेट में चूहे कूद रहे थे, पर आपके इंतजार में बैठे हैं। अच्छा हुआ, आप जल्दी आ गए।" उमरावमल बैठे। पूरा परिवार बच्चों की बात का जवाब सुनना चाहता था। उमरावमल ने कहा—"आज से मैं ठीक डिनर टाइम पर आऊँगा।" खुशियों के दीप जल उठे डाइनिंग टेबल पर।

महीनों बीते। उन्हें लगा कि रायसुराणा परिवार की बात उन्होंने मानी है तो उन्हें भी उनकी बात माननी होगी। अतिथि को घर के लिए भार नहीं बनना चाहिए। जैसे—भौंरा फूल को आहत किए बिना खुशबू ले लेता है, वैसे ही अतिथि भी गृहदेव और घर की देवी को कोई कष्ट नहीं देता। घर पर आए शत्रु का भी उचित आतिथ्य करना चाहिए। काटने के लिए आए हुए व्यक्ति पर से भी वृक्ष अपनी छाया को हटाता नहीं है।

एक शाम उन्होंने हुक्मनामा सुनाया—"कल से हम खाना तभी खाएँगे जब घर के लोग मुझे भी घर के लोगों की तरह घर में योगदान करने देंगे।" सभी ने मना कर दिया। उमरावमल भी आगे से नहीं आने के लिए अड़ गए। बात घर के मुखिया के सामने थी। दोनों पक्ष अपनी-अपनी बात पर अड़े थे। आखिर फैसला हुआ—उमरावमल घर नहीं छोड़ेंगे और घर के लोग उनकी बात मान लेंगे। उनका स्वाभिमानी मन रह गया। रायसुराणा परिवार ने उन्हें अलग नहीं होने दिया।

उमरावमल रायसुराणों की दूसरी पीढ़ी से बहुत घुले-मिले थे। प्रकाश, विभा, विमला, निर्मला और कमला भाई-बहनों से रायसुराणा परिवार के बच्चे खूब रचे-बसे थे। विक्की के लिए विभा, विमला, निर्मला और कमला के नाम 'लाल दीदी', 'पीली दीदी', 'हरी दीदी' और 'नीली दीदी' थे। रायसुराणा की बहू विमला से उमरावमल के भाई-बहन-से रिश्ते थे। विमला रायसुराणा को वे 'विमलजी' कह पुकारते थे। विमलजी के लिए भी भाईसाहब फ्रैंड, फिलोसॉफर और गार्जियन थे।

बेटी रीता भी सयानी थी, उसके 'इन्ट्रेस्ट' भी मामा साहब से मिलते-जुलते थे। रीता देश के मशहूर वकील पारस कुहाड़ की पत्नी है। रीता बताती हैं कि

मामासा के साथ कभी जनरेशन गैप महसूस नहीं हुआ। वे बच्चों के नटखट दोस्त थे। हर बात हमसे शेयर करते थे और हम भी उनसे हर बात। इससे दो पीढ़ियों के बीच में विचारों का विनिमय होता था, जो आज देखने को नहीं मिलता। पीढ़ीगत अंतराल की बात कहकर मूल समस्या पर लोग पर्दा डाल देते हैं।

रीता बताती हैं, वे फिल्मों के बड़े शौकीन थे। कोई भी नई फिल्म आती तो मामासा थियेटर जाते। वे अकेले नहीं बल्कि सारी बालटोली को फिल्म दिखाते थे। हमने कई बार उनको गाते हुए भी सुना। के.एल. सहगल का गाना—'जब दिल ही टूट गया, हम जीके क्या करेंगे और दुख के दिन अब बीतत नाहीं' बेहद पसंद थे।

रीता बताती हैं कि उन्होंने के.एल. सहगल की जिंदगी का एक प्रसंग सुनाया। के.एल. सहगल शराब पिए बिना स्टूडियो में रिकॉर्डिंग भी नहीं कर पाते। पहले शराब गटकते, बाद में गाते थे। एक दिन उनके डायरेक्टर ने कहा—"सहगल साहब, आज आप बिना पिए गाओ। फिर उसी गाने को शराब पीकर गाओ।" सहगल ने जवाब दिया—"आपको गाना रिटेक करना पड़ेगा। मुझे पीकर ही गाने दो।" डायरेक्टर ने कहा—"आज हमारी बात मान लो।"

सहगल ने शराब पिए बिना गाना गाया। रिकॉर्डेड कैसेट अलग रख दी। फिर सहगल साहब को जाम पे जाम पिलाए और कहा—"अब आप अपने मूड से वही गाना गाओ।" सहगल ने दूसरी बार गाना गाया। उसकी टेप भी डायरेक्टर ने अपने पास रख ली। जैसे ही सहगल सामान्य हुए, डायरेक्टर उनसे मिले और दोनों कैसेट सुनाए। सहगल से पूछा—"इन दोनों कैसेट्स में रिकॉर्ड कौन सा गाना ठीक से गाया गया?" सहगल साहब ने उस कैसेट पर हाथ रखा और कहा—"ये गाना ठीक से कम्पोज हुआ है।" डायरेक्टर ने बताया, श्रीमान्, ये गाना आपने शराब पिए बिना गाया और दूसरा गाना शराब के नशे में। इसके बाद सहगल शराब पीकर गाना नहीं गाने लगे।

रीता ने कहा—"मामासा एक अच्छे पॉमिस्ट थे। मेरे को ऐसी बात बताई जिसका रिश्ता मेरी निजी जिंदगी से है, वह बात अक्षरश: सच निकली।" रीता इस बात को बड़े आत्मविश्वास से कहती हैं कि उनके पास कुछ चमत्कार जैसा था।

जमशेदपुर में उमरावमल की देख-रेख में बीते दिनों की यादों को जुगालते हुए विमला रायसुराणा कहती हैं—"खाने में कुछ भी दे दो, बिना अपनी पसंद नापसंद बताए खा लेते थे। खाने के बाद सब के साथ मिठाई या आइसक्रीम लेते थे। बातों के तो वे बेताज बादशाह थे। बच्चों को जब अपने हाथ से मिठाई बाँटते

तो बड़े मजाकिया अंदाज से कहते कि भाई, हम तो 'चीनीचट' हैं। एक दिन तो मिठाई खाते हुए उन्होंने गजब की बात कही कि आदमी मीठा खाना तो पसंद करता है पर मीठा बोलना पसंद नहीं करता है। इसी से घर, परिवार और समाज में संघर्ष होता है। शिकंजी के लिए कहते थे कि पूरी खट्टी, पूरी ठंडी और पूरी मीठी हुए बिना शिकंजी का मजा नहीं आता है।''

जमशेदपुर में उमरावमल की दिनचर्या बताते हुए विमलजी कहती हैं कि वे सुबह नाश्ते में दो टोस्ट लेते थे। दूध पीते थे पर बहुत कम। घर में गाय-भैंसें थीं। दही-छाछ पीना बहुत पसन्द था। वे अक्सर एक श्लोक उद्धृत करते थे—'भोजनांते पिबेत तक्रं/ दिनांते च पिबेत पयः/ निशान्ते च पिबेत वारी/ रोगो जायते कदाचनः।' भोजन के अन्त में छाछ, दिन के अन्त में यानी शाम को दूध, निशान्त यानी सुबह पानी पीने से कोई रोग नहीं होता।

❑

सुबह जल्दी उठना, नहा-धोकर पूजा-पाठ करना उनकी प्रवृत्ति थी। पूजा-पाठ में वे माला जपते थे। फिर चारों दिशाओं में घूमकर मंत्र-पाठ करते हुए पूर्व, पश्चिम, उत्तर और दक्षिण दिशा को प्रणाम करते थे। दिशापूजन उनकी अपनी पूजा-पद्धति थी।

एक जिज्ञासु ने उनसे इस बारे में पूछा। उन्होंने बताया कि यह साधना-विधि मेरे द्वारा नहीं रची गई है। जैन आगम भगवती सूत्र में दिशापूजकों के लिए 'दिशापोख्खीया' शब्द आया है। हस्तिनापुर में गंगा नदी के तट पर निवास करने वाले एक संन्यासी ने 'दिशापोख्खीया' व्रत लिया। इस व्रत में उसने तीन दिन में महज एक बार भोजन किया। तीन दिन में एक बार भोजन करने को 'छट्ठ' व्रत कहा है। उपवास के बाद सबसे पहले पूर्व दिशा में जल छिड़का। सूर्य देव की पूजा की। इसके बाद उसने फल, फूल एवं कन्दमूल के रूप में भोज्य पदार्थों का संग्रह किया। फिर आश्रम में विश्राम किया। इसके बाद गंगा स्नान कर उसने बालू की वेदी निर्मित की। फिर अग्नि प्रज्वलित कर उसमें मधु एवं घृत की आहुति दी। देवों को हवि प्रदान किया। फिर उसने भोजन किया। इसी तरह तीन दिन के व्रतों को रख उसने दक्षिण, पश्चिम और उत्तर दिशाओं में यम, वरुण, एवं वैश्रमण की पूजा की। वाराणसी के 'सोमिल दिशापोक्खी' ने भी इसी विधि से दिशाओं की पूजा की।

दिशा–पूजकों द्वारा वेदी का निर्माण तथा उस वेदी पर अग्नि प्रज्वलित कर घृत एवं मधु की आहुति देना दिशा–पूजा पर याज्ञिक विधि–विधानों के प्रभाव का परिणाम है। दिशा–पूजा पर यक्ष–पूजा का प्रभाव है।

दिशाओं से देवताओं का संबंध जोड़ने की मान्यता जैन धर्म में प्रचलित थी। श्वेताम्बरों ने इन्द्र, अग्नि, यम, नैर्ऋत, वरुण, वायु, कुबेर, ईशान, ब्रह्मा तथा नाग को पूर्व, दक्षिण–पूर्व, दक्षिण, दक्षिण–पश्चिम, पश्चिम, उत्तर–पश्चिम, उत्तर, उत्तर–पूर्व, तथा ध्रुव दिशा का दिक्पाल माना है। दिगम्बरों में सिर्फ आठ की ही कल्पना है।

तीर्थंकर महावीर के निर्वाण के समय उनकी पालकी को पूर्व, दक्षिण, पश्चिम एवं उत्तर दिशाओं की ओर से क्रमशः सुर, असुर, गरुड़ और नागों ने ढोया। तभी से ये चारों देवगण भी जैनों में दिक्पाल के रूप में मान्य हैं।

उमरावमल ने बताया कि पहले दिशाएँ अमूर्त रूप में पूजित थीं। बाद में दिशाओं की प्रतिमाओं का निर्माण मूर्ति–पूजा से प्रभावित है।

एक दिन उन्होंने विस्तार से बताया कि दिशाएँ चार नहीं बल्कि सोलह होती हैं। दिशाओं और विदिशाओं के बीच स्थानसूचक संज्ञाओं वाली विशेष विदिशाओं की सूचना संसार का कोई साहित्य नहीं देता। महज आचारांग सूत्र की निर्युक्ति में, दश क्षेत्र एवं अठारह प्रज्ञापक दिशाओं के नाम मिलते हैं। दश क्षेत्र दिशाओं के नाम हैं—इन्द्रा, आग्नेयी, याम्या, नैर्ऋती, वारुणी, वायव्या, सोमा, ईशाना, विमला और तमा। ये दश क्षेत्र दिशाएँ हैं। ऊर्ध्व दिशा को 'विमला' और अधोदिशा को 'तगा' के नाम से पहचाना है। चार दिशाएँ और दिशाओं के बीच चार विदिशाएँ हैं। इस तरह से आठ दिशाएँ भी मानी हैं। एक अन्य अपेक्षा से आठ दिशाओं के बीच आठ विदिशाएँ हैं—पूर्वा, सामुत्थानी, पूर्वदक्षिणा, कपिला, दक्षिणा, खेलिज्जा, दक्षिणापरा, अभिधर्मा, अपरा, परिया, अपरोत्तरा, धर्मा, उत्तरा, सावित्री, पूर्वोत्तरा, पण्णवित्ती। इन दिशाओं में अधोदिशा और देवदिशा या दिव्यदिशा को मिलाने से अठारह प्रज्ञापक दिशाएँ होती हैं।

बच्चों, बहुओं, भतीजों और भाइयों के बीच उमरावमल का घर में बहुत सम्मान था। जब भी वे अजमेर आते, परिवार से कोई–न–कोई साथ जाता था। अजमेर से भी ढढ्ढा परिवार जमशेदपुर मिलने आता था।

अचानक उमरावमल बीमार हो गए। कई दिनों जब बिस्तर से रिश्ता नहीं टूटा, अजमेर यह खबर पहुँची कि वे अस्वस्थ हैं। ढढ्ढा परिवार ने सबसे

विश्वस्त हनुमान भाई को जमशेदपुर भेजा। उमरावमल की हालत देखी। हालत अच्छी नहीं थी। डॉक्टरों की दवा असर नहीं कर रही थी।

हनुमान भाई ने उमरावमल को अपने साथ अजमेर चलने के लिए कहा। परिवार के मुखिया ने कहा कि इन्हें ले जाने के लिए नहीं, देखने के लिए बुलाया है। हनुमान भाई अजमेर पहुँचे। सारी बात माँसा और भाभीसा हुकम को बताई। सबने अपने भाग्य सराहे कि ऐसे अपने तो सपने में भी नहीं मिलते हैं। थोड़े दिनों में वे स्वस्थ हो गए।

माँसा हुकम ने संदेश भेजा कि विभा की शादी में जमशेदपुर से सभी को अजमेर आना है। बच्चों के लिए लाल, पीली, नीली और हरी दीदी से मिलने का मौका भी था। रीता और विक्की माँ के साथ अजमेर आए। विमला की आवभगत बेटी की तरह हुई। वे बताती हैं कि ढढ्ढा साहब की बच्चों से खूब छनती थी। वैसे वे गंभीर स्वभाव के इंसान थे। बच्चे उनकी ज्योतिषी वाली छवि का खूब उपयोग करते थे। छोटी-छोटी बातें और कक्षा में 'फेल-पास' से जुड़े सवाल भी दादा से पूछते थे।

उमरावमल गहन अध्येता थे। उन्होंने बताया कि बौद्ध ग्रंथ 'सुत्तनिपात' की टीका महानिद्देश में दिशा-पूजा को दिशाव्रत एवं दिशा-पूजकों को दिशाव्रतिक कहा है। वे व्रतिक अपने व्रतों के द्वारा शुद्धि एवं मुक्ति की प्राप्ति करते हैं।

दीर्घ-निकाय के सिगालोवाद सुत्त में दिशा-पूजा की सूचना मिलती है—राजगृह निवासी सिगाल नामक एक गृहस्थ पुत्र प्रातःकाल उठकर राजगृह से निकलकर गीले वस्त्रों एवं गीले केशों सहित हाथ जोड़कर पूर्व, दक्षिण, पश्चिम, उत्तर, ऊपर तथा नीचे—सभी दिशाओं को नमस्कार करता था।

उसी समय जब तथागत बुद्ध ने भिक्षाटन के लिए राजगृह में प्रवेश किया, उन्होंने सिगाल को दिशाओं को नमस्कार करते देखा। तथागत ने पूछा कि तुम सवेरे उठकर दिशाओं को क्यों नमस्कार कर रहे हो ? गृहस्थ पुत्र ने जवाब दिया कि उसके पिता ने मृत्यु के समय उसे यह शिक्षा दी कि वह दिशाओं को नमस्कार करे। वह अपने पिता की आज्ञा को मानकर दिशाओं को नमस्कार करता है।

बुद्ध ने उसे उपदेश दिया—आर्य धर्म में दिशाओं को अलग अर्थ में देखा है। बुद्ध ने बताया कि माता-पिता को पूर्व दिशा, गुरु को दक्षिण दिशा, स्त्री-पुत्रों को पश्चिम दिशा, मित्रों को उत्तर दिशा, दास एवं भृत्यों को नीचे की दिशा

तथा श्रमण एवं ब्राह्मणों को ऊर्ध्व दिशा के समान समझना चाहिए। इनके प्रति अपने कर्तव्य का पालन करने वाला ही दिशाओं के नमस्कार का फल पाता है।

दिशाव्रतिक प्रातः स्नान कर पूर्व दिशा से शुरू कर दक्षिणावर्त में दिशाओं को नमस्कार करते थे। दिशापूजा की विधि वैदिक याज्ञिक विधानों से सरल थी।

बौद्धों में दिशारक्षक देवताओं की कल्पना भी मिलती है। चारों दिशाओं के रक्षक देवताओं को 'चतुर्महाराजिक देव' या 'चत्तारों महाराजानों' कहा है। चतुर्महाराजिक देव चार लौकिक देवताओं—गन्धर्व, कूष्मांड, नाग एवं यक्षों—के अधिपति हैं। पूर्व, दक्षिण, पश्चिम एवं उत्तर दिशा के गन्धर्वराज धृतराष्ट्र, कुष्मांड राज विरूटक, नागराजविरूपाक्ष एवं यज्ञराज वैश्रवण (कुबेर) रक्षक देवता हैं। नागों को पश्चिम दिशा में मानने की बात वैदिक भी करते हैं।

चतुर्महाराजिक देव बोधिसत्त्व की रक्षा जन्म समय से ही करते हैं। वे न केवल गौतम बुद्ध की बल्कि उनके शिष्यों की भी रक्षा करते हैं। तथागत कहते हैं कि चतुर्महाराजिक देव दीर्घायु, सुंदर तथा सुख-सम्पन्न होते हैं। जो भिक्षु प्रज्ञावान होता है, वह 'चतुर्महाराजिक देवलोक' में जन्म की कल्पना करता है। दया, करुणा और मैत्री आदि अच्छे गुणों से युक्त लोग चतुर्महाराजिक देव-लोक में जन्म लेते हैं।

श्रमण धर्मों में दिशाओं से पशुओं को जोड़ने की परंपरा थी। बौद्ध धर्म में 'अनवतप्त सरोवर' की कल्पना है। इसके चार द्वार बताए हैं, जिन पर चार रक्षक पशुओं, जैसे—पूर्व में हाथी, दक्षिण में अश्व, पश्चिम में वृषभ एवं उत्तर में सिंह के स्थित होने की मान्यता थी। दिशाओं से पशुओं को सम्बन्धित करने की परंपरा हड़प्पा काल में भी मिलती है। ढढ्ढा परिवार जहाँ भी रहा, वहाँ श्री गणेश जी के मंदिर बनाए। आज भी जयपुर के 'कुंदीगरों के भैंरूजी के रास्ते' पर श्री सिद्धि विनायक गणेश का मंदिर है। ढढ्ढा हवेली में भी 'गणेश पूजा' होती है।

विमला रायसुराणा बताती हैं कि वे पंचांग देखकर शुभ योग-संयोग भी बताते थे। कई बार मजाकिया मूड में कहते—"कोई काम-धंधा नहीं चला, अब जन्मपत्री देखने का काम शुरू कर दूँ। मालामाल हो जाऊँगा।" मनुष्य का मनोविश्लेषण करते हुए वे कहते थे कि हर आदमी अपने वर्तमान से असन्तुष्ट है इसीलिए वह अपने भविष्य को जानने की कोशिश करता है।

उमरावमल विनोदी स्वभाव के थे। एक बार वे अपने किसी साथी के साथ रेल से कलकत्ता गए। उन दिनों कलकत्ता में प्रवासियों को लेकर मूल निवासियों ने आंदोलन छेड़ रखा था। उमरावमल ने ट्रेन में ही धोती-कुर्ता बदलकर पैंट-सूट

पहन लिया, जबकि साथी के पास महज मारवाड़ी परिधान था। जैसे ही ट्रेन से उतरे, उमरावमल को तो बंगाली मान लिया, पर धोती-कुर्ते पहने हुए साथी को काफी परेशान किया। इस वाकये को उमरावमल बड़े मजे से सुनाते थे। वे कहते थे कि हम तो 'जैसा देश, वैसा भेष' में विश्वास करते हैं।

❑

उमरावमल ने ब्लूबर्ड होटल में काम करते हुए एक दिन फैसला किया कि अब वे पारिवारिक दायित्व निभाने घर जाएँगे। जमशेदपुर से इसी संकल्प को साथ लेकर वे अजमेर आ गए।

अपनी विमाता से जन्मे भाई चंदनमल की शादी बिरदीचंद सेठी की बेटी से की। विमाता के ही बेटे दूसरे भाई जीवनमल को भी अजमेर लाए। पढ़ाया-लिखाया भी। चंदनमल के बेटे नरेन्द्र को स्कूल में भर्ती किया, पर वे पढ़-लिख नहीं सके। वापस बीकानेर चले गए। उसके बाद चंदनमल के दूसरे बेटे को अपने पास पाँच साल रखा, फिर बम्बई भेजा। वहाँ दो दशक काम करने के बाद शिमोगा में फरवरी, 2004 में आचार्य हीराचंद्र महाराज के पास दीक्षा ली। वे अब देवेन्द्र मुनि के नाम से जाने जाते हैं।

24 अप्रैल, 1954 को दिवंगत हो गए सेठ कल्याणमल। उस समय उमरावमल अजमेर में नहीं थे। वे दिल्ली में थे। उनको फोन से सूचना करने की कोशिश की, पर उन्हें समय पर सूचना नहीं मिली। सूचना मिलते रात हो गई। वे अंत्येष्टि में शामिल नहीं हो सके। इस बात की टीस उम्र भर रही।

कल्याणमल की अंतिम इच्छा के अनुरूप इंदौर की दादाबाड़ी खतरगच्छ संघ को दान कर दी। हैदराबाद में पार्श्वनाथ मंदिर की व्यवस्था इंद्रमल लूणिया को सौंपी। बाद में ट्रस्ट बनाकर गृह मंदिर दान कर दिया। आज भी सेठ पदमसी-नैनसी के नाम से हर रोज कबूतरों को दाना डाला जाता है। उमरावमल कहते थे, कबूतर बिना झोली का याचक है।

उमरावमल को अहसास था, संतान विवाह योग्य हो रही है। 1957 में विभा की शादी कलकत्ता निवासी निहालचंद बैंगानी के पुत्र विनयचंद से हुई। सगाई से पहले सेठानी को लड़का देखना था। उमरावमल ने कहा कि लड़के को यहाँ बुला लेते हैं, आप देख लेना, पर सगाई फिर उसी लड़के से होगी। विनयचंद को अजमेर बुलाया और नवम्बर में शानो-शौकत से शादी भी हो गई।

उमरावमल को कलकत्ता जाना था। वे पत्नी से बोले कि मैं कलकत्ता जा रहा हूँ। कुछ भेजना हो तो भेज दो। पत्नी ने उन्हें एक पैकेट में मिठाई और दूसरे पैकेट में विभा के सैंडिल दिये। विभा सैंडिल अजमेर भूल गई थी। कहा कि ये सैंडिल वाला पैकेट सिर्फ विभा को ही देना।

उमरावमल ने दोनों पैकेट विभा को दिये। विनयचंद भी वहाँ मौजूद थे। उन्होंने पूछा कि बाबूसा, इस पैकेट में मिठाई है, दूसरे पैकेट में क्या है? उमरावमल ने कहा कि इसे भेजा तो विभा के लिए है, पर चाहें तो इसे आपको भेंट कर देता हूँ। विनयचंद ने पैकेट उठाया, खोला, उसमें से सैंडिल गिरे। सभी हँसने लगे। उमरावमल के मजाकी मूड का सभी को पता चल गया।

उमरावमल विनयचंद को अपना पुत्र व मित्र समझते थे। वे उनसे सलाह–मशविरा करते थे। उनके दो पुत्र व एक पुत्री हैं। बड़े बेटे अवनीश व बेटी संगीता की शिक्षा उमरावमल के पास हुई। अवनीश की शादी 1984 में कलकत्ता में हुई। बीकानेर की कल्पना अवनीश की जीवनसंगिनी बनी। उनकी बेटी प्रमा और बेटा यश है। बेटी डॉक्टर और बेटा इंजीनियर है। विनयचंद की बेटी संगीता की शादी भी 1980 में जयपुर सुकुमार लोढ़ा से हुई। दूसरे बेटे का नाम रजनीश है।

उमरावमल ने हमेशा माँसा की बात मानी। प्रकाशमल की शादी के समय माँसा की तबियत बहुत खराब हो गई। पता नहीं, कब क्या हो जाए? उनकी इच्छा थी कि वे जोधपुर जाकर बारात में शामिल होंगी। होनी कुछ और थी। 4 मार्च, 1960 को दोपहर उनका निधन हो गया। वे अपने पोते की बहू के लाड़-कोड पूरे नहीं कर सकीं। माँसा सबको अकेला छोड़ चली गईं।

प्रकाशमल ने शिक्षा के सोपान भी सफलता के साथ पूरे किए। ढढ्ढा वंश के अंश के विवाह के लिए कई प्रस्ताव आए। पिता उमरावमल ने प्रकाश को जोधपुर की कुमारी कुमुद के साथ 19 फरवरी, 1960 को विवाह के बंधन में बाँध दिया। ढढ्ढा परिवार के पास विरासत में एक 'राजस्थानी घाघरा' है जिस पर सैकड़ों मोती जड़े हुए हैं। प्रकाश के विवाह के अवसर पर वह घाघरा कुमुद को पहनाया।

प्रकाशमल भी सर्विस के लिए कलकत्ता चले गए। इनके दो पुत्र हैं—बड़ा संजय और छोटा संदीप। बड़े की शादी कोटा के रूपसिंह मेहता की पुत्री अंजना से हुई और संजय सर्विस के लिए कनाडा चले गए। उनके एक पुत्र

श्रेयांस है। श्रेयांस इंजीनियर है। पुत्री नितिका भी साइंस ग्रेजुएट है। वे विदेश में हैं। छोटे पुत्र संदीप की शादी कलकत्ता के मदनरूपचंद भंडारी की पौत्री और स्वर्गीय प्रेमचंद भंडारी की पुत्री से 1994 में हुई। संदीप के पुत्र का नाम संभव और पुत्री इशिता है।

उमरावमल की दूसरी बेटी विमला के विवाह की बात चली। मेहता परिवार के अभिन्न मित्र सेठ दौलतमल ओसवाल थे। वे जैतारण के थे। जोधपुर में भी उनकी भव्य हवेली थी। जैतारण और जोधपुर में उनकी प्रतिष्ठा थी। मोटरगाड़ी होने के बाद भी मारवाड़ी नस्ल के तीखे कानों वाले सुडौल घोड़े पर बैठ कर मित्रों से मिलने जाते थे।

एक दिन सेठ दौलतमल ने उमरावमल के सामने विमला से कहा कि तुम्हें मैं जोधपुर ले जाऊँगा। वे कई बार इस बात को दोहराते रहे। विमला को इस बात पर चिढ़ महसूस होती थी। उमरावमल ने सेठ दौलतमल से कहा कि जोधपुर का कोई सुंदर सुशील लड़का बताओ। दौलतमल बोले कि 'लाडनूँ हाउस' जोधपुर का मशहूर घराना है। जसवंतराज मेहता पहले रियासत में चीफ सेक्रेटरी, बाद में मिनिस्टर रहे। वे घराने के मुखिया हैं। वे लोकप्रिय थे। वे लोकसभा के सदस्य भी चुने गए।

जसवंतराज मेहता के भतीजे देवेन्द्रराज (डी.आर.) विवाह योग्य हैं। उनके मामा इन्द्रनाथ मोदी राजस्थान हाईकोर्ट में जज हैं। दौलतमल ने उमरावमल से पूछा कि आप कहो तो मैं बात करूँ। उमरावमल ने पूछा कि देवेन्द्रराज क्या करते हैं? दौलतमल ने जवाब दिया कि वे आई.ए.एस. की तैयारी कर रहे हैं। दौलतमल बोले कि 'लाडनूँ हाउस' का कंकर-कंकर शंकर है।

उमरावमल के एक घनिष्ठ संबंधी थे। नाम अभयकरण मेहता था। अभयकरण मेहता और उमरावमल की पत्नी को ज्योतिष में रुचि थी। अभयकरण मेहता का पीढ़ियों से पारिवारिक संबंध था। अभयकरण की पत्नी ने ज्योतिष के आधार पर जोधपुर के प्रस्ताव का समर्थन किया। अभयकरण और दौलतमल ने विवाह का प्रस्ताव किया। उन्होंने देवेन्द्र की माँ से यह भी कहा कि विमला भाग्यशाली है। देवेन्द्र आई.ए.एस. में चयनित हो जाएगा। प्रस्ताव स्वीकार हो गया।

विवाह निश्चित हो गया। जोधपुर से बारात अजमेर आई। 9 फरवरी, 1961 को विवाह हो गया। दोनों पक्ष दहेज के विरोधी थे। उमरावमल को लगा कि जोधपुर का परिवार बहुत शालीन है।

विमला की विदाई हुई। 12 फरवरी को आई.ए.एस. का परिणाम घोषित हुआ। डी.आर. आई.ए.एस. में चयनित हुए। अभयकरण की पत्नी जब तब परिहास में यह बात कहती कि विमला के पगफेरे ने आपको आई.ए.एस. बना दिया। देवेन्द्रराज के एक पुत्र दीपेन्द्र कुमार हैं। प्रतिभावान दीपेन्द्र पेशे से डॉक्टर हैं। दीपेन्द्र का विवाह वाराणसी की अर्चना के साथ हुआ। वे भी अपने जीवनसंगी की तरह डॉक्टर हैं। दीपेन्द्र और अर्चना के एक पुत्र सिद्धांत और एक पुत्री अनूठी है। डी.आर. और उमरावमल का रिश्ता ससुर-दामाद का था, पर दोनों बैठ कर घंटों समाजसेवा की न केवल बातें करते बल्कि ऐसी कोशिशें करते जिन्हें लोग सेवा कहते हैं।

डी.आर. बताते हैं कि मेरी नियुक्ति जैसलमेर में बतौर कलेक्टर थी। एक दिन ससुर साहब का फोन आया। वे सैकड़ों चद्दरें खरीद लाए। जैसलमेर के अकाल प्रभावितों के बीच उन्हें बाँटना चाहते हैं। कड़ाके की ठंड थी। जैसलमेर टीबों और धोरों के लिए पूरी दुनिया में प्रसिद्ध है। यहाँ बारिश नहीं के बराबर होती है। इसी बात से अंदाज लगाया जा सकता है कि फसलों के नाम पर वहाँ क्या होता होगा। मीलों फैले रेगिस्तान में अकाल का बोल-बाला हमेशा रहता है।

एक राजस्थानी कवि ने अकाल का मानवीकरण किया है—'पग पूँगल, धड़ मेड़ता/ बाँहाँ बायड़मेर/ भूलो-चूको जोधपुर और ठावो जैसलमेर' यानी अकाल के पाँव पूँगल में हैं, मेड़ता अकाल का धड़ है। अकाल की बाँहें बाड़मेर तक फैली हैं। जैसलमेर तो अकाल के लिए ही प्रसिद्ध है।

जैसलमेर के कलेक्टर डी.आर. समझ गए कि ढढ्ढा साहब जैसलमेर के हालात से ठीक से वाकिफ नहीं हैं। यहाँ का हवा-पानी अजीबो-गरीब है। गर्मी में यहाँ लू की लपट चलती है तो सर्दियों में यहाँ सरपट सर्दी पड़ती है। तापमान शून्य से नीचे होता है। बस, रेगिस्तान में तो गर्मी की रातें ही सुकून देती हैं। मझरात के बाद ठंडी बयारें दिनभर में तपे धोरों की तपिश को एक सुखद स्पर्श देती है। डी.आर. ने फोन पर ही उमरावमल से कहा—"आदरणीय, आपका प्रस्ताव उपयुक्त है, पर यहाँ की सर्द रातों में चद्दरों की नहीं, रजाइयों की जरूरत है।" उमरावमल ने कहा—"कँवरसा, रजाइयाँ भी आ जाएँगी। चद्दर कहीं और बाँट देंगे।"

उमरावमल जैसलमेर पहुँचे। डी.आर. ने एक समाजसेवी अखिलेश से पूछा कि किस गाँव में ज्यादा रजाइयों की जरूरत है? उन्होंने कहा—"मेरी निगाह में इसके लिए साँखड़ा गाँव उपयुक्त रहेगा।" उमरावमल ने पूछा—"इस चुनाव का आधार?" अखिलेश ने बताया कि साँखड़ा का ग्रामीण पुश्तों से डकैती को अपनी

आजीविका समझता है। अपराध को आजीविका समझने वाले इस गाँव के लोगों का मानना था कि डकैती उनका पुश्तैनी काम है। कोई अपराध नहीं है।

साँखड़ा गाँव डकैतों के गाँव की छवि के लिए पूरे राज्य में कुख्यात था। कोई राहगीर गाँव के कुएँ का पानी पीना भी धर्म नहीं समझता। कहते हैं कि साँखड़ा गाँव का पानी ही डकैतों को जन्म देता है। कहने का आशय है कि साँखड़ा गाँव का हवा–पानी भी डकैती के कलंक से अछूता नहीं था। राजस्थान के पहले मुख्यमंत्री जयनारायण व्यास के प्रयासों से यहाँ के डाकुओं ने आत्मसमर्पण किया।

उन्होंने समाजसेवी अखिलेश की बात का समर्थन किया। ससुर–दामाद दोनों को इस गाँव को सेवाभूमि बनाना अच्छा लगा। डकैती छोड़ने से गाँव के लोग बहुत गरीब हो गए थे। जहाँ सोना–चाँदी बिखरा था, आज वहाँ रोटी के लाले थे। उमरावमल ने तय किया कि वे रात को चुपचाप डी.आर. के साथ साँखड़ा जाएँगे। जहाँ गरीब लोग ठंड में पड़े होंगे, उन पर चुपचाप रजाई डाल सुबह होने से पहले जैसलमेर लौट जाएँगे। दूसरे दिन उनका रिजर्वेशन अजमेर के लिए था।

डी.आर. के साथ कार से वे साँखड़ा के लिए निकले। ससुर–दामाद के मन में उन लोगों के प्रति गहन सम्मान और लगाव था, जिन्होंने अपराध छोड़कर अभाव में जीना पसन्द किया।

साँखड़ा के लिए रवाना होते हुए पोखरण से, जो भारतीय एटम बम के प्रयोग के लिए विख्यात है, थोड़ी–सी आगे कार निकली और ट्रक से टकरा गई। ट्रक ड्राइवर नशे में था। यह भयंकर दुर्घटना थी। डी.आर. के पैर की हड्डियाँ चूर–चूर हो गईं। डॉक्टरों को भी उम्मीद नहीं थी कि बच पाएँगे। अगर बच गए तो जोधपुर ऑपरेशन के लिए ले जाना पड़ेगा। उमरावमल के कपाल की हड्डी में भी दरार आ गई। अन्य लोगों को भी चोटें आईं। डी.आर. बच गए। जोधपुर में महात्मा गांधी अस्पताल ले गए जहाँ ऑपरेशन हुआ। पैर कटा नहीं, पर अस्पताल में पाँच महीने रहना पड़ा। उमरावमल उपचार के बाद अजमेर चले गए। उन्होंने भी बहुत तकलीफ झेली और यह तकलीफ दोनों को और नजदीक ले आई।

❑

डी. आर. बताते हैं कि उमरावमल ससुर तो थे ही पर इससे ज्यादा फ्रैंड और फिलोसॉफर थे। एक घटना है। ढढ्ढा हवेली में एक आदमकद पेंटिंग लगी थी। वे जयपुर के महाराजा माधोसिंह की थी। जयपुर राजघराने से किसी

विशेष समारोह में वह पेंटिंग ढढ्ढा परिवार को भेंट भिजवाई थी। ऐंटिक पेंटिंग की कीमत लाखों में थी। माधोसिंह लंपट जीवन के लिए कुख्यात थे। उसकी साक्षी जयपुर की जनानी ड्योढी देती है। इस भवन में करीब 400 महिलाएँ ऐसी थीं, जिनके साथ उन्होंने यौन शोषण किया। डी.आर. ने अपने ससुर से कहा कि आपकी हवेली इतनी सात्त्विक और नैतिक है, वहाँ पर विलासी व्यक्ति की तस्वीर का क्या काम है? वह तस्वीर हमेशा के लिए हटा दी गई और फिर कभी नहीं दिखी।

एक दिन उमरावमल ने सार्वजनिक रूप से मेरी कुछ कमियाँ बताईं। आपकी प्रशंसा सैकड़ों लोग करते हैं। मैंने इसलिए आलोचना की, जिससे नजर नहीं लगे। इसके बाद वातावरण रुई-सा हल्का हो गया।

डी.आर. की पत्नी विमला बीच में ही बताती हैं—"पिताजी नियम के बहुत पक्के आदमी थे। एक बार उनके साथ स्थानक में साध्वी के दर्शन करने के लिए हम सब भाई-बहन गए। एक प्लास्टिक के प्याले में कुछ पर्चियाँ सिमटी पड़ी थीं। किसी बच्चे ने बताया कि ये पर्चियाँ लॉटरी की हैं, इससे इनाम निकलता है। मैंने आव देखा न ताव, झट से एक पर्ची उठा ली। पास खड़े पिताजी ने बताया—'बेटा, ये पर्ची इनाम की नहीं, त्याग और तपस्या की है। देखो, खोलो, इसमें तुम्हारे लिए क्या नियम लिखा है?' जैसे ही पर्ची खोली, पिताजी के चेहरे से मुस्कान गायब हो गई। पर्ची में सात आयम्बिल के व्रत लिखे थे।

"आयम्बिल व्रत में रूखी, बिना नमक की रोटी, पानी से खानी होती है। एक वक्त, एक जगह बैठकर इसे खाना होता है। पिताजी ने सोचा, अब ऐसे सात व्रत बेटी कैसे करेगी? तब उम्र महज सात साल थी। सबको आश्चर्य तब हुआ जब दूसरे दिन से पिताजी ने मेरे हिस्से के आयम्बिल शुरू कर लिए। उनकी तबियत नासाज हुई, पर उन्हें अपनी बेटी से कितना लगाव था कि उसकी बाललीला को भी उन्होंने तपस्या बना दिया।"

साध्वी ने भी कहा, "बच्चों की ऐसी अनजाने में हुई गलती को धर्मशास्त्र में अपराध नहीं माना गया है।" पर उमरावमल सात आयम्बिल करके ही माने।

17 मई, 1967 को तीसरी सुपुत्री निर्मला का विवाह बीकानेर के सम्पतलाल दस्सानी के पुत्र हुलासचंद दस्सानी से हुआ। बीकानेर से बारात आई। खूब आवभगत हुई। तीसरे दिन वापस बारात रवाना हो गई।

हुलासचंद का डायमंड व्यापार विदेशों में फैला है। उनकी पुत्री मनीषा है। उनका विवाह बीकानेर के अशोक सेठिया से 1992 में हुआ। अशोक अभी मुम्बई

में हैं। हीरे का व्यापार कर रहे हैं। उनकी दो पुत्रियाँ हैं—मिनीता और वामा। हुलासचंद के पुत्र श्रेणिक ग्रेजुएशन के बाद हीरे के व्यापार से जुड़ गए। उनकी शादी 2001 में दिल्ली की आभा ब्रहमेचा से हुई। उनका एक पुत्र यशस है।

उमरावमल की चौथी पुत्री कमला की शादी जोधपुर के रेखराज भंसाली के बड़े बेटे मनीष भंसाली से 29 जून, 1974 को हुई। तब मनीष बैंक ऑफ बड़ौदा में कार्यरत थे। उमरावमल अक्सर बैंक में आते-जाते थे, वहीं पर मनीष को पसंद किया। सगाई के लिए विनयचंद कई लोगों के साथ जोधपुर गए। वहाँ से लौटते समय गाड़ी के आगे एक गाय आ गई। गाड़ी पलट गई। लेकिन किसी को खरोंच तक भी नहीं आई। एक महीने बाद कमला की शादी हो गई। उनकी दो पुत्रियाँ हैं—सोनल और टीना। सोनल की शादी 2002 में जोधपुर के सिंघवी परिवार में सुभाष से हुई। वे एम.बी.ए. हैं। मनीष की दूसरी पुत्री है—टीना। टीना ने एम.बी.ए. किया है।

जुलाई, 1982 में एक अनहोनी हुई। 45 वर्ष की उम्र में विनयचंद सभी को छोड़कर चले गए। उमरावमल इंदौर में थे। उन्हें सूचना मिली। उन्होंने अपना मित्र जैसा दामाद खो दिया। हृदयाघात से हुई उनकी मृत्यु उमरावल के लिए वज्रपात से कम नहीं थी।

अजमेर में साधु सम्मेलन हुआ। सम्मेलन में सैकड़ों जैन साधु और साध्वियाँ शामिल हुए। हजारों आँखें भी इसकी साक्षी बनीं। जैन मुनियों के आचार-विचार निर्धारण के नियम बने। आचार-विचार को जैन परिभाषा में समाचार कहा जाता है। आचार-विचार के नियम निर्धारण को समाचार अथवा समाचारी कहते हैं। समाचारी पर गोपनीय चर्चाओं में मुम्बई के धीरजभाई तुरखिया, सांसद सेठ अचल सिंह और उमरावमल ही शामिल किए जाते थे। ये तीनों महानुभाव चतुर्विध संघ-श्रमण, श्रमणियों को श्रावक-श्राविकाओं की भावनाओं से अवगत कराते थे।

स्थानकवासी जैन संघ कई गुटों में बँटा है। सादड़ी सम्मेलन के बाद 'बाईस संप्रदायों' में से अधिकांश ने जैन श्रमण संघ में अपना विलय किया। कुछेक संप्रदायों को छोड़ स्थानकवासी संघ श्रमणसंघ के नाम से एकजुट हो गया। आचार्य हस्तीमल महाराज, इस संघ के उपाध्याय बने। ऋषि संप्रदाय के आनंद ऋषि संघ के प्रधानमंत्री बने। आचार्य आत्माराम महाराज के निधन के बाद सर्व-सम्मति से प्रधानमंत्री आनंद ऋषि को आचार्य पद प्रदान किया गया।

अजमेर में आचार्य आनंद ऋषि का चद्दर महोत्सव आयोजित हुआ, जहाँ आचार्य को चादर ओढ़ाने के साथ आचार-विचार को लेकर एक बैठक हुई। इसमें उपाध्याय हस्तीमल महाराज की अहम भूमिका थी।

उमरावमल ने अनुभव किया कि कुछ साधु परंपरा के अनुजीवी हैं। इसके विपरीत कुछ साधुओं ने प्रगतिशीलता का झंडा उठा रखा था। उमरावमल का विचार था कि प्रगतिशीलता के नाम पर सुविधावाद को प्रश्रय नहीं देना चाहिए। उन्होंने अलग-अलग आचार्यों से भेंट कर निवेदन किया कि सुविधावाद को प्रगतिशीलता का नाम नहीं दिया जाना चाहिए। साधक को समय के अनुसार आचरण करना चाहिए, पर इसका यह अर्थ नहीं है कि साधु अपने आचरण को इतना शिथिल कर दें कि श्रावक और साधु के बीच की दूरी ही समाप्त हो जाए। श्रद्धा का संबंध साधना से है। अगर साधना छोड़कर श्रमण, साधनों को अपना लेंगे तो श्रावक और साधु के बीच की लक्ष्मण रेखा समाप्त हो जाएगी।

उमरावमल का मानना था कि साधु अपनी साधना में लयलीन रहें। श्रावक, साधु की उपासना ही नहीं करें बल्कि उनके उच्च आदर्शों का अनुगमन भी करें। यह तभी संभव है जब साधु महाव्रतों की ठीक से अनुपालना करें। श्रमण सम्मेलन में उमरावमल की उपस्थिति यह दर्शाती है कि चारों संघ-साधु, साध्वी, श्रावक और श्राविका का उन पर गहन विश्वास था।

इसके बाद बीकानेर में साधु सम्मेलन हुआ। उमरावमल वहाँ भी गए। श्रद्धा के साथ सभी कार्यों में सहयोग किया। पार्श्वनाथ का इष्ट था। हर पौष कृष्ण दशमी को उपवास रखते थे। दीपावली के दिन भी तेला (तीन उपवास)और आयम्बिल करते थे। भगवान महावीर के 2500वें निर्वाण उत्सव पर बनी सरकारी समिति में भी वे शामिल थे। जैन रत्नवंश संघ के संरक्षक भी रहे। श्री वर्धमान जैन श्रावक संघ ने उनको 'समाजरत्न' की उपाधि से विभूषित किया। विजयनगर संघ ने अभिनंदन पत्र भेंट किया। उसका मजमून है :

> *कुलचन्द्र*
>
> ऐतिहासिक नगरी अजमेर के प्रमुख श्रीमंत ढढ्ढा घराने में दत्तक रूप में आकर आपने जिस कौशल, बुद्धिमत्ता एवं सहिष्णुता का परिचय देकर कुल की यशोकीर्ति में चार चाँद लगाए, वह सराहनीय एवं अनुकरणीय है।

कर्मवीर

आपने वकालत पास की। इस ओर बढ़े भी किन्तु विचारों की असमानता के कारण उसे छोड़ आप व्यवसाय में लगे। पैसे की लालसा में मर्यादा व नैतिकता को भुलाया नहीं। सच्चाई, ईमानदारी व उचित आय को प्राथमिकता दी।

समाज-सेवक

1940 में आप सेवाक्षेत्र में आए। आपने भारत जैन महामंडल, श्री गुलाब कँवर कन्या पाठशाला, हिन्दू औषधालय, महावीर स्मारक सेवा समिति, श्री वर्धमान स्थानकवासी जैन श्रावक संघ, श्री मरुधर केसरी संस्था पुष्कर, श्री ओसवाल औषधालय, सम्यक् ज्ञान प्रचारक मंडल जयपुर, जैन कान्फ्रेंस, महावीर शताब्दी समिति, पुष्कर गौशाला, कुत्ताशाला और टैक्सटाइल मिल ऑनर एसोसिएशन संस्थाओं के प्रमुख अधिकारी व वरिष्ठ मजिस्ट्रेट रहे। इस तरह से कई शुभ कार्य एवं संस्थाएँ आपके योगदान से विकसित हुईं।

संघप्राण

श्री स्थानकवासी जैन समाज को गत बीस वर्ष से आप जिस लगन, मेहनत एवं सहनशील भाव से सेवाएँ दे रहे हैं, वह दुष्कर है। हर परिस्थिति में क्षमा, सरलता, नम्रता एवं मृदुता से आप सभी का दिल जीतकर हर कंटक पथ पर पुष्प खिला देते हैं। यह आपकी अद्वितीय कला है।

त्यागवीर

सरल हृदय, निर्मल जीवन, सादा रहन-सहन, हँसमुख प्रवृत्ति एवं निष्कपट एवं स्पष्टता के साथ ज्ञान, ध्यान, स्वाध्याय एवं धर्मोपासना प्रवृत्ति से आप ओत-प्रोत हैं। आपकी पठन-पाठन में अभिरुचि है। विचारों के आदान-प्रदान के साथ आप सफल वक्ता भी हैं।

विशाल महावीर भवन, अधिकारी मुनि सम्मेलन एवं प्रति-वर्ष चातुर्मास स्वर्णजयंती व समय-समय पर विशाल आयोजन की सफलताएँ आपके सुकार्यों की बोलती तस्वीर हैं। इस पर समाज को नाज़ है। आप इस नाज़ के ताज हैं। हमारे हृदय सम्राट

लोकप्रिय नेता राजस्थान की महान विभूति अजमेर के प्राण हैं श्री ढढ्ढा साहब।

समाज रत्न

आप चिरायु हों! सदैव स्वस्थ रहें! संघ व समाज को, अपने सुयोग नेतृत्व से अजमेर संघ के गौरव को सदा कीर्तिमान रखें। इसी शुभकामना के साथ समाज की ओर से आपको 'समाजरत्न' के पद से विभूषित करते हुए हम हर्ष व गौरव का अनुभव कर रहे हैं।

इसी तरह अजमेर के जैन संघ ने उनके सामाजिक योगदान के लिए उन्हें अभिनंदन-पत्र समर्पित कर अपनी कृतज्ञता व्यक्त की :

भारत की पुण्यभूमि व राजस्थान प्रान्त में प्राचीन गौरव के प्रतीक सुप्रसिद्ध अजमेर नगर के आप सुप्रतिष्ठित श्रीमंतों में से एक हैं, जिनकी गिनती सदैव ही सतपीढ़िया साहूकारों में है। ढढ्ढा वंश का नाम सदैव ही सर्वोच्च घराने में रहा है। उसी वंश में आपसे विचारशील धर्मरत्न को पाकर श्री ढढ्ढा वंश का सौभाग्य चमक उठा है।

धर्मवीर

जैन समाज में श्वेतांबर स्थानकवासी समाज का गौरव बहुत बढ़ा-चढ़ा है। हमें गर्व है कि आपका परिवार सदैव ही इस समाज के अग्रगण्य श्रावकों में रहा है। आपके द्वारा होने वाले गुप्तदान की प्रशंसा संत महात्मा करते हैं। आप सद्भावनाओं का अकूत भंडार हैं। आप अजमेर संघ के वर्षों से प्रधानमंत्री हैं और साथ ही हमारे प्रियप्राण हैं।

नररत्न

शान्त मुद्रा, प्रसन्नचित्त, उदार हृदय एवं सर्वगुण-सम्पन्न होने के साथ आप निडर, साहसी एवं स्पष्ट वक्ता हैं। अजमेर में धार्मिक भवनों के निर्माण-कार्य व समय-समय पर होने वाले चातुर्मास की सफलताओं का एकमात्र श्रेय आपको है। आपके नेतृत्व में सभी को सदैव पूर्ण विश्वास है।

कर्मठ कार्यकर्ता

अजमेर नगर में सदैव ही संतों की सेवा का लाभ लेते हुए 3 वर्ष से आपका ध्यान यहाँ विराजित मरुधर केसरी प्रान्त मंत्री स्वामी जी पन्नालाल महाराज को अजमेर की ओर विहार कराने के लिए आकर्षित हुआ। वृद्धावस्था एवं अस्वस्थता के कारण किसी भी हालत में यहाँ से विहार होने की हमें कोई संभावना नहीं थी आपके अथक परिश्रम, साहस व त्याग भावना ने विजय पाई। आज पूज्य गुरुदेव हमसे विदाई लेकर आपके नगर को पावन करने पधार रहे हैं। ऐसे समय में गुरुदेव के पधारने से अन्य स्थान भी पावन होंगे। इसका हमें हर्ष है।

उदार हृदय

हमारा आपसे यही निवेदन है कि आज आप जिस थाती को हमसे ले जा रहे हैं, उसे हम सुरक्षित रखें। जिस प्रेम और स्नेह भावों से हम भी आपके साथी बने हैं, उसी प्रेम-भाव द्वारा आप भी पूर्ण सहयोगी बन हमारी थाती हमें वापस सँभला, हमें कृत्य-कृत्य करें। यही हमारी मंगलकामना एवं नम्र विनती है।

❑

आचार्य श्री ढढ्ढा हवेली में करीब एक महीने तक विराजे, जहाँ दो दीक्षाएँ हुईं। आचार्य श्री की दीक्षा 1920 में ढढ्ढों के बाग में हुई। ढढ्ढा हवेली में रोज व्याख्यान होते थे। हवेली में आचार्य श्री विराजे, वहाँ एक कविता लिखी, जिसे उन्होंने धर्मसभा में सुनाई भी :

आनन्द छायो रे म्हारी पूज्य श्री का दर्शन पाया रे।
संवत् 19 साल 67 का पौष में शुभ जन्म पाया रे।
पीपाड़ शहर का नर नारी मिल मंगल गाया रे।
बालब्रह्मचारी दीक्षाधारी साल 77 आया रे।
माघ सुदी दूज दिवस को संयम ढाया रे।
उज्ज्वल कीना सुयश लीना धन्य जननी तुम जाया रे।
बचपन में ही ज्ञान ध्यान में रहते आप सवाया रे।
पूज्य शोभाचंद जी की सेवा करके ज्ञान विनांस् पाया रे।

देश देश में दया धर्म का डंका खूब बजाया रे।
मीठेपन की मिसरी मीठी जिन से अमृत सवाया रे।
मिसरी अमृत दोनों से भी पूज का नाम सवाया रे।
पूज्य नाम का मानसरोवर मन हंसा हरसावे रे।
ज्ञान स्वरूपी मोती चुग शिव महल सिधारे रे।
पूज्य कनक कामिनी के है त्यागी आप तिरे और तिरावे रे।
तप क्षमा दया रसभीना सूत्र उच्चारे रे।
पूज्य श्री का नाम अति शुभकारी चिंता दुख सब भागे रे।
सुख संपत्ति का मंगल बाजा हर घर बाजे रे।
किसी बात की कमी रहना पूज्यश्री का गुण गावे रे।
तीन लोक की राजलक्ष्मी सब घर आवे रे।
दो हजार पंचम के साल में अजमेर नगर में आया रे।
ढढ्ढाजी का काँच महल में मंगल गाया रे, आनंद छाया रे।

❑

बात 70 के दशक की है। अजमेर चातुर्मास के लिए प्रवर्तक पुष्कर मुनि पधारे। अजमेर चातुर्मास में पुष्कर मुनि महाराज तब तक प्रवचन पीठ पर नहीं आते जब तक कि उपसंघपति उमरावमल नहीं आते। निंदा रस का अपना ही आनंद होता है। आओ, निंदा-निंदा खेलें! इस खेल को कुछ लोग खेलते थे। एक दिन निंदक स्वभाव के श्रोता ने उपाध्याय प्रवर से पूछा कि जब तक सेठ ढढ्ढा नहीं आते, तब तक आपका प्रवचन नहीं होता तब तक किसी छोटे शिष्य से प्रवचन सुनने को श्रोताओं को विवश होना पड़ता है। आपके अमृत वचन सुनने को नहीं मिलते?

उपाध्याय साधना के शिखर पुरुष थे। उन्होंने कहा कि उमरावमल रत्नवंश के उपासक हैं। मेरे गुरु आम्नाय के नहीं हैं, पर वे श्रोता नही, श्रावक हैं। गृहस्थवेशी होकर भी निर्ग्रंथ भाव को जीते हैं। श्रावक अनमने भाव से चुप हो गया। दूसरे दिन उपाध्याय श्री ने प्रवचन सभा में इस बात को एक रूपक के माध्यम से बताया :

मिथिला के राजा जनक जिन्हें विदेह भी कहा जाता है, देह में विदेह भाव को जीते थे। याज्ञवल्क्य ऋषि की ज्ञानगोष्ठी में राजा जनक भी भाग लेते थे।

उनके पाँच सौ शिष्यों को संशय हुआ कि याज्ञवल्क्य सभी शिष्यों की उपस्थिति के बाद भी जब तक राजा जनक नहीं आते तब तक प्रवचन नहीं करते। एक मुखर शिष्य ने प्रश्न कर लिया—'गुरुवर, हम सब शिष्य ज्ञानगोष्ठी में आ जाते हैं, पर आप व्यासपीठ पर मौन रहते हैं। राजा जनक आते हैं, तब आपके श्रीमुख से आध्यात्मिक उपदेश हरसिंगार के फूलों से झरने लगते हैं। क्या आपके मन में संन्यासियों से ज्यादा महत्त्व एक सम्राट का है?'

याज्ञवल्क्य मौन रहे। सोचने लगे कि इस प्रश्न का उत्तर कभी अवसर आने पर दूँगा। तब, मेरे संन्यासी शिष्यों को अनुभव होगा कि मैं एक सम्राट का पक्षधर नहीं हूँ। दूरदर्शी याज्ञवल्क्य को पता था कि विदेह का व्यवहार ही शिष्यों को समझा देगा। उन्होंने प्रश्न पर ही प्रश्नचिह्न लगा दिया।

एक दिन राजा जनक सहित 500 शिष्य ज्ञान गंगा का अवगाहन कर रहे थे। इतने में एक दूत आया और बोला कि मिथिला में आग लग गई है। भव्य राजमहल के साथ आसपास बनी संन्यासियों की कुटियाएँ भी आग की चपेट में हैं।

यह सूचना सुनते ही सभी पाँच सौ शिष्य ज्ञानगोष्ठी से उठ भागे। किसी को लगा, मेरा दंड जल जाएगा, कमंडल जल जाएगा। किसी ने महसूसा कि मेरी कोपीन या कंबल जल जाएँगे। किसी को इसकी चिंता थी कि कुटिया में बरसों से सहेजे शास्त्र भस्मीभूत हो जाएँगे। देखते ही देखते सभी पाँच सौ चेले अपने थैले को बचाने के लिए नौ दो ग्यारह हो गए। सभा में एकमात्र वक्ता थे याज्ञवल्क्य ऋषि और एकमात्र श्रोता थे विदेह जनक।

जनक के संदेशवाहक ने कहा कि सम्राट प्रासाद आग की चपेट में है। सारी मिथिला आग के हवाले हो सकती है। राजा ने कहा—'मिहिलाए डज्झमाणे ण में डज्झई किंचणं।' अर्थात् महल जल रहा है, इससे मेरी आत्मा तो नहीं जल रही है। परिवार सुरक्षित है। महल तो आज नहीं, कल बन जाएँगे। इसलिए मुझे महलों के जलने से कोई चिंता नहीं है, पर ज्ञानगंगा यहाँ बह रही है, उसे मैं ग्रहण नहीं कर पाया, तो यह दोबारा नहीं बहेगी।

आग शांत हो चुकी थी। दूसरे दिन भी ज्ञानगंगा बही। सभी पाँच सौ शिष्य लौटे। याज्ञवल्क्य ने कहा कि किसी के मन में कुटिया बचाने की चिंता थी, किसी को दंड-कमंडल और कोपीन (लंगोटी) जलने की चिंता थी, पर राजा जनक ने महल के भस्मीभूत होने की चिंता नहीं की। बस, उन्होंने इतना ही कहा कि महल के प्राणी सुरक्षित हैं तो मिथिला के महल के जलने की कोई पीड़ा नहीं है। उन्होंने

फिर दोहराया कि 'मिहिलाए डज्झमाणे ण में डज्झई किंचणं।' याज्ञवल्क्य बोले कि मैं इसीलिए जनक की प्रतीक्षा करता हूँ। मेरे संन्यासी शिष्यों का मन तो दंड-कमंडल और कुटिया में था। पाँच सौ शिष्यों ने याज्ञवल्क्य से क्षमा माँगी कि गुरुदेव, आपका कथन एकदम सच है और हमारी शंकाएँ और संशय मिथ्या हैं।

प्रवर्तक पुष्कर मुनि ने कहा कि इसी तरह मैं सेठ उमरावमल की धार्मिक सोच का समर्थन करता हूँ, संपन्नता का नहीं।'' शंकालु श्रावकों की शंका का समाधान हुआ और उन्होंने सांध्य प्रतिक्रमण के बाद उपाध्याय की बात का समर्थन किया।

एक साध्वी के प्रवचन में उमरावमल गए। वहाँ उन्होंने साध्वी के प्रवचन में एक रूपक सुना जिसे वे अक्सर दोहराते थे—''एक श्रावक नित्य नियम के अनुसार सामयिक करते थे। घर में नई बहू आई। पढ़ी-लिखी, विवेकवान। नवागत बहू ने एक दिन ससुर को सामयिक करते देखा। वह देखती है कि ससुर जी सामयिक तो कर रहे हैं पर बार-बार उनका ध्यान साधना कक्ष में अपने हाथ की ढीली पड़ चुकी अंगूठी पर जा रहा था। इतने में एक आगंतुक सेठजी से मिलने आया। उसने बहू से पूछा कि सेठ साहब कहाँ हैं? बहू ने जवाब दिया कि अभी तो वे स्वर्णकार के घर हैं। थोड़ी देर में सामयिक कर रहे सेठजी की नजरें अनाज की खाली बोरी पर पड़ी। बहू ने जब तक आगंतुक को जलपान दिया, उतावले आगंतुक ने पूछा कि वे कब तक आएँगे? बहू ने कहा कि अब वे स्वर्णकार के घर से निकले हैं और धान खरीदने के लिए धान मंडी गए हैं। ये सारी बातें सेठजी सुन रहे थे। यह सुनकर उनको गुस्सा आया कि मैं घर में बैठा हूँ और बहू मुझे कभी स्वर्णकार के घर भेजती है, कभी धान मंडी। जैसे ही सामयिक पूरी हुई, आग-बबूले सेठ ने कहा कि 'बहूजी' आप ऐसे घराने से आई हो जहाँ झूठ बोलना ही सिखाया जाता है? आपके माँ-बाप ने ऐसी शिक्षा दी है?'

बहू ससुर के चरण छूकर बोली कि 'पिताजी, आप सामयिक कर रहे थे, पर आपका मन सामयिक में नहीं था। आप तो ये चिंतन कर रहे थे कि जैसे ही सामयिक पूरी हो, मैं स्वर्णकार से अपनी अंगूठी ठीक करवा लूँगा। स्वर्णकार के घर जाने का संकल्प-विकल्प आपके मन में था। जैसे ही स्वर्णकार की बात मन से निकली और आपके मन में खाली बोरियाँ देखकर धान खरीदने की ओर ध्यान गया। इसलिए मैंने आगंतुक अतिथि से कहा कि अब वे स्वर्णकार के घर से निकलकर धान मंडी चले गए हैं।

'पिताजी, क्षमा करना आप सामयिक में नहीं थे। आपका मन तो इस तरह की उधेड़बुन में था।' सेठ ने अपना गुस्सा थूकते हुए बहू से कहा कि 'बेटी, तूने मेरी आँखें खोल दीं। अब मैं साधना के समय 18 पापों से अपनी सामयिक को दूर रखूँगा।' ''

शास्त्रकारों ने पाप की व्याख्या करते हुए 18 कार्यों में पाप बताया है। उनमें से कोई भी कार्य करने पर पाप, कर्म का बन्धन होकर आत्मा भारी होती है। जो आत्मा कर्मों के बोझ से भारी होती है, वह समभाव को, आध्यात्मिक अभ्युदय को प्राप्त नहीं कर सकता। उसका पतन अनिवार्य है। अठारह पापों की व्याख्या है :

प्राणातिपात-हिंसा करना, मृषावाद—झूठ बोलना, अदत्तादान—चोरी करना, मैथुन—व्यभिचार सेवन करना, परिग्रह—ममता बुद्धि के कारण वस्तुओं का अनुचित संग्रह करना या आवश्यकता से अधिक संग्रह करना परिग्रह है। क्रोध—किसी कारण से अथवा बिना कारण अपने-आपको तथा दूसरों को क्षुब्ध करना क्रोध है। मान—दूसरों को तुच्छ तथा स्वयं को महान् समझना मान है। माया—अपने स्वार्थ के लिए दूसरों को ठगने या धोखा देने की जो चेष्टा की जाती है, उसे माया कहते हैं। लोभ—हृदय में किसी भी भौतिक पदार्थ की अत्यधिक चाह रखने का नाम लोभ है। दशवैकालिक सूत्र में क्रोध, मान और माया से तो एक सद्‌गुण का ही नाश बतलाया है। लोभ को सभी सद्‌गुणों का नाश करने वाला बतलाया है। राग—किसी भी पदार्थ के प्रति मोहरूप—आसक्तिरूप आकर्षण होने का नाम राग है। द्वेष—अपनी प्रकृति के प्रतिकूल कटु बात सुनकर या कोई कार्य देख जल उठना द्वेष है। द्वेष होने पर मनुष्य अंधा हो जाता है। अत: वह जिस पदार्थ या प्राणी को अपने लिए बुरा समझता है, झटपट उसका नाश करने के लिए तैयार हो जाता है। अपने विचारों का उचित सन्तुलन खो बैठता है। कलह—किसी भी अप्रशस्त संयोग के मिलने पर कुढ़कर लोगों से वाग्युद्ध करने लगना कलह है। अभ्याख्यान—झूठा दोषारोपण करना, मिथ्या कलंक लगाना अभ्याख्यान है। पैशुन्य—किसी भी मनुष्य के संबंध में चुगली खाना, इधर की बात उधर लगाना पैशुन्य है। पर-परिवाद—किसी की उन्नति न देख सकने के कारण उसकी झूठी-सच्ची निन्दा करना, उसे बदनाम करना पर-परिवाद है। रति-अरति—स्वभाव को भूल जब मनुष्य पर भाव में फँसता है, विषय भोगों में आनन्द मानता है, तब वह अनुकूल वस्तु की प्राप्ति से हर्ष तथा प्रतिकूल वस्तु की प्राप्ति से दु:ख अनुभव करता है, इसका नाम रति-अरति है। माया मृषा—कपटसहित झूठ बोलना; अर्थात्

इस तरह चालाकी से बातें करना या ऐसा लाग–लपेट का व्यवहार करना कि जो प्रकट में तो सत्य दिखाई दे, परन्तु वास्तव में हो झूठ। यह पाप असत्य से भी भयंकर है। आज के युग में इस पाप ने इतने पाँव पसारे हैं कि कुछ कह नहीं सकते। मिथ्यादर्शन शल्य—तत्त्व में अतत्त्व बुद्धि और अतत्त्व में तत्त्व बुद्धि रखना, मिथ्यादर्शन शल्य है। मिथ्यात्व समस्त पापों का मूल है। आध्यात्मिक प्रगति के लिए मिथ्यात्व के विष–वृक्ष का उन्मूलन अतीव आवश्यक है।

अठारह पापों का उल्लेख मात्र स्थूल दृष्टि से है। सूक्ष्म दृष्टि से तो पापों का वन इतना विकट एवं गहन है कि उसकी गणना ही नहीं हो सकती। मन की वह प्रत्येक तरंग, जो आत्माभिमुख न होकर विषयाभिमुख हो, ऊर्ध्वमुखी न होकर अधोमुखी हो, जीवन को हल्का न बनाकर दुर्भावनाओं से भारी बनाने वाला हो, वह सब पाप है। पाप हमारी आत्मा को दूषित करता है, गंदा बनाता है, अशान्त करता है, अत: त्याज्य है।

पापों का सामयिक में त्याग करने का यह मतलब नहीं कि सामयिक में तो पाप करने नहीं, परंतु सामयिक के बाद खुले हृदय से पाप करने लग जाएँ। सामयिक के बाद भी पापों से बचने का पूर्ण प्रयत्न करना चाहिए। साधना का अर्थ क्षणिक नहीं है। वह तो जीवन के हर क्षेत्र में, हर काल में सतत चालू रहनी चाहिए। जीवन के प्रति जितना अधिक जागरण, उतनी ही जीवन की पवित्रता। किसी भी दशा में विवेक का पथ न भूलो।

❑

उमरावमल से प्रभावित नानक संप्रदाय के आचार्य अभयमुनि कहते हैं कि श्रावक श्रेष्ठ से उनका परिचय 70 वर्ष पुराना है। वे उन दिनों कलकत्ता में रहते थे, पर जब भी अजमेर आते, मेरे उपाश्रय में आना नहीं भूलते। वे मेरे गुरु हगामीलाल पर श्रद्धा रखते थे। तब अजमेर में दो श्रमणवंश थे—रत्नवंश और नानकवंश, पर उमरावमल ने रत्नवंश के साथ नानकवंश का भी सम्मान रखा। यह बात उनकी उदारता की कहानी कहता है। उमरावमल अक्सर कहते थे कि मेरे गुरु आचार्य हस्तीमल महाराज ने यही सिखाया कि गुरु एक होते हैं, पर सेवा सभी की करनी चाहिए।

उस समय यह मान्यता थी कि साधुओं को स्थानकों में नहीं रुकना चाहिए, क्योंकि स्थानक उनके निमित्त से बनाए गए हैं। स्थानक निर्माण से

होने वाले पाप के भागीदार साधु-संत भी होते हैं। तब साधु श्रावकों के घर में रुकते थे। राजस्थान में मकान निर्माण के काम को 'कमठाणा' कहते हैं। 'कमठाणा' का अर्थ कर्मस्थान है।

दोनों संप्रदाय यानी रत्नवंश और नानकवंश के साधु-साध्वी स्थानकों में नहीं ठहरते थे। वे मानते थे कि इससे कर्म-बंधन होता है। स्थानक को लेकर कट्टरता इस हद तक थी कि साधु स्थानक के पास से गुजरता और उसके चादर का पल्लू स्थानक की दीवार को स्पर्श कर जाता तो उसे तीन उपवास का प्रायश्चित्त लेना होता था।

आचार्य हस्ती 'चाँदमल रीयाँ वालों की हवेली में मोती कटला' में या फिर 'ढढ्ढा हवेली' में विराजते थे। उमरावमल को शय्यातर का लाभ मिलता था, पर श्रमणाचार के अनुसार मुनि उस घर से भिक्षा ग्रहण नहीं करते जहाँ वे प्रवास करते हैं। इसलिए उमरावमल ने चाँदमल से निवेदन किया कि जब भी आचार्य देव आएँ तो उनसे आपकी हवेली में विराजने का आग्रह करना। चाँदमल ने भी कहा कि ठीक है, कभी शय्यातर का लाभ आप लेना, कभी मैं।

1952 में विशाल जैन स्थानक बना। इसे 'जैन पंडाल' कहते हैं। सेठजी यहाँ सामयिक साधना करते थे। उनकी सामयिक साधना अनूठी थी। वे एकासन पर बैठते थे। एक मुनि ने उनको उलाहना दिया कि आप साधुओं के आगमन पर भी उनके सम्मान में खड़े नहीं होते। सेठजी विनम्र भाव से बोले कि गुरुदेव, मेरा मन संत की आशातना (अपमान) करना नहीं है, पर मैंने योगसूत्र में पढ़ा है कि जिसका आसन अचल होता है, उसका मन अचंचल होता है। इसलिए आप इसे अवज्ञा नहीं समझें। संत प्रवर उमरावमल की बात से सहमत हुए।

अभयमुनि कहते हैं कि चौमासे में दोनों समय पंडाल में आकर सामयिक प्रतिक्रमण का उन्होंने कभी अतिक्रमण नहीं किया। शेषकाल में वे अपनी हवेली में साधना करते थे। पौरुषीकाल (एक प्रहर के बाद) के बाद ही वे अन्न-जल ग्रहण करते थे। वे भले ही साधु नहीं थे, पर किसी साधु से कम भी नहीं थे।

अंग्रेजी जमाने में अजमेर में तीन बड़े सेठ थे—सोनी, लोढ़ा और ढढ्ढा। लोढ़ा और ढढ्ढा श्वेतांबर स्थानकवासी संप्रदाय के थे, पर सेठ भागचंद सोनी दिगंबर मत के अनुयायी। वे हर पखवाड़े में जैन तत्त्व विचारणा पर चर्चा करने के लिए एक ज्ञानगोष्ठी 'सोनीजी की नसियां' में बुलाते थे। सोनीजी की ज्ञानगोष्ठी में सभी दिगंबर श्रावक होते थे। यह ज्ञानगोष्ठी किसी शास्त्रार्थ से कम नहीं थी। श्वेतांबर पक्ष की ओर से सिर्फ उमरावमल बुलाए जाते थे। सेठ भागचंद सोनी

कहते थे कि उमरावमल ढढ्ढा जिनमत के सिद्धांतों को जानते हैं, अन्य विद्वानों से वे इस मायने में विलक्षण हैं कि वे जिन सिद्धांत को न केवल जानते हैं बल्कि उन्हें मानते भी हैं।

गुरुता के गौरीशिखर आचार्य हस्तीमल महाराज के प्रति श्रद्धा के बावजूद उमरावमल सच्ची बात कहने से कभी कतराते नहीं थे। वे अच्छे होने के साथ-साथ सच्चे इंसान भी थे। अच्छा दिखना आसान है पर सच्चा बनना बहुत कठिन है। संघ के हित में उनके चिंतन की चाँदनी में एक दिन एक शुभ्र विचार का जन्म हुआ। उन्होंने आचार्य श्री से निवेदन किया कि आपकी उत्कृष्ट साधना में आचार्य पद बाधक बन सकता है। आप आचार्य पद का विसर्जन कर साधना की गहन आराधना करें।

आचार्य हस्ती बचपन में ही 'ढढ्ढों की बगीची' अजमेर में जैन साधु बने। उनके गुरु आचार्य शोभाचंद्र उनकी प्रतिभा की प्रतिमा को देख पुलकित थे। यौवन में योग की कठिन साधना करने वाले मुनि श्री हस्ती को किशोरावस्था में ही आचार्य घोषित किया गया। यह एक क्रांतिकारी बात थी। असीम विद्वता, अखंड साधना से सेठ उमरावमल उनसे प्रभावित थे। दोनों संघ हित और अध्यात्म की गहन चर्चा में लीन रहते थे। आचार्य भद्रबाहु ने कहा है :

जह दीवा दीवसयं, पईप्पए सो य दीप्पए दीवो।
दीवसमा आयरिया, अप्पं च परं च दीवंति।।

जिस प्रकार दीपक स्वयं प्रकाशमान होता हुआ अपने स्पर्श से अन्य सैकड़ों दीपक जला देता है, उसी प्रकार सद्गुरु आचार्य स्वयं ज्ञान-ज्योति से प्रकाशित होते हैं एवं दूसरों को प्रकाशमान करते हैं। आचार्य कुन्दकुन्द का कथन भी है कि जं देइ दिक्ख सिक्खा, कम्मक्खयकारणे सुद्धा। जो कर्म की क्षय करने वाली शुद्ध दीक्षा और शुद्ध शिक्षा देता है, वह आचार्य है। आचार्य हस्ती इसी आदर्श के उदाहरण थे।

आचार्य श्री का प्रारंभ से ही विचार था कि साधु हो अथवा श्रावक, उनके स्वभाव में समता और संवेदना का भाव हो। अंतिम अवस्था में भी समता की सरिता मानस में बहती रहे। भाव कषाय-मुक्त और शुद्ध होने चाहिए तभी मृत्यु भी वैसी ही शुद्ध होती है।

आचार्य हस्ती ने संकल्प किया कि वे जीवन के अस्ताचल में संथारा लेंगे। संथारा जैनधर्म का परम सिद्धांत है, साधना का अंतिम छोर भी। संथारा का अर्थ

है कि साधक अन्न का एक कण और जल की एक बूँद भी ग्रहण नहीं करें। अन्न-जलरहित अवस्था में मरण का वरण करना संथारा है। साधु ही नहीं, सामान्य व्यक्ति भी संथारा ले सकता है, पर इसके लिए आवश्यक है कि उसे असाध्य रोग अथवा अन्य कारण से मृत्यु का पूर्वाभास हो।

बीसवीं सदी के आठवें दशक के प्रारंभ में आचार्य श्री यदाकदा बीमार रहने लगे। एक बार पीपाड़ पधारे। संघ अध्यक्ष मफतराज मुणोत जो मूलतः यहीं के निवासी हैं, वे आचार्य श्री की सेवा में अभिरत थे। उन्होंने सेठ उमरावमल को पीपाड़ आमंत्रित किया। शारीरिक स्थिति को देखते हुए आचार्य श्री हस्ती से निवेदन किया कि वे उत्तराधिकारी आचार्य का मनोनयन कर लें। इसके लिए दोनों वरिष्ठ श्रावकों ने निवेदन किया कि वे लिखित रूप में एक पत्र में अपने उत्तराधिकारी का नाम अंकित करें। आचार्य हस्ती को यह सुझाव सामयिक और सूझबूझ भरा लगा। उन्होंने दोनों श्रावकों के संघ हित में किए प्रस्ताव को स्वीकार किया।

आचार्य श्री ने एक बंद लिफाफे में अपना गोपनीय निर्णय हस्ताक्षरित कर पत्र सेठ उमरावमल को सौंप दिया। आचार्य श्री द्वारा अपने विश्वस्त श्रावक को बंद लिफाफा देने से यह अनुमान किया जा सकता है कि 'निर्लेप नारायण' वास्तव में निर्लेप ही थे।

आचार्य श्री की देह की गेह की नींव हिलने लगी। 'शरीरं व्याधि मंदिरं' के अनुसार वे अस्वस्थ रहने लगे। पाली जिले के एक कस्बे निमाज पहुँचे। निमाज ब्यावर के पास है और ब्यावर अजमेर के पास। उन दिनों आचार्य श्री कई दिन से मौन में थे।

एक दिन प्रातराश (नाश्ता) लेने से इनकार कर दिया। आचार्य श्री के बड़े शिष्य मानमुनि ने पूछा कि क्या संथारा कर रहे हैं? संकेत की भाषा में आचार्य ने 'हाँ' कहा। वे अपने स्थविर शिष्यों के समक्ष पहले ही अपनी अंतिम इच्छा व्यक्त कर चुके थे। मानमुनि ने संथारा पचखा दिया।

आचार्य श्री लकड़ी के एक तख्त पर आँखें मूँदकर लेट गए। वे अंतर्लीन हो गए। शरीर का संगोपन कर लिया। वे संसार से विमुक्त हो गए। देह में रहते हुए भी देहातीत हो गए। जब तक देहोत्सर्ग नहीं हुआ तब तक इसी स्थिति में रहे। वे करवट भी नहीं बदलते थे। उनके शिष्य कभी-कभार उनकी करवट बदलवा देते। मुँह में एक दाना नहीं, पानी की बूँद नहीं। भूख से सामान्य व्यक्ति छटपटा जाता है, पर आचार्य श्री की मुखमुद्रा पर शिकन तक नहीं थी। चेहरे पर

अनूठी आभा थी। राज्य के विख्यात डॉक्टर एस.आर. मेहता ने मृत्यु के कुछ क्षणों पूर्व उन्हें देखा। उन्हें आश्चर्य था कि उन्होंने सैकड़ों लोगों की मृत्यु देखी पर आचार्य श्री जैसी शांति किसी के चेहरे पर नहीं थी।

यह अध्यात्म का अनूठा नजारा था। लाखों जन उनके अंतिम दर्शन के लिए निमाज की ओर चल पड़े। उनमें न केवल जैन संप्रदाय के लोग थे बल्कि हजारों हिन्दू, मुसलमान भी शामिल थे। सभी लोग आचार्य के तख्त के चारों ओर परिक्रमा कर दर्शन कर रहे थे। किसी का स्पर्श नहीं होने दे रहे थे। ऐसा इसलिए कि आचार्य की साधना में लेशमात्र विघ्न न आए।

एक दिन की बात है, निमाज के सात कसाई भाई आचार्य श्री के दर्शन को आए। उन्होंने स्वत: ही घोषणा की कि वे इस महान सूफी संत के मरण पर्यंत किसी जानवर को नहीं काटेंगे। इतना ही नहीं, उनके तीन सौ बकरे कटने के लिए बम्बई जा रहे थे। इसकी जानकारी जैसे ही श्रावकों को मिली, श्रावकों ने उन्हें पैसा देकर खरीद लिया और कान में मुरकी डालकर उनको जीवन दान दिया।

संथारे के तेरहवें दिन की शाम को साँसों का सूरज अस्ताचल की ओर चला गया। आचार्य श्री नहीं रहे। सेठ उमरावमल प्रतिदिन अजमेर से निमाज आते थे। अपनी सामयिक साधना और स्वाध्याय वहीं पर करते थे। यह अलौकिक अवसर था कि सेठ जी अपने गुरु के लिए प्रार्थना कर रहे थे। मृत्यु के दूसरे दिन सुबह उनकी वैकुंठी निकली, जिसमें एक लाख से अधिक लोग शामिल थे। अरथी उठाते समय एक साथ इतनी भीड़ उमड़ी कि सेठ उमरावमल कुचले जाने से किसी तरह बच गए। आचार्य के समाधिमरण से सेठ जी को ऐसा धक्का लगा कि उनको हृदयाघात हो गया। संयोग से बच भी गए। वे अपने गुरु के अंतिम दर्शन तो कर पाए, पर अंतिम संस्कार में शामिल नहीं हो पाए, इसका मलाल आजीवन उनके मन में रहा।

गुरुवर के संथारा सीझने की खबर हवा में तैर गई। लाखों कदम निमाज की ओर चल पड़े। नयनों में पानी सिसकती वाणी करुण कहानी कह रही थी। मुख्यमंत्री और मंत्रिमंडल सहित कई गणमान्य लोग मौजूद थे। आचार्य श्री का अग्नि-संस्कार हुआ। आचार्य श्री के भाव का सबको ज्ञात था कि आचार्य का मनोभाव है कि उनका स्मारक नहीं बनाया जाएगा। उनकी शिक्षाओं को हृदयंगम करना उनका स्मारक है। सभी के हृदय में स्मृति रही तो सभी भक्तों-अनुरक्तों का हृदय उनका सच्चा स्मारक होगा। लाखों आँखों से अश्रुधारा बह रही थी।

दूसरे दिन गुणानुवाद सभा हुई। परंपरा के अनुसार आचार्य के दिवंगत होने के साथ ही नए आचार्य की घोषणा होनी चाहिए। श्रावक संघ ने परस्पर विमर्श किया। आचार्य श्री स्वयं ने जो उत्तराधिकार पत्र लिखा है, वह पत्र उमरावमल के पास है। मंच सँभाल रहे थे जस्टिस जसराज चोपड़ा। चोपड़ा ने उमरावमल का हवाला देते हुए कहा कि आचार्य श्री ने जो बंद लिफाफा दिया, उसे मैं चतुर्विध संघ की साक्षी में खोलता हूँ। लिफाफा खुला। ऐतिहासिक पत्र में लिखा था :

'आगे की संघ की भावी व्यवस्था संघ के दोनों स्थविर मुनियों के नेतृत्व में चलेगी। मानमुनि संघ-हित में समय-समय पर मार्गदर्शन करेंगे। हीरामुनि मार्गदर्शन को ध्यान में लेकर सारणा-वारणा-धारणा संघ का प्रेमपूर्वक संचालन करेंगे। संघ के सभी साधु-साध्वी प्रेम और श्रद्धा से इनके आदेश का पालन कर ज्ञान, दर्शन, चरित्र की निर्दोष साधना से संघ की कीर्ति बढ़ाएँगे।

श्री मानमुनि समय-समय पर संघहित का खुला मार्गदर्शन और साधु-साध्वियों को श्रुताराधन कराएँगे। हीरामुनि इनके मार्गदर्शन को ध्यान में लेकर साधु-साध्वियों को प्रेमपूर्वक अविधि से बचाकर विधि मार्ग में जोड़ेंगे। ये संघ संचालन का काम करेंगे। मानमुनि उपाध्याय और हीरामुनि भावी आचार्य होंगे।'

[2046, मा.शु. 2/संघ सेवक शोभाचार्य शिष्य श्रमण हस्ती]

❑

आचार्य की घोषणा से चतुर्विध संघ एकमत से सहमत हुआ। संघ महान आचार्य की दूरदर्शिता का कायल था। उन्होंने संघ के हित में ठीक वैसे ही किया, जैसे लोकतंत्र में मतपेटी से मत (वोट) निकलता है। सभी ने संघशास्ता का आदेश आस्था के साथ शिरोधार्य किया।

नए आचार्य हीरामुनि महाराज के जयकारे से समवेत स्वर ने नव आचार्य को सहर्ष स्वीकारा। बिना किसी विवाद के उत्तराधिकारी का चयन हुआ। यह आचार्य के प्रति संघ-निष्ठा की अटल अडिग कहानी है।

थोड़ा पीछे लौटे निमाज में उमरावमल के दामाद और भारतीय प्रशासनिक सेवा के वरिष्ठ अधिकारी डी.आर. मेहता उनकी चरण-शरण में गए। संथारे के पूर्व उन्होंने मेहता से बातचीत की। आचार्य ने कहा—"तुम संप्रदाय के सात पीढ़ी के श्रावक हो। संघ की सेवा करना, अहिंसा का काम करते रहना", इतना कहकर आचार्य गहन मौन सागर में लीन हो गए। मेहता बताते हैं कि गुरु से बड़ी गुरु की

आज्ञा होती है। मेहता भाव-विह्वल हो गए। आचार्य ने ऐसी जिम्मेदारी दी ऐसे श्रावक को जिसका परिवार सदियों से संघ का सेवक रहा हो। मेहता का ननिहाल पक्ष, जिसके प्रमुख इंद्रनाथ मोदी, जिनमें आचार्य का उतना ही विश्वास था जितना उमरावमल में।

❑

एक जटाधारी हिन्दू साधु को कोई जगह विश्राम के लिए नहीं मिली। किसी ने उन्हें कहा कि वे ढढ्ढा हवेली में रातिवासा कर सकते हैं। स्वभाव के अनुसार उमरावमल ने साधु को पूरा सम्मान दिया। भोजन प्रसाद की व्यवस्था की। शाम की सामयिक साधु महात्मा के सामने ही की। सामयिक में उमरावमल मौन रखते थे, पर पुत्रवधू कुमुद ने भोजन के बारे में पूछा तो उन्होंने 'हाँ-हूँ' करके संकेत से भोजन में क्या बनाना है, यह बात समझा दी। जैसे ही वे सामयिक से उठे, साधु ने कहा—"आपकी साधना शुद्ध नहीं है। आपने हाँ-हूँ करके गृहस्थ संबंधी कार्य पुत्रवधू को समझा दिया। यह कोई मौन हुआ? सच्चा मौन तो काष्ठा मौन होता है।"

उमरावमल ने पूछा कि संत प्रवर, काष्ठा गौन किस तरह किया जाता है?

साधु ने कहा—"काठ की तरह निश्चल, अडोल, अकंप बैठ जाना, जिस तरह से काठ नहीं हिलता है, वैसे ही शरीर का कोई अंग प्रतिक्रिया नहीं करना चाहिए, जिससे संसार भाव की वृद्धि हो। यही काष्ठा मौन है। संकेत से समझा काम करवा लेना सच्ची साधना नहीं है।"

उमरावमल ने संत के सामने प्रतिज्ञा की कि अब वे काष्ठा मौन ही करेंगे।

आज की स्वाध्याय सभा से उमरावमल ने समझा—'शास्त्रकारों ने सामयिक के समय में मन, वचन और शरीर को संयम से रखना बताया है, पर मन चंचल है। वह स्थिर नहीं रहता। आकाश से पाताल तक के झूठे-सच्चे घाट-कुघाट गढ़ता रहता है। अविवेक, अहंकार आदि मन के दोषों से बचना साधारण बात नहीं है। इसी तरह भूल, विस्मृति, असावधानता आदि के कारण वचन और शरीर भी अशुद्ध हो जाते हैं। सामयिक समभाव की जनेता है। अगर समभाव नहीं है तो सामयिक का कोई महत्त्व नहीं है।'

अजमेर में किसी भी संप्रदाय के संत आते तब उमरावमल उनके प्रवचन सुनने जाते थे। एक-दो श्रावकों ने उनसे कहा कि हम तो हस्ती गुरु के शिष्य हैं,

हमें अन्य शिथिलाचारी साधुओं के पास नहीं जाना चाहिए। आचार्य हस्ती के श्रावक उमरावमल बोले कि मेरा तो 'गुरु एक, सेवा अनेक' के सिद्धांत में भरोसा है।

एक बार उन्होंने आचार्य समर्थमल की कही बात को दोहराया। समर्थमल महाराज से किसी ने पूछा कि गुरुदेव, कुछ साधु शिथिलाचारी हैं। हम तो आप जैसे महान क्रियावादी आचार्य को मानते हैं। हमें दूसरे संप्रदायों के साधु को वंदन- नमस्कार और उन्हें भिक्षा के लिए निमंत्रित करना चाहिए?

समर्थ आचार्य का उत्तर था कि जैसे गली में छोटी-सी किराने की दुकान लगाने वाले वणिक को भी लोग सेठजी कहते हैं, मुख्य बाजार में बड़ी दुकान चलाने वाले वणिक को भी सेठजी, वैसे ही श्रावकों को तो सभी छोटे-बड़े श्रमण साधकों का वंदन करना चाहिए। जहाँ से ज्ञान मिले, उसे ग्रहण करना चाहिए।

अनाचार अकरणीय है, पर अतिआचरण का प्रदर्शन भी अत्याचार है। विचार में आचार और आचार में विचार को जो साधक जीते हैं, वे ही सदाचारी हैं। हस्ती गुरु के श्रीमुख से जब यह बात उमरावमल ने सुनी तो उन्होंने कहा कि मेरे गुरु ने यही सिखाया है कि मैं 'ना-ना' में नहीं, 'हाँ-हाँ' में विश्वास करता हूँ। उनका नजरिया व्यापक था। एक बार उन्होंने इसी तरह के सवाल का जवाब दिया—"हम तो साधु समझकर वंदन करते हैं। वे ढीले हैं या कठोर, इसका फैसला हम नहीं कर सकते। हस्ती गुरु ने तो एक दिन यह भी समझाया कि एम.ए. में जो छात्र विफल है, उसकी परीक्षा मैट्रिक पास नहीं ले सकता है।" आचार्य श्री के इसी नजरिए को उमरावमल ने अपने जीवन-व्यवहार में उतारा।

किसी ने पूछा कि श्रावक और श्रोता—इन दोनों शब्दों का अर्थ सुनने वाला होता है, तब उमरावमल ने आगम उदाहरण दिया कि श्रोता सुनता है। एक कान से सुनता है, दूसरे कान से निकाल देता है, पर श्रावक सुने हुए में जो कल्याणकारी है, उसे आत्मसात करता है। जिनवाणी है :

सोचा जाणई कल्लाणं।
सोचा जाणई पावगं।
उभयं पि सोचाणं।
अप्पा जं सयं तं समायरे।

श्रोता महज सुनता है। श्रावक अकल्याणकारी को त्यागता है। कल्याणकारी आत्मसात् करता है। यही श्रावक और श्रोता के बीच का भेद है। उमरावमल ऐसे

ही श्रावक थे जो जिनवाणी को अपनी जीवनचर्या का आधार बनाते थे। वे सहज जन थे इसलिए सज्जन थे। श्रेष्ठ थे। वे श्रेय के आगे प्रेय को ठुकरा देते।

❑

वे अपने पाँचों बेटे-बेटियों को नैतिक कथाएँ सुनाते थे। एक दिन उन्होंने एक कहानी सुनाई—"पिता मृत्यु शैय्या पर थे। इकलौते पुत्र ने पिता से अंतिम इच्छा पूछी—'आपकी कोई अंतिम इच्छा है तो बताएँ?' पिता ने लड़खड़ाते स्वरों में कहा कि 'बेटा, गाँव-गाँव में अपना घर और रसोई बना लेना।' करोड़ों की दौलत थी। बेटे ने गाँव-गाँव में छोटे-छोटे घर के साथ एक रसोई बनाई। सारा पैसा इस काम में स्वाहा हो गया।

पिता का वृद्ध मित्र दिसावर से आया और घर जाकर बोला कि 'बेटा, अफसोस, तुम्हारे पिता चले गए। बेटा बोला कि पिता मरे सो तो मरे पर मुझे भी मार गए।'...'वह कैसे?' बुजुर्ग ने सवाल किया। बेटे ने सारी हकीकत बताई। 'बेटा, इसमें तुम्हारी भूल है, पर पिता की गलती नहीं। तुम्हारे पिता ने तो हमेशा आने वाले को आसरा दिया। रसोई तो हर रोज अतिथियों के लिए खुली थी। तुम्हारे पिता के कहने का आशय था कि तुम भी ऐसा ही व्यवहार बनाए रखना कि तुम जहाँ जाओ, तुम्हें सासरा-सा आसरा मिले। उनका कहने का मतलब यह था। तुम अर्थ को नहीं समझे इसलिए व्यर्थ ही अर्थ का अनर्थ किया।' पुत्र को अपनी अज्ञानता पर पश्चात्ताप हुआ। उसने स्मरणीय पिता की तस्वीर के आगे कान पकड़ क्षमा माँगी। पिता के मित्र के चरण छूकर उनका आभार जताया। पाँचों संतानों ने संकल्प किया कि वे 'अतिथि देवोभव:' के आदर्श को हमेशा के लिए उनकी आज्ञानुरूप अनुकरण करेंगे।"

❑

दान देने में सेठजी कभी पीछे नहीं रहे। एक बार कपड़े खरीदने गए। रास्ते में एक फटेहाल को देखा। उससे पूछा कि तुम्हारे पास कितने जोड़ी कपड़े हैं? फटेहाल ने कहा—जोड़ी-आधा जोड़ी जो कुछ है, यही है। वे उसे साथ ले गए। उन्हें दो पोशाक खरीदनी थी, पर अब एक खुद के लिए खरीदी और एक उस फटेहाल के लिए खरीदी। घर पहुँचे तो सेठानी बोली कि एक ड्रेस ही लाए? बोले—नहीं, लाया तो दो, पर एक गरीब फटेहाल को दिला दी।

सेठानी पलभर के लिए आश्चर्यचकित थी, पर वह तो जानती थी कि इनका नाम उमराव है। दिल भी किसी उमराव से कम नहीं है। उनका बस चले तो वे सर्वस्व दान कर सकते हैं, पर मैं टोकती हूँ कि बच्चे बड़े हो रहे हैं, इनकी तरफ देखो। जरा जेब पर नियंत्रण रखो। सेठजी बोले कि सेठानी, मैंने किसी कवि का कथन पढ़ा है :

या धन की गति तीन है—
दान, भोग अरु नाश।
दान-भोग में ना लगे
तो निश्चय होय विनाश।

सेठानी से एक दिन सेठजी ने कहा कि देवी, चीन से कुछ माल आयात करना है। सेठानी ने कहा कि व्यापार में जितना चाहो, ले जाओ। पास खड़े मुनीम से सेठानी बोली कि आप थोड़ा ध्यान रखना। सेठजी के कुर्ते की जेब फटी हुई है। मुनीमज़ी बोले कि तो आप किसी नौकरानी से कहो, वह इसे सी देगी। हँसती हुई सेठानी बोली—''राजा से मंत्री और सेठ से मुनीम ज्यादा चतुर होते हैं। आप नहीं जानते हो कि सेठजी का दिल दरियाव है? वे पैसे तो ले जाते हैं व्यापार के लिए, पर व्यापार के पैसे भी ये दान दे आते हैं। इसके लिए आप जागरूक नहीं रहे तो व्यापार का क्या होगा? धन नहीं आया तो दान भी कहाँ से देंगे? जेब फटने से मेरा यही मतलब है।''

सेठानी की बात सुन सेठजी बोले कि मैं कमाता ही इसलिए हूँ कि घर की सुख-सुविधा के बाद बचे धन पर मेरा नहीं, समाज का हक है। गांधी इसे 'ट्रस्टीशिप' कहते हैं। महावीर तो अपरिग्रह की बात कहते ही हैं। मैं महावीर और गांधी, दोनों के विचारों का उपासक हूँ। सेठजी की बात का सेठानी के पास कोई जवाब नहीं था, पर वह भी सदाशया थी। सेठजी के कहे अनुसार सेठानी तिजोरी से पैसे निकालकर सेठजी को देने लगी। मजाक में सेठजी बोले कि जब आप मुनीम साहब पर भरोसा करती हैं, तो रकम उन्हीं के हाथ सौंप दो। इस पैसे का व्यवसाय में उपयोग होना है जो मुनीमसा बेहतर रूप से कर सकते हैं। सेठानी ने मुनीम जी के हाथ बड़ी रकम थमा दी। सेठजी ने हँसते हुए कहा कि अब मैं फटी जेब नहीं सिलाऊँगा। पति-पत्नी दोनों खिलखिला गए।

उमरावमल की लाडली पुत्री विमला मेहता अपनी यादों के पिटारे को खोलती हैं। अपने बाबूसा के बारे में बताते थकती नहीं हैं। विमला मेहता बताती हैं कि

संयमित जीवन जीने वाले पिताजी सच्चे धार्मिक थे। जिंदगी को पूरी शिद्दत से जीते थे। उनका जीवन एक समग्र मनुष्य का जीवन था। वे कहते थे कि मनुष्य का शरीर नाव है। नाव में छेद हो जाए, तो इससे केवल नाव ही नहीं डूबेगी बल्कि उसमें बैठे यात्री भी काल कराल के शिकार होंगे। इसलिए पिताजी का कहना था—पहला सुख, निरोगी काया। काया स्वस्थ नहीं है तो माया का भी कोई महत्त्व नहीं।

हमने बाबू साहब को महीने की पाँच तिथियों पर हरी सब्जी का त्याग करते हुए देखा। एक बार विमला ने पूछा कि आप हरी सब्जी इन दिनों क्यों नहीं खाते हैं ? वे बोले—आगम में वनस्पति को जीव माना है। इसलिए पाँच तिथियों में हरी सब्जी नहीं खाने से अहिंसा की साधना की आराधना हो जाती है। विमला ने प्रति-प्रश्न किया कि वनस्पति में जीव कैसे हैं ? उन्होंने आचारांग सूत्र को उद्धृत किया :

से बेमि-इमं पि जाइधम्मयं, एयं पि जाइधम्मयं।
यह मनुष्य भी जन्म लेता है, यह वनस्पति भी जन्म लेती है।

इमं पि वुड्ढिधम्मयं, एयं पि वुड्ढिधम्मयं।
यह मनुष्य भी बढ़ता है, यह वनस्पति भी बढ़ती है।

इमं पि चित्तमंतयं, एयं पि चित्तमंतयं।
यह मनुष्य भी चेतनायुक्त है, यह वनस्पति भी चेतनायुक्त है।

इमं पि छिण्णं मिलाइ, एयं पि छिण्णं मिलाइ।
यह मनुष्य छिन्न होने पर म्लान होता है, यह वनस्पति भी छिन्न होने पर म्लान होती है।

इमं पि आहारगं, एयं पि आरारगं।
यह मनुष्य भी आहार करता है, यह वनस्पति भी आहार करती है।

इमं पि अणिच्चयं, एयं पि अणिच्चयं।
यह मनुष्य भी अनित्य है, यह वनस्पति भी अनित्य है।

इमं पि असासयं, एयं पि असासयं।
यह मनुष्य भी अशाश्वत है, यह वनस्पति भी अशाश्वत है।

इमं पि चओवचइयं, एयं पि चओवचइयं।
यह मनुष्य भी आहार से उपचित होता है,

(आहार के अभाव में अपचित/ क्षीण/दुर्बल होता है),
यह वनस्पति भी इसी तरह उपचित-अपचित होती है।

इमं पि विप्परिणामधम्मयं, एयं पि विप्परिणामधम्मयं।
यह मनुष्य भी अनेक तरह की अवस्थाओं को प्राप्त होता है,
यह वनस्पति भी अनेक प्रकार की अवस्थाओं को प्राप्त होती है।

तं परिण्णाया मेहावी णेव सयं वणस्सइ सत्थं समारंभेज्जा।
यह जानकर मेधावी मानव स्वयं वनस्पतिकाय का समारंभ न करे,

णेवऽण्णेहिं वणस्सइसत्थं समारंभेज्जा, णेवऽण्णे वणस्सइसत्थं समारंभते समणुजाणेज्जा।
न दूसरों से समारंभ करवाएँ और समारंभ करने वालों का अनुमोदन न करें।

❑

वे बताते थे कि अमेरिका के सबसे धनी व्यक्ति जेम्सफोर्ड से किसी ने पूछा कि 'आपके पास अथाह संपत्ति है। अमेरिका सबसे धनी देश है और अमेरिका में अब सबसे धनी हैं। इसका आशय स्पष्ट है कि आप दुनिया के सबसे बड़े धनवान हैं।' फोर्ड कुछ पल मौन रहे। फिर बोले कि 'बंधुवर' मेरा स्वास्थ्य खराब है, मैं रूखी ब्रेड और ब्लैक टी लेता हूँ। मैं तो धन को ढोने वाला बैल हूँ। बैल पर पत्थर की ईंट रखो, चाहे सोने की ईंट, उसे तो सब बोझ ही लगेगी।

इस तरह पिताजी की हर बात में तर्कशीलता थी। वे हर बात उदाहरण देकर समझाते थे।

घर के मुखिया होते हुए भी घर में उपस्थित भाई-बहनों को अपने हाथों से कौर देते थे। हम बहनों को वे नाम से पुकारते पर कभी तूंकारा उनके मुँह से नहीं निकला। जिस बेटी को बुलाना होता, उसके पीछे 'जी' लगाते थे, जैसे—विभाजी, विमलाजी और सुशीलाजी। भाई साहब को भी प्रकाशमल नहीं कह कर 'भँवरजी' कहते थे।

दामादों से ऐसे मुक्त मन से बात करते, जैसे वे उनके पुत्र हों! दुराव-छिपाव उनके स्वभाव में नहीं था। दामादों की बात करते हुए कभी-कभी मजाक में बड़े प्यार से बोलते थे कि 'कन्याराशि स्थितौ सर्वदा जामाता दशमो ग्रह'

अर्थात् कन्या राशि में सदैव स्थित जामाता दसवाँ ग्रह है। उनकी बात में विनोद भाव का पुट होता था। अपने चारों दामादों को उन्होंने पुत्रवत वात्सल्य दिया।

वे कहते थे, अंग्रेजी में दामाद के लिए 'सन इन लॉ' और ससुर को 'फादर इन लॉ' कहते हैं। मेरे पाँच बेटे पाँच पांडवों की तरह हैं। उनकी बातों में शहद घुला हुआ था। जब भी हम उनको सुनते तो लगता कि हम कानों के रास्ते शहद पी रहे हैं। वैसे वे 'रिजर्व मूड' के थे, पर जब भी कोई हँसने का बहाना मिलता, तो वे जी भरकर हास्यानंद के रस-रहस्य का आनंद लेते थे।

सभी दामादों को 'कुँवरसा' कहते थे। कमला के पति मनीष बैंक ऑफ बड़ोदा में अधिकारी थे। उनको बैंक में ही लेन-देन के समय देखा। मनीष को अपने घर लाते थे। भोजन के बाद पुनः अपनी कार से बैंक पहुँचाते थे। इससे साबित होता है कि पिताजी बिना परखे अपनी बेटी का भाग्य-बंधन किसी के साथ नहीं करते थे।

शादी के बाद एक दिन मनीष मोटर साइकिल से 'बालासतीजी' के दर्शन करने निकल गए। यह जानकारी पिताजी को मिली। उन्होंने दामाद को कुछ नहीं कहा, बल्कि अपनी बेटी को मृदु उपालंभ दिया कि तुम लोगों को इतना 'रिस्क' नहीं उठाना चाहिए। आज के बाद ऐसा किया तो मैं तीसरा शिवनेत्र खोलूँगा, पर दामाद से कुछ नहीं बोले। बेटी ने कहा कि आप यह बात उनको कहो। वे ही मुझे मोटरसाइकिल पर ले गए। पिताजी ने कहा कि तुम मेरी जाई हो, मेरा अधिकार तुम पर है। पति को वश में रखना पत्नी का काम है, न कि ससुर का। मैं कहूँगा तो कुँवर साहब को कष्ट होगा।

मनीष बिना कहे समझ गए कि उन्हें उनके लिए कितनी चिंता है। शाम को भोजन के समय उन्होंने कहा कि बाबूसाहब, अब ऐसी गलती नहीं करूँगा, ताकि आपकी बेटी किसी संकट की शिकार न हो। जवानी के जोश में मैं होश भूल गया। ❑

सादगी-पसंद होने के बावजूद वे टीवी देखने के शौकीन थे। वर्ल्ड कप में कपिलदेव की कप्तानी में खेले जा रहे मैच को कॉफी पीते देखा। जब चौका या छक्का लगता तो वे 'एक्साइटेड' होते थे।

मैच के शुरू होते ही उन्होंने पल-दो पल के लिए पलकें मूँदीं। जाप किया। फिर बोले—क्रिकेट का विश्व कप भारत के हाथों में होगा। हुआ भी वही,

कपिल के हाथ चमचमाता वर्ल्ड कप था। क्रिकेट के लिए उनका लगाव उस दौर में था जब पति-पत्नी एक दूजे को नाम से नहीं पुकारते थे। पिताजी भी माँ को बुलाते तो कहते 'थां सुणो' अर्थात् आप सुनो। वे परिजनों के साथ अपनी खुशियाँ बाँटना चाहते थे। पत्नी से बोले कि देखो, मंत्र का असर ऐसा हुआ कि भारत ने विश्व कप जीत दुनिया को दिखा दिया कि हम किसी से कम नहीं, पर आप पर मेरे मंत्रों का कोई प्रभाव नहीं पड़ता। सभी खिलखिला गए। वे अक्सर अपने मित्रों से कहा करते थे कि एक दिन ये अंग्रेजी खेल इतना लोकप्रिय होगा कि देश आपस में युद्ध करने की बजाय क्रिकेट-युद्ध से अपनी अपराजेयता सिद्ध करेंगे।

परिवार की सुरक्षा के लिए वे सदैव चिंतित थे। वे कहते थे कि घर-द्वार के बाहर से निकलो तो कभी मत कहना कि मैं देर से आऊँगा। दीवारों के भी कान होते हैं। ऊँची आवाज से कही बात का शत्रु फायदा उठा सकते हैं।

विमला कहती है कि मेरी शादी के बाद जब डी.आर. साहब आई.ए.एस. बने, पिताजी प्रसन्न हुए, पर पतिदेव को यह नसीहत देना भी नहीं भूले कि आप अब जिलाधीश हो। आपके हाथ से कोई काम ऐसा नहीं होना चाहिए, जिससे किसी गरीब का दिल दुखे। डी.आर. साहब ने आश्वस्त किया कि मैं गरीब को 'दरिद्रनारायण' मान उनकी सेवा करूँगा। पिछली पंक्ति में खड़ा अंतिम व्यक्ति प्रथम होगा। मैं अपने स्वार्थ के लिए कोई ऐसा काम नहीं करूँगा, जिससे मेरे कद और पद की प्रतिष्ठा कम हो।

पिताजी दानवीर थे, पर वे ऐसा दान देना पसंद नहीं करते, जिसमें नामकरण हो। एक दिन हम सब लोग बैठे थे। उन्होंने बताया कि एक जैन मंदिर के वे दर्शन करने गए। वहाँ हर सीढ़ी पर दानदाताओं ने अपने पूर्वजों के नाम टंकित कर रखे थे। पिताजी ने कहा, मैं नीचे से ही दर्शन कर लूँगा पर किसी के पूर्वजों के नाम पर पाँव धरकर उन्हें अपमानित नहीं करूँगा। दान देने का यह निकृष्ट तरीका है कि अपने पूर्वजों के नाम लिखकर हजारों-हजार लोगों के पाँवों से उनका अपमान करवाते हैं।

एक और उदाहरण दिया कि मैं एक ऐसे गाँव में गया जहाँ जैनों के 100 घर थे, पर मंदिरों की संख्या 20 थी। जैनधर्मी अपने घर छोड़कर परदेस में व्यवसाय करते थे। पूजा की जिम्मेदारी वैतनिक पुजारी की थी। मैंने पुजारी से पूछा कि इतने छोटे से गाँव में जहाँ जैनधर्मी साल में एक-दो दिन के लिए आते हैं, यहाँ इतने मंदिर कैसे बने ? पुजारी ने जो रहस्य बताया, वह दिमाग के दरवाजे

खोलने वाला था। पुजारी बोला कि साहब, इस गाँव के सभी सेठ करोड़पति हैं। हर करोड़पति सेठ मंदिर बनवाता है तो दूसरा करोड़पति सेठ उससे ऊँचा मंदिर बनवाता है और तीसरा करोड़पति सेठ और भी ऊँचा शिखर खड़ा करता है। इसलिए ये मंदिर भगवान के लिए नहीं बल्कि अहं प्रदर्शन के लिए बने हैं। दर्शन के लिए तो महज मैं आता हूँ और पूजा कर चला जाता हूँ।

❑

अपने आत्मीय जनों के लिए उनका लगाव कितना था, यह श्रीमती कल्पना को लिखे पत्र में प्रतिबिम्बित है। सहजता से अपनों से संवाद करना सेठ उमरावमल की लेखनी से सीखा जा सकता है। 18/9/84 को लिखे पत्र में संबंधों के क्रम में वे अपनी सतर्क टिप्पणी भी लिखते हैं। इसे एक पत्र में देखा जा सकता है :

प्रिय कल्पना,

शुभाशीष!

तुम्हारा पत्र दिनांक 22/9/84 को (शायद भूल से 12 की जगह 22 लिख गए हों) मिला। पूर्व संस्कारों की वजह से ही लिखने में हिचकिचाहट रही होगी। खैर, कोई बात नहीं, पत्र लिख तुमने कुछ अनुचित नहीं किया। रही क्षमापना की बात, तुम्हारे मन की बात मैं नहीं जानता किन्तु वचन और काया से तुमने मेरी प्रति कोई, किसी प्रकार की अप्रियता व्यक्त नहीं की। तुम्हारे पत्र लिखने से यह अंदाज लगा सकता हूँ कि तुम्हारे हृदय में मेरे प्रति कोई अप्रियता नहीं है। कुछ है तो स्नेह ही है। जहाँ तक क्षमायाचना का सवाल है, वह केवल औपचारिकता है। क्योंकि मैंने तुमसे मात्र 15 मिनट बात की होगी। तुम मेरे प्रश्नों का ही उत्तर देती रहीं। किसी प्रकार का आग्रह या जिज्ञासा थी तो मेरी तरफ से थी। तुमसे तुम्हारे विचारों को पूर्व में ही जान लेना था ताकि तुम्हें किसी तरह की उलझन न हो। खैर, अब तो तुम शीघ्र ही हम लोगों के बीच में होगी। हम लोगों के बारे में निजी धारणा बना लोगी। फिर क्षमा देने व लेने का सिलसिला शुरू हो ही जाएगा। यह बात याद रखना कि क्षमा माँगने के बनिस्पत क्षमा करना महत्त्वपूर्ण है।

अपने भाई साहिबान एवं भाभियों एवं अग्रजा एवं माँसाहब (माफ करें, इनका नाम सबसे पहले लिखना था। स्मृति विभ्रम से बाद में लिख रहा हूँ।)—समस्त परिवार से मेरे 'खमत खामणा' अर्ज करें। घर से तबियत ऐसे ही चल रही है। तुम अखंड सौभाग्यवती, सुखी एवं समृद्ध बनो, इसी शुभकामना के साथ!

❑

98 वर्षीय कन्हैयालाल लोढ़ा साधक हैं और सर्जक हैं। विपस्सना ध्यान के लिए सुख्यात स्मृतिशेष सत्यनारायण गोयनका और मानव महिमा के अमर साधक स्वामी शरणानंद के सहयोगी कन्हैयालाल लोढ़ा संस्मरणों के वातायन से झाँकते हुए कहते हैं—"मैं उमरावमल के संपर्क में साठ के दशक से आचार्य हस्ती की वजह से जुड़ा। वे वचन से नहीं, आचरण से और वाणी ही नहीं, व्यवहार से भी आध्यात्मिक थे। उनसे चर्चाएँ हुईं, पर उस अकिंचन अमीर ने हमेशा आर्थिक नहीं, पारमार्थिक चर्चा की। चर्चा के बीच मैंने उनकी चर्या को भी देखा। वे छोटी-छोटी भूलों को अपराध मान उन्हें फिर नहीं दोहराने की बात ही नहीं करते बल्कि प्रायश्चित्त भी करते थे।

कन्हैयालाल कई बार अजमेर गए। वे कहते हैं कि मैंने उनको प्राकृतिक जीवन जीते देखा। 'ढढ्ढा हवेली' में मैं कई बार मेहमान हुआ। एक दिन मैंने देखा—वे जून के गर्म महीने में बिना पंखे के बैठे थे। मेरे आते ही उन्होंने सेवक माणक से कहा कि लोढ़ाजी आए हैं। उनके लिए पंखा चला दो।

कन्हैयालाल ने पूछा कि पंखे का उपयोग क्यों नहीं करते? उमरावमल ने लालबहादुर शास्त्री का एक संस्मरण सुनाया—"लालबहादुर शास्त्री पंडित जवाहरलाल नेहरू मंत्रिमंडल में रेलमंत्री थे। एक दिन वे उत्तर प्रदेश के एक स्टेशन का अचानक निरीक्षण करने निकले। 'टिकट विंडो' पर यात्रियों की लाइन थी, पर ट्रेन के लेट होने की सूचना 'टिकट बाबू' के पास थी। वे 'टिकट विंडो' से नदारद थे। वे 'टिकट विंडो' छोड़ तफरी पर निकल गए। शास्त्रीजी ने 'टिकट विंडो' सँभाली। सबसे पहले उन्होंने अपने पी.ए. से कहा कि पंखा बंद करो। उन्होंने अपनी जैकेट उतारी, फिर कुर्ता भी। सिर्फ खादी की बंडी में बैठकर वे टिकट काटने लगे। निजी सचिव ने कहा—'सर, पंखा चलने दो।' शास्त्रीजी बोले—'सदरी कुर्ता उतारने के बाद गर्मी नहीं लग रही है। खादी की वर्दी की यही

खासियत है कि वह सर्दी में गर्म और गर्मी में ठंडी रहती है। इसलिए गांधी ठीक कहते थे कि खादी वस्त्र नहीं, विचार है।'

थोड़ी देर बाद 'टिकट बाबू' आए। उन्होंने टोपी, कुर्ता और सदरीविहीन रेलमंत्री से पूछा कि आप कौन होते हैं मेरी जगह टिकट काटने वाले? शास्त्रीजी मुस्कुराए और बोले कि मैं रेलविभाग का मंत्री लालबहादुर शास्त्री हूँ। सुनते ही 'टिकट बाबू' के पसीने आ गए। लालबहादुर ने टिकट बाबू को चेतावनी दी और प्यार से समझाया कि सभी रेलयात्रियों को सुविधापूर्वक टिकट देना तुम्हारी जिम्मेदारी है, जिसे तुम ईमानदारीपूर्वक पूरा करो।' " वे बोले—"शास्त्रीजी से यही बात सीखी। जब तक जरूरी नहीं होता, मैं कृत्रिम साधनों का सहारा नहीं लेता। पुरखों की हवेली का शिल्प ही इस तरह का है कि चारों ओर से हवा मिलती है। मैं 'सौ दवा और एक हवा' के महत्त्व को मानता हूँ।"

कन्हैयालाल कहते हैं कि उनके जवाब को सुन मेरा मन बाग-बाग हो उठा। मुझे अनुभूति हुई कि उमरावमल अपने-आपको अकिंचन कहते ही नहीं बल्कि अपने जीवन से उसका उदाहरण भी प्रस्तुत करते हैं। गांधी ने ठीक कहा है कि मेरा जीवन ही मेरा संदेश है। उमरावमल गांधीवादी थे या नहीं, यह मैं नहीं जानता पर उमरावमल का जीवन 'गांधी दर्शन' का आदर्श उदाहरण था।

❑

उमरावमल संघ, समाज के नेता होते हुए भी कभी मंचासीन होने में भरोसा नहीं रखते थे। इसलिए ऐसे व्यक्ति के लिए 'नेता' शब्द नहीं, 'निर्माता' शब्द का उपयोग होना चाहिए। उम्र की सदी की नदी के किनारे खड़े लोढ़ा हकलाते स्वर में बोलते हुए कहते हैं कि मैंने कई बार सार्वजनिक मंचों पर उन्हें समाज के आम आदमी के साथ बैठे देखा। पर जैसे ही मंच को ज्ञात होता कि वे मंच के नीचे बैठे हैं, मंच से माइक गूँजता कि श्रेष्ठ समाजसेवी उमरावमल मंच पर पधारें। वे विनम्रता से हाथ जोड़ खड़े होते और फिर आमजनों के बीच ही बैठ जाते थे। वाहवाही से दूर रहना कठिन तपस्या है। तुलसी बाबा ने ठीक कहा है—

कंचन तजिबो सहज है,
सहज तिया को नेह।
मान-बड़ाई इरसा,
तुलसी दुर्लभ ऐह।।

स्वर्ण तजना सहज है। स्त्री को छोड़ना भी कठिन नहीं। पर मान, बड़ाई और ईर्ष्या से ऊपर उठना जटिल है।

कन्हैयालाल ने आचार्य हस्ती को उद्धृत करते हुए कहा कि आचार्य कहते थे कि उमरावमल को उपदेश की जरूरत नहीं, वे तो इंगित को समझने वाले हैं। जो गुरु के निर्देश को मानता है, गुरु के पास रहता है, गुरु के इशारे से समझता है, वह शिष्य विनयवान है। आचार्य श्री कहते थे कि वे ऐसे ही शुद्ध श्रावक थे।

कन्हैयालाल कहते हैं कि मैंने उन्हें ढढ्ढा हवेली में बने शिवाले में सामयिक व्रत में देखा। उनके मन में था कि प्रतीक चाहे साकार हो, भले ही निराकार, पर हमारी दृष्टि सम्यक् होनी चाहिए। वे अनुभवी थे। कहा गया है—

जहाँ न पहुँचे रवि, वहाँ पहुँचे कवि।
जहाँ न पहुँचे कवि, वहाँ पहुँचे अनुभवी।

कन्हैयालाल बताते हैं कि परम आत्मवादी आचार्य हस्ती को उन पर बड़ा भरोसा था। आचार्य श्री कहते थे कि उमरावमल के हृदय में करुणा की वरुणा बहती है। इसलिए मैं संघ के चौखंभा नेतृत्व यानी श्रमण-श्रमणी, श्रावक-श्राविका में ऐसे श्रावक को तीसरा खंभा मानता हूँ। इसलिए आचार्य ने अपने उत्तराधिकारी का पत्र उमरावमल को सौंपा। वे मंच के प्रपंच से दूर रहते थे। न्यायमूर्ति जसराज चोपड़ा से कहा कि इसे आप पढ़ें। न्यायमूर्ति ने इसे पढ़ा तो आमजनों को लगा कि यह पत्र न्यायमूर्ति को आचार्य हस्ती ने सौंपा था। अहं ही विमुक्त अर्हम् के सच्चे साधक होते हैं। इसलिए उनके लिए यह कोई महत्त्व नहीं कि इसका यश उन्हें मिले या किसी को। वे यशांक्षी होते तो आचार्य हस्ती उन्हें 'निर्लेप नारायण' का विशेषण नहीं देते।

कुछ लोगों ने कहा कि आपको सौंपे उत्तराधिकारी पत्र का श्रेय आपको लेना चाहिए। वे बोले कि किसी को परेशान नहीं होना चाहिए कि श्रेय मुझे मिले या न्यायमूर्ति को। हम दोनों गुरुदेव के भक्त और अनुरक्त हैं। न्यायमूर्ति को श्रेय मिलना मेरे को श्रेय मिलने सा है। निःस्पृह सेठ के लिए नामदारी कम, कामदारी ज्यादा महत्त्वपूर्ण थी, जिसे आचार्य हस्ती ने सौंपी थी।

कन्हैयालाल का कथन है कि उमरावमल की दिनचर्या में चार घंटे साधना के लिए थे। आठ घंटे सक्रिय दिनचर्या के लिए। विश्राम के नाम पर भोजन और घंटे भर सुस्ताना। महावीर की भाषा में वे 'अप्रमत्त' थे। 'अप्रमत्त' का अर्थ है—अप्रमादी। इसलिए महावीर कहते हैं कि सुत्ता सो अमुणि मुणियों सया जागरंति।

यानी जो सुप्त है, वह अमुनि है। मुनि तो सदा जागृत है। वे कहते हैं कि ध्यान और साधना के परम साधक ने ध्यान का आरंभिक अभ्यास आचार्य हस्ती से सीखा।

साध्वी उमरावकुँवर अर्चना के सान्निध्य में बैठकर मुद्रा विज्ञान के बारे में समझा। वे नियमित मुद्रा योग करते थे। उनकी पसंदीदा मुद्राएँ थीं—समान पंक्ति में स्थित अँगुलियों से युक्त हाथों के दोनों पंजों को फैला करके तथा दोनों अंगूठों को परस्पर मिलाकर अभय मुद्रा में वे अवस्थित होते थे, इसे कपाट मुद्रा कहते हैं। इसके बाद वे कमंडलु मुद्रा करते थे। इसमें दोनों हथेलियों को पोला करके परस्पर मिलाने तथा दोनों हाथ की कनिष्ठिकाओं को बाहर निकाला जाता है। कवच मुद्रा में वे मुट्ठी बाँध करके कनिष्ठा और अंगुष्ठ को फैलाते थे। वे कुम्भ मुद्रा भी करते थे। इसमें बाएँ हाथ की अंगुलियों को कुछ संकुचित करके उसके ऊपर दाहिने हाथ को रखकर ढीली मुट्ठी के बाँधने को कुम्भ मुद्रा कहते हैं।

कनिष्ठा अंगुली को अंगूठे से दबाकर शेष अंगुलियों के फैलाने पर क्षुरप्र मुद्रा होती है। इसका अभ्यास भी वे इस क्रम में करते थे। बाएँ हाथ की अंगुलियों को ऊपर फैलाकर अंगूठे से कनिष्ठा को दबाने पर जो मुद्रा बनाती है, उसे क्षेत्रपाल मुद्रा कहते हैं। यह मुद्रा भी उनकी साधना का अंग थी। वे खड्ग मुद्रा भी करते थे। इसमें दाहिने हाथ की मुट्ठी बाँध कर तर्जनी अंगुली को फैलाया जाता है। गदा मुद्रा में वे बाएँ हाथ की मुट्ठी के ऊपर दाहिने हाथ की मुट्ठी को रखकर शरीर को कुछ ऊँचा करते थे। गरुड़ मुद्रा में अपने अभिमुख दाहिने हाथ की कनिष्ठिका अंगुली से बाएँ हाथ की कनिष्ठिका को ग्रहण करके हाथों के नीचे परावर्तित करते थे। गोवृष मुद्रा में वे दाहिने हाथ की मुट्ठी बाँध करके मध्यमा और तर्जनी अंगुली पसारते थे। घंटा मुद्रा में वे बाएँ हाथ की अंगुलियों को नीचे की ओर कर घंटा के आकार में पसारकर उसके नीचे दाहिने हाथ की मुट्ठी बाँधकर और तर्जनी को ऊँची उठाकर बाईं हथेली के नीचे रखकर घंटा के समान हिलाते थे। अंत में वे जिन मुद्रा करते थे। इसमें दोनों पाँवों के मध्य में आगे चार अंगुल का और पीछे इससे कुछ कम अन्तर करके स्थित होते हुए जो उत्सर्ग (कायोत्सर्ग) किया जाता है। जिन मुद्रा से क्रोध, मान, माया, लोभ आदि चार कषाय शिथिल होते हैं।

उमरावमल ने मुद्रा योग को सिद्ध किया। इससे उन्हें आत्मशांति मिली। साथ ही उन्होंने जिसे मुद्रा योग सिखाया, उनके जीवन में सुखों की सुषमा दिखाई देती है। मन और तन के बीच संतुलन आने पर रोग, शोक स्वयं दूर होते हैं। मुद्रा

योग से उन्होंने अपनी चेतना, चिंतन को प्रखर किया। उनके स्पर्श से किसी का रोग उपशांत हो जाता था। हरिद्वार में गंगा किनारे बैठे एक साधु ने उन्हें साधना-विधि समझाई। उसका उन्होंने आजन्म अभ्यास किया। उसकी विधि उनकी डायरी में मिलती है—'अभ्यस्त आसन से एकान्त स्थान में बैठें। संकल्प-विकल्प से मन को मुक्त करें। निश्चल मन से उन्मनी मुद्रा में नेत्र मूँदकर, भृकुटि मध्य में, ध्यान दृष्टि को स्थिर करें। अपनी कल्पना से प्रकाश देखने का प्रयत्न करें। अन्दर के नेत्र खोलकर देखें। विचार न उठने दें। मस्तिष्क पर अधिक बल न डालें। दो-चार मिनट यहाँ पर सहज भाव से देखते रहें, फिर शांत भाव से बैठें, कुछ देर तक मानसिक व्यापार रोक निश्चल बैठ जाने पर मन की शक्ति बढ़ जाती है। इसी तरह ध्यान करते रहने पर संकल्प बल से भ्रूमध्य में प्रकाश उत्पन्न होने लगेगा। प्रकाश शीघ्र या देर से उत्पन्न होना आपके तन्मय होने पर निर्भर है। उतावलापन व्यर्थ है। प्रकाश दीपशिखा टिमटिमाता जुगनू धुंध, धुआँ, धूप, बिजली, काँच, चंद्र और बल्ब-सा हो सकता है। जैसा भी प्रकाश दिखे, उस पर स्थिर होने का प्रयत्न करें, स्थिरता आती जाएगी। प्रकाश स्वच्छ होता जाएगा। इसे दिव्य ज्योति कहते हैं। यह प्रत्येक अभ्यासी को प्रकट हो सकती है।'

कन्हैयालाल कहते हैं कि आचार्य हस्ती ने कहा कि मैं अपने संघ को उमरावमल जैसे श्रुतसेवी श्रावक के साथ छोड़ रहा हूँ। जो सच्चा और अच्छा भी है। बहुत लोग अच्छे होते हैं, पर सच्चे नहीं। बहुत लोग सच्चे होते हैं, पर अच्छे नहीं। पर मेरे प्रिय श्रावक 'निर्लेप नारायण' सच्चे भी हैं और अच्छे भी।

उमरावमल ने संघ के प्रमुख श्रावकों से चर्चा की। निष्कर्ष था कि आचार्य महान हैं। आचार्य श्री का अर्थ ही है कि जिनका आचरण महान है। उन्होंने आचार्य श्री से निवेदन किया कि उनका आदेश संघ के लिए अध्यादेश होगा।

उमरावमल ने संघ को समझाया कि महावीर के संघ में भी कई श्रमण शिथिलाचारी थे, पर महावीर ने निंदा नहीं की, बल्कि कहा कि 'अहा सुहं देवाणुपिया', अर्थात् जैसा सुख हो, वैसा करो देवानुप्रिय। चौमासी और छमासी तप करने वालों को भी महावीर कहते हैं कि जैसा सुख हो, वैसा करो। ऐसे साधक के लिए भी महावीर कहते हैं जो एक दिन उपवासा नहीं रह सकता, उसने गोचरी की अनुमति माँगी। उसे भी महावीर कहते हैं कि 'अहा सुहं देवाणुपिया', अर्थात जैसा सुख हो, वैसा करो देवानुप्रिय। इसलिए महावीर अतिवादी नहीं हैं, न ही अति आचारी। अति+आचार की संस्कृत में संधि करते हैं तो अति आचारी

का अर्थ अत्याचारी होता है। अनाचार तो त्याज्य है, पर अति आचार का प्रदर्शन भी अत्याचार है। विचारसम्मत आचार और आचारसम्मत विचार ही सदाचार है।

कन्हैयालाल अतीत के आँगन में उतरते हैं। वे आचार्य हस्ती के ही पसंदीदा श्रावक नहीं थे, बल्कि 'कड़क मिश्री' जिन्हें मरुधर केसरी मिश्रीमल महाराज कहा जाता था, उमरावमल उनके भी करीबी थे। 1974 में उनके दामाद डी.आर. के सहयोगी आर.एस. कूमठ अजमेर के कलेक्टर थे। कड़क मिश्री ने उमरावमल को कहा कि तीर्थगुरु पुष्कर में जैन संप्रदाय का भी केन्द्र बनना चाहिए। उन्होंने 'राजामल का बाग' खरीदने में मरुधर केसरी के श्रावकों को सहयोग किया। उन्होंने कूमठ को प्रेरित किया कि वे इसके लिए योगदान करें। कूमठ ने उमरावमल के पुत्र प्रकाशमल के सहपाठी के नाते पूरा सहयोग किया। 'राजामल का बाग' आज 'मरुधर केसरी पारमार्थिक संस्थान' के रूप में जाना जाता है। इसका श्रेय उमरावमल और रणजीत सिंह कूमठ को है।

कूमठ ने उमरावमल की उपस्थिति में इस सेवाभूमि का उद्‌घाटन किया। (इसका साक्षी लेखक भी है।) आज भी इस पुष्कर में जैन संघ का केन्द्र है। तीर्थगुरु पुष्कर में ब्राह्मण संस्कृति के साथ श्रमण संस्कृति का भी एक केन्द्र बना।

❑

कूमठ भारतीय प्रशासनिक सेवा से मुक्त होने के बाद उमरावमल के दामाद डी.आर. मेहता की समाजसेवा में सहयोगी हैं। वे कहते हैं कि मैं उमरावमल ढढ्ढा के पुत्र प्रकाशमल का सहपाठी हूँ। मैं जानता हूँ कि वे एक अमीर होकर भी आम आदमी थे। यही उनके व्यक्तित्व का सौंदर्य था।

उनकी शख्सियत की खूबसूरती थी कि उमरावमल आग्रह के बाद भी मंच पर नहीं आए। उन्होंने सेठ संपतमल लोढ़ा के लिए मंच किया। लोढ़ा अजमेर के संघपति थे। कलेक्टर चाहते थे कि ढढ्ढा मंच पर आएँ, पर उन्होंने कहा कि जब संघपति लोढ़ा मंच पर हैं, तो मेरा मंच पर आना अनधिकार होगा। वे संघपति का सम्मान करते थे। कूमठ कहते हैं कि इस बात से समझा जा सकता है कि वे सच्चे अर्थों में लोकतांत्रिक थे। लोकतंत्र में माथे नहीं, हाथ गिने जाते हैं। हाथ संपतमल लोढ़ा के साथ थे। उमरावमल उपसंघपति थे। वे संघपति की अवमानना को संघ की अवमानना मानते थे। लोढ़ा और ढढ्ढा परिवार के बीच में सामाजिक के साथ पारिवारिक संबंध था। वे संबंध के अनुबंध को तोड़ना नहीं चाहते थे।

इसलिए कलेक्टर कूमठ के आग्रह के बाद भी मंच पर नहीं आए। यह बात साबित करती है कि उमरावमल प्रसिद्ध होने की बजाय सिद्ध साधक थे। मरुधर केसरी मिश्रीमल महाराज यानी 'कड़क मिश्री' ने भी उनको उस दिन महान और मौन समाजसेवी कहा।

डी.आर. कहते हैं कि मैं मरुधर केसरी यानी 'कड़क मिश्री' की समाजसेवा का समर्थक हूँ। उन्होंने डी.आर. को कहा कि मैं सेवाकर्म को आरंभ नहीं मानता हूँ। मैं सेवाधर्म को परम पुण्य मानता हूँ। इसके लिए भले मुझे नरक में क्यों नहीं जाना पड़े। बौद्ध परिभाषा में कहें तो वे हीनयानी नहीं, महायानी थे। डी.आर. की दृष्टि में 'कड़क मिश्री' का बहुत सम्मान था। कड़क मिश्री ने 'नशाबंदी दिवस' को अपना जन्मदिवस का आदर्श माना। उनका जन्मदिन 'नशा निषेध दिवस' के रूप में आज भी मनाया जाता है। (लेखक भी तब कड़क मिश्री के साथ थे।) वे जब तक जिए, हर बरस वे लोगों से नशाबंदी से दूर होने का प्रत्याख्यान यानी प्रतिज्ञा कराते थे। डी.आर. कई बार उनकी सभाओं की गरिमा बने।

डी.आर. जैसे चिंतक कहते हैं कि मैं अपने गुरु हस्ती का श्रावक (उपासक) होने के बाद भी कड़क मिश्री को बहुत मानता हूँ जिन्होंने आमजन के सुधार का काम किया। डी.आर. भी अपने ससुर के उस सूत्र के अनुसर्ता थे कि गुरु एक, सेवा अनेक। यही वजह थी कि वे मरुधर केसरी यानी 'कड़क मिश्री' के बहुत नजदीकी थे। 'कड़क मिश्री' के भक्त दक्षिण भारतीय, प्रवासी राजस्थानी भक्त, संपन्न व्यापारी थे। डी.आर. चाहते थे कि वे दक्षिण के संपन्न व्यवसायी उत्तर के विपन्नों की मदद करें। कड़क मिश्री ने डी.आर. की बात का समर्थन किया। इस सोच के सेतु उमरावमल थे। भारतीय प्रशासनिक सेवा में व्यस्त अपने दामाद के मंतव्य को उमरावमल ने ही 'कड़क मिश्री' तक पहुँचाया। उमरावमल के परामर्श को 'कड़क मिश्री' मेहता का मत मानते थे। वे मेहता के मामा इंद्रनाथ मोदी से मिले थे।

बाबूसा के स्वभाव का जिक्र करते हुए उनके पुत्र प्रकाशमल कहते हैं—"मेरा अधिकांश समय अजमेर से बाहर बीता—करीब-करीब 45 से 50 साल। मैंने अजमेर 1957 में छोड़ा। 2003 में लौटा। पहले मैंने एम.ए. किया। उसके लिए जयपुर रहा। फिर सर्विस के सिलसिले में कलकत्ता, बम्बई, राँची, दुबई और दिल्ली रहना पड़ा। ज्यादा समय दिल्ली में ही बीता। मैं हर साल दो-तीन बार अजमेर चार-पाँच रोज के लिए आता था। कलकत्ता, बम्बई, राँची अजमेर से दूर थे। आना कम होता था। दिल्ली से अजमेर आना-जाना ज्यादा होता था।

जब भी अजमेर आता, शाम को दो-तीन घंटे उनके पास बैठता। धार्मिक और सामाजिक चर्चा होती थी। आचार्य श्री को कोई भी काम होता तो वे बाबूसा को बुलाते थे। उनसे सलाह-मशविरा करके ही कोई निर्णय लेते थे। उनको गुस्सा बहुत कम आता था। कोई बात उनके मनोनुकूल न होती तो वे मौन हो जाते थे। किसी से कोई बातचीत नहीं करते थे। धीरे-धीरे जब गुस्सा कम हो जाता था, तब वे अपनी बात को समझाने की कोशिश करते। उनका सिद्धांत था—कम खाओ, गम खाओ और नम जाओ।

उमरावमल को खेलने का शौक था। वे खुद तो टेनिस खेलने जाते थे, हम लोगों को भी साथ में हवेली के चौक में बेडमिंटन व क्रिकेट खेलने के लिए कहते थे। वे बच्चों के साथ हवेली की छत पर शाम को पतंग उड़ाने के लिए चले जाते थे। अगर वे कभी छत पर नहीं जाते, तो बच्चे उनको पकड़कर साथ ले जाते कहते—चरखी पकड़ो। इसके बाद वे पतंग भी उड़ाने लगते।

दो बार प्रोस्टेट का ऑपरेशन हुआ। डॉक्टर से उन्होंने कहा कि जो भी दवाई देनी है, सूर्यास्त के पहले ही देना। डॉक्टर ने कहा कि बीमारी में नियम नहीं चलते। वे कहते कि मेरी आपसे 'रिक्वेस्ट' है कि जो कुछ दवाई हो, सूर्यास्त के पहले ही दे देना। डॉक्टर ने उनकी बात रखी। उनको लिखने-पढ़ने का भी शौक था। दिन भर भी किताबें पढ़ते रहते थे। कोई और उनके पास बैठकर बात करता तो वे किताब बंद कर देते और बात करने लग जाते।''

प्रकाश बताते हैं—''हम जब कभी भी छुट्टियों में अजमेर आते थे, उनके साथ ही सुबह का खाना खाते थे क्योंकि रात्रि में खाने की सौगंध थी।

वैसे उनको हर चीज खाने का शौक था मगर वे अपने मुँह से कभी नहीं कहते थे कि मेरे लिए यह बना दो। एक बार जो थाली में आ जाता, वही खा लेते और दोबारा नहीं लेते थे। घर में बनी किसी एक भोज्य-वस्तु का त्याग कर देते थे। संयम, शक्तिसंपन्न एवं विवेकवान थे।''

उमरावमल को अपने प्रपौत्र श्रेयांस से असीम स्नेह रहा। श्रेयांस के बचपन में मानो वे अपना बचपन जीने को आतुर थे। श्रेयांस भी अपने दादोसा की बात आते ही आँसू भरी आँखों से कहते हैं कि मैं अपने-आपको बहुत भाग्यशाली समझता हूँ जो मुझे प्रपौत्र के रूप में दादा का बहुत लाड़-प्यार मिला। दादीसा मुझे दादोसा के बारे में बताती रहती हैं। मेरा जन्म हुआ तब उनकी खुशी का ठिकाना नहीं रहा। उनकी तबियत ठीक न होने के बावजूद आठ घंटे का सफर

करके मेरे को देखने कोटा पधारे। मुझे भी थोड़ा-थोड़ा याद आता है, मैं उनके साथ दिल्ली में रहता था। मेरी उम्र उस समय करीबन तीन साल की थी। मैं उनसे काजू, किशमिश और टॉफी माँगता था। एक दिन मैंने उनसे टॉफी माँगी। उस समय घर में टॉफी नहीं होने के कारण मेरी उँगली पकड़कर बाजार ले गए। वहाँ से हम घूमते-घूमते डॉक्टर साहब के पास चले गए। करीब एक-डेढ़ घंटे के पश्चात् लौटे। दादोसा का स्वास्थ्य ठीक न होने के कारण घर में सब चिंतित हो गए। जब हम लौटे तो बड़ी दादीसा थोड़ा गुस्सा होकर बोलीं—"हम सबको कितनी चिंता हो गई। आप बता के भी नहीं गए। आपकी तबियत ठीक न होने से हम सब घबरा गए थे।" दादासा ने कहा—"श्रेयांस के साथ होने से समय का पता ही नहीं चला। अब मैं हमेशा समय का ध्यान रखूँगा।"

उमरावमल का व्यक्तित्व संश्लेषक था। वे पीढ़ियों के अंतराल को पाटना जानते थे। उनकी पौत्रवधू अंजना ढढ्ढा बताती हैं कि एक बार उन्होंने मुझसे पूछा—"तुम लिखना जानती हो?" मैंने कहा कि नहीं। वे बोले—"नहीं लिखना जानती हो, तो सीखो। लिखने से व्यक्तित्व की क्षमता बढ़ती है। अच्छे विचार लिखोगे तो अच्छे आचरण के लिए प्रेरित हो जाओगे। यदि अच्छा लिखने के बाद अच्छा आचरण नहीं करोगे, तो दूसरे लोग तो टोकेंगे ही, पर स्वयं का मन भी उलाहना देगा।"

मैं उनके व्यक्तित्व से बहुत प्रभावित हुई। उन्होंने मेरी सगाई के समय ही एक नसीहत मेरे पल्लू बाँध दी। मैं जब भी दादा साहब से मिलती, वे इस बात के लिए प्रेरित करते थे कि परिवार समाज की सबसे छोटी ईकाई है। परिवार में जीना सीख लिया तो समाज और राष्ट्र के लिए एक अच्छे सामाजिक और अच्छे नागरिक साबित हो सकते हैं। उनके चिंतन की चाँदनी में जब मैं अपने-आपको पाती हूँ तो लगता है कि दादा साहब ने जो प्रेरणा-सूत्र प्रदान किए, वे आज भी मन को प्रभावित और प्रकाशित करते हैं।

जयनारायण व्यास विश्वविद्यालय, जोधपुर के प्रोफेसर धर्मचंद जैन ने अपनी प्रारंभिक शिक्षा जैन गुरुकुल, जयपुर में की। एक दिन उमरावमल जैन शिक्षण संस्थान देखने आए। उन्होंने धर्मचंद जैन से पूछा कि क्या पढ़ते हो? धर्मचंद बोले कि मैं संस्कृत, प्राकृत और हिन्दी पढ़ता हूँ।

"अंग्रेजी क्यों नहीं पढ़ते हो?" उमरावमल ने प्रश्न किया। "अंग्रेजी जरूर पढ़ो, वरना रोजगार की दौड़ में पिछड़ जाओगे। हिन्दी मातृभाषा है, इसका सम्मान

होना ही चाहिए, पर अंग्रेजी का अज्ञान दुखदायी हो सकता है। हिन्दी हमारे संस्कारों की भाषा है, पर इसका अर्थ यह नहीं है कि हम अंग्रेजी नहीं पढ़ें।''

सेठजी मानते थे कि अंग्रेजी में कुछ सीखना एक बात है, अंग्रेजी को अपने सामाजिक और सांस्कृतिक कार्यों का माध्यम बना लेना दूसरी बात है। जापानियों, चीनियों आदि ने अंग्रेजी सीखी है, लेकिन अपनी भाषाओं को अविकसित मानकर उन्होंने अंग्रेजी को राजभाषा नहीं बनाया। धर्मचंद बताते हैं कि ''उनकी प्रेरणा से मैंने अंग्रेजी पढ़ी। आज जिस पद पर मैं हूँ, इसमें उनका बड़ा योगदान है।''

धर्मचंद यह भी बताते हैं कि सर्द रात के दर्द को उमरावमल समझते थे। आचार्य श्री के शिष्य को इस बात पर विश्वास था कि साधनापरक धर्म के साथ सेवापरक धर्म कम नहीं है। यही सकारात्मक अहिंसा है। सेवा अहिंसा का प्रयोग पक्ष और अहिंसा सेवा का दर्शन है।

वे सर्द रात में ड्राइवर को लेकर आम रास्तों पर जाते थे। फुटपाथ पर पड़े लोगों के ऊपर कंबल डालकर आगे बढ़ जाते थे। जो लोग सर्दी में सो नहीं पाते तो अलाव जलाकर बैठे रहते थे। उन्हें भी कंबलें बाँटते थे। कई लोगों को तो सर्दी में सोने की आदत हो जाती थी। एक शायर ने ठीक कहा है—'दर्द देता है मजा आदत हो जाने के बाद।' सोए लोगों के ऊपर वे कंबल डाल देते। उनको प्रशंसा नहीं, सेवा चाहिए थी। इसलिए उन्हें मौन समाजसेवी कहना होगा।

सेठजी ने एक दिन सेठानी से कहा कि मेरे भोजन की थाली तालाबंद बाजोट से नहीं आनी चाहिए। मैं अपने सेवकों पर पूरा भरोसा करता हूँ। इसलिए मेरे खाने की थाली साधारण बाजोट पर ही आएगी। मैं नहीं कहता कि मेरे पिता ने गलत किया। तब की बात और अब की बात अलग है। तब हम अंग्रेजों के सहयोगी थे, पर अब मैं आम आदमी के साथ हूँ। मेरा भोजन तालाबंद नहीं आएगा।

सेवकों के मन पुलकित थे। हमारा सेठ हम पर भरोसा करता है। आज भी सेठ उमरावमल द्वारा नियुक्त बीसों कर्मचारी हवेली में रहते हैं। पुत्रवधू कुमुद की देखरेख में आज भी काम करते हैं। (लेखक ने उस बाजोट पर भोजन किया है, जिसे तालाबंद कर भोजन के लिए भेजा जाता था।) ढढ्ढा सेठ अंग्रेजों के मनसबदार थे। अंग्रेजों की राय से ही तालाबंद बाजोट में खाना नौकर ले जाते थे।

आज हवेली में प्रकाश और कुमुद के सिवाय नियमित रूप से कोई नहीं रहता, पर आने-जाने वालों का ताँता लगा रहता है। बरसों पुराने नौकर-नौकरानी

घर के सदस्य के रूप में रहते हैं। इतनी बड़ी हवेली की साफ-सफाई के लिए आज भी उतने ही कारिन्दे हैं, वरना इसका झाड़ू लगाना भी संभव नहीं है।

उमरावमल के पुत्र की उदारता भी देखी कि उनकी हवेली में एक मुस्लिम फकीर भी रहते हैं। उन्होंने एक अलौकिक कहानी सुनाई। कहानी तो कहानी ही होती है, पर उसके प्रतीकों में सच छुपा होता है। स्वप्न में किसी अदृश्य शक्ति ने कहा कि तुम्हारी हवेली का सेठ साधारण इंसान नहीं बल्कि असाधारण सूफी है।

एक दिन बहू कुमुद ने उमरावमल से पूछा कि आप दरगाह में कैसे फूल भिजवाते हैं, जबकि दरगाह के द्वार के दाएँ-बाएँ जानवर काटकर लगाए जाते हैं? वे बोले कि बेटी, हम कसाइयों के लिए फूल नहीं भेजते, ख्वाजा गरीब नवाज जैसे महान सूफी संत के लिए फूल भेजते हैं। हमारा लक्ष्य साफ-सुथरा है। हम किसी भिखारी को रुपए-दो रुपए दान देते हैं। हमारा मकसद है कि वह खाना खाए। फिर वह दारू पी लेता है। इसमें हम दोष के भागी नहीं हैं।

ससुर पिता की बात कुमुद ने मान ली।

उमरावमल ढढ्ढा अहिंसा के परम आराधक थे। एक बार उनकी हवेली के सामने से पाँच बकरे ठेले पर लाद कसाई ले जा रहा था। उन्होंने पूछा कि इन्हें कहाँ ले जा रहे हो? कसाई ने जवाब दिया कि कत्लखाने में। उमरावमल ने कहा कि इसे कितने में बेच रहे हो? उसने कहा कि पाँच सौ रुपए में एक लिया है। इनकी कटाई होते ही हम मांस के रूप में सात सौ रुपए में बेचेंगे। सेठ ने कहा कि इन सबको 'अमरिया' कर दो। मैं पैसा दूँगा। चतुर कसाई ने कहा कि इनकी खाल भी तो बेचेंगे। उसमें हमें सौ रुपए मिलेंगे। सेठजी ने कहा कि इन्हें यहीं छोड़ दो। मैं अपनी जेब से तुम्हें मुँह-माँगा पैसा दे रहा हूँ। सेठ ने सभी बकरों को छुड़ाया। उन्हें सुरक्षित बकराशाला में पहुँचाया। बकरों के कान में पीतल का छल्ला डाल दिया। इसे 'मुरकी' कहते हैं। मुरकी डले बकरों को 'अमरिया' कहते हैं। अमरिया को न हिंदू मारता है, न ही मुसलमान। कोई मारता है तो ईश्वर और अल्लाह की नजर में पापी होता है।

अहिंसा के अमर सैनिक ने एक बार यहाँ तक कहा कि अजमेर का कत्लखाना बंद हो जाए तो मैं सभी कसाइयों के रोजगार की व्यवस्था कर सकता हूँ। परंपरागत कसाइयों ने इसे नहीं माना। उमरावमल बोले कि कसाई हमारे भाई हैं। पेट की भूख सभी को सताती है। भूख को 'जठराग्नि' कहते हैं। भू का अर्थ 'पृथ्वी' है। ख का अर्थ 'आकाश'। जो पृथ्वी और आकाश तक

विस्तृत है, उसे भूख कहते हैं। उमरावमल के उद्‌बोधन से कई कसाइयों का दिल पसीजा। उन्होंने सेठजी के सहयोग से सब्जी, किराणा, चाय की दुकान और छोटा-बड़ा धंधा अपनाया। उमरावमल के इसी प्रयोग ने कई जैनों को अहिंसा के प्रति प्रेरित किया।

हवेली गरीब-गुरबों की सदाव्रतशाला थी, जिसे विनोबा भावे ने 'दरिद्र नारायण की कुटी' कहा है। इस कुटिया में जितनी रोटियाँ सिंकती थीं, उनमें से अधिकांश दरिद्रनारायण के लिए थीं। उमरावमल दरिद्रों के शुभचिंतक तो थे ही, पर वे पशु-पक्षियों के हितचिंतक भी थे।

एक दिन पत्नी ने कहा कि आप कबूतरों को दाना डालते हो, यह अच्छी बात है। बिल्ली कबूतर का शिकार कर लेती है। सेठ साहब ने सेठानी साहिबा की बात पर ध्यान दिया। उन्होंने कहा कि जब तक कबूतर दाना चुगे तब तक माणक को हवेली की छत पर बैठना है, जिससे कोई बिल्ली कबूतरों का शिकार नहीं कर पाए। माणक की चौकीदारी में एक भी पंछी हिंसा का शिकार नहीं हुआ।

उमरावमल ने सादगी ओढ़ी नहीं, धारण की। इसलिए वे धन्नासेठ की बजाय और श्रेष्ठ सेठ बने। धनवान से बड़ा धन्यवान होता है जो दो हाथों से कमाता है, पर हजार हाथों में बाँटता है। उन्होंने इसी सूत्र को जिंदगी का फलसफा बनाया।

वे सुबह घूमने निकलते। 'नया बाजार' के चारा घर के आसपास खड़ी गायों को चारा देते। अनासागर झील में मछलियों को दाना डालते थे।

एक दिन की बात है। सेठजी ने देखा, एक समुदाय विशेष के लड़के काँटे में आटा लगा। जाल फैलाकर मछलियाँ पकड़ रहे हैं। स्वभाव से दयालु उमरावमल ने बच्चों को समझाया कि हिंसा महापाप है। आप ऐसा मत करो। लड़कों ने कहा—सेठजी, इसी रोजगार से घर का चूल्हा जलता है। सेठ साहब बोले—अगर रोजगार के रूप में तुम्हें कोई विकल्प मिले, तो मछली मारने का काम छोड़ दोगे? बच्चों ने हाँ की। सेठजी ने व्यापार संपर्कों से जुड़े उद्यमियों से कहा कि हिंसाचार रोकने के लिए एक समुदाय विशेष के युवकों को नौकरी दो। कई लोगों को वैकल्पिक रोजगारी बनाया। समुदाय विशेष के एक युवक को जब पता चला कि ऐसा करने से सेठ साहब नौकरी दिला सकते हैं, तो वह भी काँटे में आटा लगाकर अनासागर झील पहुँचा। सेठजी ने उससे भी कहा कि मैं नौकरी दिला दूँगा, पर हिंसक प्रकृति और प्रवृत्ति को बदलो। युवजनों ने अच्छी नौकरियाँ हासिल कीं और वे हिंसाचार से मुक्त हुए।

उमरावमल के लिए जीवदया सबसे बड़ा धर्म था। वे कहते थे कि एक बकरा 'अमरिया' बनाने से क्या होगा? पशु तो लाखों की संख्या में कटते हैं। इसलिए मांस से जुड़े कसाइयों का हृदय परिवर्तन करना होगा। उनके लिए वैकल्पिक आर्थिक प्रबंधन करना होगा। एक कसाई का वैकल्पिक आर्थिक प्रबंधन करते हैं तो वह कसाई का काम नहीं करेगा। इससे जानवरों की कटाई रुक सकती है।

उन्होंने कई कसाई भाइयों से बात की। वधिकों ने माना कि 'सेठजी ने रोजगार दिलाया। बोटी काटने वालों के लिए रोटी की व्यवस्था कर हमें समाज की मुख्यधारा में शामिल किया।' आज उन कसाइयों की संतानें सरकारी और गैर-सरकारी कर्मचारी ही नहीं बल्कि अधिकारी के तौर पर भी काम कर रही हैं। वे आज भी डी.आर. से मिलने आते हैं। उनका कहना है कि आपके ससुर ने हमारे पिता को नया व्यापार दिया। इससे हम ही नहीं, हमारी पीढ़ियाँ भी घृणित धंधे से मुक्त हुईं। हम ही नहीं, हमारी पीढ़ियाँ सेठ साहब के गुणगान करेंगी।

'घर आया माँ-जाया है।' उमरावमल आगत अतिथियों के सत्कार के लिए पूरे देश में विख्यात थे। मनुहार इस हद तक करते कि आगत अतिथियों और संबंधियों को अपनी यात्रा की तिथि बदलनी पड़ती थी।

'अकेले स्वादिष्ट भोजन न करें, अकेले किसी विषय का निश्चय न करें, अकेले रास्ता न चलें और बहुत से लोग सोए हों तो उनमें अकेले जागते न रहें।

'बतरस' दसवाँ रस है। महफिलखाने में बैठ उमरावमल अतिथियों से मजेदार बातें करते थे जिनमें प्रेरणा का प्रकाश मोमबत्ती के उजाले-सा झिलमिलाता था। कई अतिथियों से ऐसे प्रसंग भी सुनने में आए कि हमारे को जो अनुभव-सना ज्ञान यहाँ मिलता है, उसके लिए ही हम दो दिन और रुकते हैं। उन्होंने सदैव आगत का स्वागत किया। यह परंपरा आज भी 'ढढ्ढा हवेली' में उनके पुत्र प्रकाशमल और कुमुद निभा रहे हैं।

'अतिथि देवो भव' यानी अतिथि देवता है। कहा भी है :

प्रभुरग्निः प्रतपने भूमिरावपने प्रभुः ।
प्रभुः सूर्य प्रकाशाच्च सतां चाभ्यागतः ।।

जलाने के लिए अग्नि प्रभु है। बीज बोने के लिए भूमि प्रभु है। प्रकाश के लिए सूर्य प्रभु है। सत्पुरुषों के लिए अभ्यागत प्रभु है। पर यह भी कहा गया है कि अतिथि प्रथम दिन सोने का, दूसरे दिन चाँदी का और तीसरे दिन पीतल

मान लिया जाता है। इसी सिलसिले में उमरावमल ने एक किस्सा सुनाया—"एक दामाद ससुराल गया। आवभगत हुई। रोज छप्पनभोग मिल रहे थे। यह बात उस जमाने की है जब दामाद सप्ताह में पाँच दिन ससुराल में रहते थे, पर पखवाड़ा हो गया 'पांवणे' (राजस्थान में दामाद को 'पांवणा' कहते हैं) ने 'ढोलिया' (खाट) छोड़ा ही नहीं। उल्टा दीवार पर लिखा—'सासरा सुख आसरा।' एक दिन साली ने जीजा को सबक सिखाने की सोची। जब जीजा नहाने गया, साली ने कमरे में प्रवेश किया—'सासरा सुख आसरा।' साली ने दूसरी पंक्ति में लिखा—'चार दिनों का आसरा।' जीजा ने भी जवाब में लिखा—'रहस्या मास छ मास।' साली ने पलटवार किया—'देस्यां कुदाली खुदास्यां घास।' दूसरे दिन दामाद ने रास्ता नापा।"

उमरावमल धनजीवी नहीं, धर्मजीवी थे। उनका जीवन सिद्धांतों पर टिका था। 'सत्यमेव जयते' और 'श्रमएव जयते' यानी सत्यनिष्ठ का श्रम कभी नष्ट नहीं होता। माँ ने कहा कि तुम्हारा कथन उचित है।

ढढ्ढा हवेली में शादी-ब्याह, मौज-शौक के तो कई आयोजन हुए। एक दिन हवेली में एक युवती ने योगिनी का रूप धारण किया यानी जैनेन्द्रिया दीक्षा ली। संयम के सरगम पर प्रात: से लेकर रात तक महिलाएँ चौबीसियाँ गाती थीं। हवेली भक्ति-भाव से रौशन हो गई। कई दिन तक राग-रंग चले, पर एक दिन आया जब विराग के रंग में रँगी युवती पहुँची, जहाँ गुरुदेव विराजे थे।

संघ साक्षी में गुरुदेव ने कहा कि वे माता-पिता खड़े हो जाएँ जो अपनी पुत्री को संयम पथ पर देखना चाहते हैं। माता-पिता ने कहा कि हमारे घर में सातों सुख हैं, पर इसका कोई लगाव नहीं है। हम सहर्ष साध्वी जीवन की आज्ञा देते हैं। हमें भरोसा है। हमारी संतान जिनधर्म का गौरव बढ़ाएगी। माता-पिता की आज्ञा के बाद वैरागिन का सिर मुँडने वाली नापित को बुलाया। उसके काले कजरारे केश उतारते उसे भी दु:ख हुआ। उसने कहा कि मैंने अपने जीवन में कभी कल्पना भी नहीं की कि ऐसा अवसर आएगा। मस्तक में शिखा छोड़ सारा माथा मूँड दिया। वे साध्वी मुद्रा में जैसे ही अवतरित हुईं, सभा के अंतिम व्यक्ति की आँखों में आँसू छलकें, पर वैरागिन अडोल अकंप थी। गुरुदेव ने दीक्षा पाठ पढ़ाया। गुरुणी ने उसको अपने साथ पाट पर विराजित किया।

सात दिन बाद, बड़ी दीक्षा हुई। वे साध्वियों के 'मांडले' में बैठ आहार लेने लगीं। साध्वियों ने आहार का संविभाग किया। गुरुणी का आदेश था कि नवदीक्षित, रोगी और तपस्वी को पहले सरस आहार देना चाहिए, पर नवदीक्षिता ने ऐसा नहीं

माना। उसने कहा कि यह आहार तो गुरुणी के लिए है। उन्होंने नहीं चाहते हुए भी सरस आहार गुरुणी के 'पातरे' (पात्र) में डाला। गुरुणी ने मजबूरन आहार लिया। गुरुणी बोली कि छह माह तक हम तुमसे सेवा नहीं ले सकते। तुम छह महीने में 'दशवैकालिक' पढ़ो। तुम्हें समाधान मिल जाएगा। नवदीक्षित ने 'गुरुर्वाक्य प्रमाणम्' के अनुरूप अपने जीवन में स्वाध्याय संयम का पालन किया।

ढढ्ढा हवेली में उत्तराध्ययन पर प्रवचन हुए। आचार्य श्री ने लोभ को पाप का बाप कहते हुए कपिल की कथा सुनाई—"कौशाम्बी नगरी में एक ब्राह्मण दंपती थे। पति का नाम काश्यप और पत्नी का नाम श्रीदेवी था। ब्राह्मण-ब्राह्मणी के कपिल नाम का एक पुत्र था। काश्यप राजपुरोहित थे। अत: वे बड़े राजसी ठाठ से रहते थे। अच्छा आवास, रथ, घोड़े, दास-दासी और पूरी सुरक्षा। पिता से सभी सुख कपिल को मिले थे। माता-पिता का लाड़-प्यार भी उसे खूब मिला तो वह पढ़ नहीं पाया, अनपढ़ रह गया। विद्याहीन ब्राह्मण का जीवन ही व्यर्थ है। शंकर प्रश्नोत्तरी के ये प्रश्नोत्तर कितने सटीक हैं :

मातेव का या सुखदा ? सुविधा।
किमेधते दानवशात् ? सुविधा।

अर्थात् माता के समान सुख देने वाली क्या चीज है ? उत्तर है—सुविधा। इसे प्रथम देने से बढ़ने वाली क्या चीज है ? इसका भी उत्तर है—सुविधा।

कपिल विद्याहीन रह गया। वह छोटा ही था कि उसके पिता परलोक सिधार गए। सब सुविधाएँ राजा ने वापस ले लीं। कौशाम्बी के एक अन्य ब्राह्मण को राजपुरोहित का पद मिला।

एक दिन नए राजपुरोहित की सवारी निकल रही थी। वह खुले रथ में बैठा था। दो प्रतिमाएँ चँवर ढो रहे थे। आगे-पीछे वाद्य बजाते जाते थे। अश्वारोही सुरक्षा सैनिक भी साथ थे। गवाक्ष में खड़ी श्रीदेवी यह सब देख रही थी। देखते-देखते उसकी आँखों में आँसू आ गए। पास ही खड़े कपिल ने पूछा—'माँ, तुम रो क्यों रही हो ?' माँ श्रीदेवी ने बताया—'कपिल, तेरे पिताजी राजपुरोहित थे तो उनकी भी ऐसी ही सवारी निकलती थी, जैसे आज नए राजपुरोहित की निकल रही है। कपिल, यदि तू पढ़ा-लिखा विद्या-संपन्न होता तो पिता की मृत्यु के बाद तुम्हें ही राजपुरोहित बनाया जाता।'

माँ की बात सुन कपिल ने भी सोचा और बोला—'माँ, पढ़ने की कोई उम्र नहीं होती। अब भी क्या बिगड़ा है ? अब मैं मन लगाकर पढ़ूँगा।'

'बेटा, राजपुरोहित के भय से कौशाम्बी में तुम्हें कोई नहीं पढ़ाएगा।' श्रीदेवी ने कहा—'यदि तू पढ़ना ही चाहता है तो श्रावस्ती चला जा। वहाँ तेरे पिता के मित्र पंडित इन्द्रदत्त रहते हैं। वे पाठशाला भी चलाते हैं। तू अपने पिता का नाम लेना, वे तुम्हें अवश्य पढ़ाएँगे।'

श्रावस्ती पहुँचकर कपिल इन्द्रदत्त पंडित से मिला। अपने पिता का परिचय दिया तो मित्र काश्यप के निधन पर पंडित इन्द्रदत्त बड़े दुखी हुए।

'वत्स कपिल, ब्राह्मणों के लिए पढ़ना-पढ़ाना, यज्ञ करना, यज्ञ कराना, दान लेना और दान देना—ये छह कर्म निश्चित किए गऐ हैं :

अध्यापनमध्ययनं यजनं याजनं तथा।
दानं प्रतिग्रहं चैव ब्राह्मपानाम कल्पयत्।।

कपिल, यह तुमने अच्छा किया, जो मेरे पास पढ़ने आ गए। पढ़ने के बाद ही तो तुम पढ़ाने योग्य बनोगे। मैं अपने एक यजमान श्रेष्ठी के यहाँ तुम्हारे रहने, खाने-पीने की व्यवस्था कर दूँगा।'

पंडित इन्द्रदत्त ने कपिल का दायित्व एक सेठ को सौंप दिया। सेठ ने कपिल के रहने को एक कमरा दे दिया। कमरे को झाड़ने, बुहारने, बिस्तर लगाने, बिछाने और खाना बनाने को एक दासी नियुक्त कर दी। कपिल का मन अध्ययन से उचट गया और उसे दासी से प्रेम हो गया। वह गर्भवती हो गई। सेठ ने दासी सहित कपिल को निकाल दिया। अब वे दोनों पति-पत्नी की तरह रहने लगे। कपिल के सामने आर्थिक समस्या आ गई। ब्राह्मणीय वृत्ति भिक्षा से दोनों की उदरपूर्ति होती थी। इधर पत्नी के प्रसव का समय भी निकट था।

कपिल चिन्ता में डूबा था। एक दिन उसकी पत्नी ने कहा—'मुझे एक बात याद आई है। श्रावस्ती के राजा दो माशा सोना एक ब्राह्मण को नित्य दान करते हैं। लेकिन वे उसी एक ब्राह्मण को दो माशा सोना देते हैं जो राजसभा में सबसे पहले पहुँचकर उन्हें आशीर्वाद देता है।

कपिल आश्वस्त हो गया। सुबह बहुत जल्दी उठा और राजसभा में पहुँचा। वहाँ जाकर उसे पता चला कि उससे पहले पहुँचकर कोई अन्य ब्राह्मण आशीर्वाद देकर दो माशा सोना ले गया। कपिल विफल हो रहा, पर निराश नहीं हुआ। वह दूसरे दिन फिर गया तो उस दिन भी कोई अन्य ब्राह्मण उससे पहले जाकर दो माशा सोना ले गया था। कपिल सात दिन तक विफल होकर लौटा। उसके बाद चाँदनी रात में वह आधी रात को उठा। चाँदनी देख उसने सोचा कि

सवेरा हो गया तो जल्दी से भागा। राजमहल तो बंद था। पहरेदारों ने कपिल को चोर समझकर बंदी बना लिया। सवेरे राजा के सामने पेश किया। राजा ने उससे पूछताछ की। कपिल ने सब बातें सच-सच बता दीं। कपिल के भोलेपन से राजा मुग्ध हो गए। उन्होंने कहा—'हे ब्राह्मण, तुम्हारे निश्छल कथन से मैं तुम पर इतना प्रसन्न हूँ कि आज तुम जो माँगोगे, वहीं दूँगा। एक बार माँग कर तो देखो।'

कपिल ने कहा—'राजन, मैं कुछ सोच-समझकर माँगूँगा। मुझे सोचने का समय दीजिए।'

राजा ने कहा कि राजभवन के पीछे की वाटिका में जाकर एकांत में खूब सोचो फिर यहाँ आकर माँगो।

वाटिका में बैठे कपिल सोचने लगा—दो माशा सोना मिलता तो दस बीस दिन का काम चल जाता। अब राजा ने छूट दी है तो इतना माँगूँ कि फिर माँगने की जरूरत ही न पड़े। तो फिर सौ स्वर्ण मुद्राएँ माँग लूँ? इससे क्या होगा? राजा तो दे ही रहा है। एक हजार स्वर्ण मुद्राएँ माँग लूँ? अच्छा सा घर बनावा लूँगा। पत्नी को वस्त्र-आभूषण दिलवा दूँगा। हजार तो थोड़ी रहेंगी। राजा का आधा खजाना माँग लूँ? खजाना क्यों, आधा राज्य ही माँग लूँगा। नहीं, नहीं, राजा का पूरा राज्य ही क्यों न... ?

बस, तभी लोभ के गहरे अंधकार में कपिल के हृदय में एक प्रकाश किरण चमकी। उसे झटका-सा लगा। और वह सोचने लगा—कपिल, तू तो बड़ा कृतघ्न है। जिस राजा ने तुझे कुछ भी माँगने की छूट दी, तू तो उसे ही मिटाने पर तुल गया? धिक्कार है तेरे लोभ को! श्रावस्ती में तू पढ़ने आया था, तू वासना के दलदल में उतरा। तेरे लोभ ने तो सीमा ही तोड़ दी। दो माशा सोने के लोभ में तू सात दिन दौड़ा। एक रात बंदीगृह में भी काटी। राजा का सब कुछ लेकर तेरा क्या भला होगा?

कपिल की विचारधारा उतरने-चढ़ने लगी, ऊपर उठने लगी। वे मुनि बन गए। केवली बने। कितनी जल्दी परिवर्तन हुआ! केवली कपिल राजसभा में पहुँचे। राजा और राजसभा ने सब कुछ जाना तो सब-के-सब उनके सामने नत- मस्तक हो गए।''

❑

अमीर उमरावमल सादगी-से जीवन जीते थे। जहाँ घर में सभी सदस्यों की अलमारियों में पचासों जोड़ी कपड़े होते थे, पर उनके पास चार जोड़ी कपड़े थे। वे स्वावलंबी थे। अपना काम स्वयं करते थे। घर के नौकर-चाकर

कहते कि बाबू साहब, हम किसलिए हैं? बाबू साहब कहते कि इतनी बड़ी हवेली की रखवाली कोई छोटा काम थोड़े है।

माणक ने बताया कि हर त्योहार पर वे कर्मचारियों, जिन्हें नौकर-चाकर नहीं कहकर कार्यकर्ता कहते थे, के घर मिठाई भेजते। बच्चों और महिलाओं के लिए कपड़े भी। परिवार के सदस्य की तरह सदैव उनका मान-सम्मान रखते थे।

एक बूढ़ी माँ जो सेठ कल्याणमल के समय से अब तक काम करती है, पुत्रवधू कुमुद उनका वैसा ही सम्मान करती हैं, जैसे सास का। वे इतनी बूढ़ी हो गईं कि वे काम नहीं कर पातीं फिर भी उनके आवास के साथ पेंशन की व्यवस्था है। कई बार वे भोजन करने ऊपर बुला ली जाती हैं।

आम के मौसम में ढढ्ढा हवेली में काम करने वालों के घरों में भी पाँच-पाँच किलो आम भेजने की परंपरा थी। फल विक्रेता ने कहा कि ऐसा दिलदार सेठ मैंने कभी नहीं देखा। वे कभी मोलभाव नहीं करते थे। उनको अच्छे किस्म के फल देता। आम खरीदने ड्राइवर को भेजते तो समझाते कि किसी को मत कहना कि सेठजी नौकर-चाकरों के लिए मँगवाते हैं। तुम्हें कहना है कि सेठजी का परिवार बड़ा है। वे नौकरों के बच्चों की स्कूल फीस भी चुकाते थे। उन्हें सर्दी-गर्मी के कपड़े देते थे। उदारता उनके व्यक्तित्व की आभा थी। वे कहते थे कि उदार हृदय वाले व्यक्ति भयभीत शत्रु के लिए भी कृपालु ही होते हैं। वे अपनी डायरी में जयशंकर प्रसाद को उद्धृत करते हुए कहते थे—'औरों को हँसते देखो मनु, हँसो और सुख पाओ। अपने सुख को विस्तृत कर लो, सब को सुखी बनाओ।'

❑

सेठजी की हवेली अन्नपूर्णा थी। कोई घर में आए और जलपान और भोजन किए बिना जाए, यह असंभव था। वे यह बतलाना भी नहीं भूलते कि मैं भी किसी शहर में जाता हूँ तो होटल से परहेज करता हूँ। अपने स्वधर्मी को संदेश देता हूँ कि मैं अमुक होटल में हूँ। वे मिलने आते तो भोजन लाते थे। मैं होटल से जितना हो सके, उतना टलता हूँ। उनकी जीवन-शैली बड़ी अनूठी थी। वे खाने-खिलाने में बहुत आनंद का अनुभव करते थे। वे गौमाता को अपने हाथ से ग्रास देते थे। चिड़ियों और कबूतरों को चुगाना तो उनकी दैनिक चर्या थी। कोई दरवेश आता तो उसे मालूम था कि कहीं भोजन मिले न मिले, ढढ्ढों की हवेली

में जरूर मिलेगा। हिंदू-मुस्लिम गरीबों के लिए बिना भेदभाव उनके घर का विशाल द्वार जरूर खुला मिलेगा। सेठजी दरवेशों को चौक में बिठा देते और अपने हाथ से भोजन कराते थे। वे अन्न को ही ब्रह्म मानते थे।

एक दिन उन्होंने एक कहानी सुनाई—''एक गुरु के पास शिष्य गया। उसने कहा—'तुम ब्रह्म का साक्षात्कार करना चाहते हो तो बिल्कुल भूखे-प्यासे रहो।' शिष्य चौंका पर गुरु-आज्ञा वह टाल नहीं सका। पहले दिन तो जैसे-तैसे वह निराहार रहा पर दूसरे दिन तो पेट में चूहे उछल-कूद करने लगे। तीसरे दिन तो उसकी भूख-प्यास इतनी गहन हो गई कि उसे भोजन-पानी के सपने आने लगे। सुबह उठते ही गुरु के पास गया और बोला कि 'गुरुजी, अब ब्रह्म के दर्शन कराओ।' गुरुजी ने कहा—'जब तुम भूखे-प्यासे थे तब तुम्हें क्या अनुभव हुआ, सच-सच बताना?'

शिष्य ने कहा—'अन्न के सिवाय और कुछ भी दिखाई नहीं दे रहा था।' आचार्य ने कहा—'अब समझ आया कि अन्न ही ब्रह्म है। जैन धर्म भी 9 पुण्यों में प्रथम दो पुण्यों में अन्न पुण्य और पान पुण्य को मानता है।' ''

वैदिक अवधारणा है कि पचास वर्ष के होते ही वानप्रस्थ ग्रहण कर लेना चाहिए, पर जैन दर्शन की मान्यता है कि एक भी क्षण गँवाएँ बिना जितनी जल्दी संभव हो, सेवा-साधना में जुट जाना चाहिए। उमरावमल अपने यौवन में ही समाज-सेवा की ओर उन्मुख हुए। वे एक चिंतनशील व्यक्ति थे। उन्होंने आचार्य हस्ती से गुरु मंत्र लिया कि 'समयं गोयम मा पमायए'। हे गौतम, क्षण मात्र का भी प्रमाद मत करो।

अपनी डायरी में वे लिखते हैं—'कोरी साधना से व्यक्ति की मुक्ति नहीं होती, जब तक वह सेवा-कार्य में प्रवृत्त नहीं होता। भगवान महावीर से एक बार पूछा—प्रभु, आपकी सेवा करना ठीक है अथवा किसी दुखी-दर्दी की सेवा करना? भगवान ने उत्तर दिया कि मेरी सेवा से अनंत गुणा लाभ दुखी-दर्दी की सेवा करने से होता है? उमरावमल इसी विचार को आधार बनाकर पशु-पक्षियों और पीड़ित मानवों की सेवा करते थे। अक्सर वे 'विक्टोरिया' अस्पताल जाते थे इसलिए नहीं कि वे बीमार थे बल्कि जो लोग अभावग्रस्त और बीमार होते थे, जिनके पास दवा लाने के पैसे भी नहीं होते, उमरावमल उनकी समस्या का समाधान करते।

एक घटना है। एक मरीज ने उनसे कहा कि उसे ज्यादा पैसों की जरूरत है। उमरावमल ने चुपके से उसकी मदद कर दी। दो दिन बाद ही पता चला कि वह बीमारी का नाटक करके पैसे इकट्ठे कर रहा था। दूसरे-तीसरे दिन फिर वे अस्पताल गए और उसकी खाट खाली देखी। पड़ोसी से पूछा कि क्या उस मरीज

को छुट्टी मिल गई? "सर, छुट्टी तो आप ही ने दिलवाई। पैसे मिले और वह तो डॉक्टर को बिना बताए भाग गया। साहब ऐसे लोगों को पैसे देने से क्या फायदा?" उमरावमल बोले—"मैंने अच्छे भावों से पैसा दिया इसलिए मुझे कोई दोष नहीं लगा। दोष तो उसको लगेगा कि उसने किसी और गरीब की सेवा करने के लिए मेरे को सशंकित कर दिया, पर मैं सेवा-धर्म से एक कदम भी पीछे नहीं हटूँगा।" वे आए-दिन जानवरों के लिए चारा, भूसा डलवाते थे। हवेली के चारों ओर पानी के परींडे लगाते ताकि पक्षी प्यासे नहीं रह जाएँ।

उनके साधनात्मक जीवन की झलक उनकी डायरी में मिलती है। जिद्दू कृष्णमूर्ति उनके आध्यात्मिक प्रेरक थे। जे. कृष्णमूर्ति की बात को वे अक्सर दोहराते थे कि गुरु आदमकद दर्पण होता है, वह शिष्य को कुछ नहीं दिखाता। दर्पण ही मनुष्य को उसका प्रतिबिंब दिखाता है। इसलिए गुरु के संकेत के आधार पर साधक को आत्म-साक्षात्कार की ओर प्रेरित होना चाहिए। उमरावमल कहते थे कि कृष्णमूर्ति के विचार शुद्ध सोने की तरह हैं, थोड़ी मिलावट किए बिना सोना गहना नहीं बन सकता। समाज की उपेक्षा करके व्यक्तिनिष्ठ मुक्ति संभव नहीं है।

जैनागमों के अतिरिक्त उन्होंने वेद, उपनिषद, पुराण, कुरान का भी अध्ययन किया। वे यह भी लिखते हैं कि धर्म विज्ञान का विरोधी नहीं, किन्तु मार्गदर्शक है। धर्म के मार्गदर्शन में चलने वाला विज्ञान का विनाश नहीं, विकास करेगा।

घोड़ा और घुड़सवार एक दूसरे के प्रतिद्वन्द्वी नहीं, पूरक हैं। घुड़दौड़ में दौड़ेगा तो घोड़ा ही, जीतेगा भी घोड़ा ही, पर घुड़सवार के मार्गदर्शन के बिना घोड़े का जीतना संभव नहीं। दौड़ना तो घोड़े को ही है, पर कहाँ दौड़ना, कब दौड़ना, कैसे दौड़ना है, इस सबका निर्णय घोड़ा नहीं, घुड़सवार करेगा। योग्य घुड़सवार के बिना घोड़ा उपद्रव ही करेगा। महावत के बिना हाथी विनाश ही करेगा, निर्माण नहीं। जैसे घोड़े को घुड़सवार और हाथी को महावत के मार्गदर्शन की आवश्यकता है, उसी तरह विज्ञान को धर्म के मार्गदर्शन की आवश्यकता है। दुर्भाग्य से आज धर्म को अपनी उपयोगिता और आवश्यकता की सिद्धि के लिए विज्ञान का सहारा लेना पड़ रहा है। जो कुछ भी हो, यदि हमें सुख और शांति चाहिए तो हमें धर्म को अपने जीवन का अंग बनाना ही होगा।

❑

प्रकाशमल बताते हैं कि सेठजी के पास एक स्वर्णखचित कुरआन थी। एक एंटिक विशेषज्ञ ने कहा कि आप किसी भी कीमत पर इसे मुझे दे दो। पर सेठजी ने कहा—"धर्मग्रंथ बेचे नहीं जाते। मैं जैन हूँ। इसलिए कुरआन पाक को किसी ऐसे मुसलमान को देना चाहूँगा जो कुरआन जैसे पवित्र धर्मग्रंथ की इज्जत करे।"

उन्होंने अपने एक परिचित के जरिए एक ईरानी ज़ाइर को स्वर्ण-लिखित कुरआन भेंट कर दी। उमरावमल चाहते तो उस बेशकीमती कुरआन का बड़ा मोल उन्हें मिलता, पर शास्त्र और संतान बेची नहीं जाती।

उमरावमल कहते थे कि मैंने एक महाराजा की तस्वीर को एक एंटिक विक्रेता को इसलिए बेचा कि मेरे दामाद डी.आर. एक विलासी राजा की तस्वीर के आगे भोजन करना नहीं पसंद करते थे। उन्होंने कई पुरा संपदा विनयचंद ज्ञान भंडार, जयपुर को भेंट कर दीं। जयपुर के ये वही महाराजा थे जिन्होंने ढढ्ढा परिवार को अजमेर जाने को विवश किया। वजह यह थी, महाराजा किसी और को दत्तक पुत्र बना कर ढढ्ढों का खजाना हड़पना चाहते थे।

सेवक माणक बताते हैं कि हवेली में उमरावमल के आते ही रौनक छा जाती थी। आँगन महक उठता और द्वार चहक जाता। छोटे-बड़े सभी सेठ साहब से मुलाकात करते थे। दुछतिया हॉल में वे गाव मसनद पर बैठते थे। श्वेत चादर पूरे हॉल में बिछाया जाता था, जहाँ आने-जाने वाले उनके साथ चर्चा-विचारना करते थे।

माणक यह कहना भी नहीं भूले कि हवेली में बसे सभी कारिंदों को उन्होंने कभी नौकर नहीं माना। उनके अपनत्व के क्या कहने! अपने कारिंदो के बच्चों के 'बर्थडे' तक उन्हें याद थे। उस दिन वे उन्हें शुद्ध घी से बनी मिठाई का डिब्बा अपने हाथों से देते थे। कुमुद कहती हैं कि हम अपने परिजनों-स्वजनों की जन्मतिथि याद नहीं रखते, पर 'बाबूसाहब' को सभी की याद रहती थी। हवेली के सभी बाल-गोपालों के लिए वे 'दादोसा' थे। जिस बालक का जन्मदिन होता, उसे 100 रुपए आशीर्वाद के साथ देना वे कभी नहीं भूले। कल्पना कीजिए कि सातवें दशक में 100 का नोट आज के 1000 से तो कम नहीं था।

घर में काम करने वाली वृद्ध बाई बताती है कि वे ऐसे मर्द थे जो किसी के दर्द को नहीं देख सकते थे। मैंने एक बार कहा—'अमुक के घर में दुःख-दर्द है।' उन्होंने चुपचाप मुझे सहयोग के लिए एक बड़ी राशि दे दी। मैंने कहा कि आप अपने हाथ से दे दो। वे बोले कि मैं किसी के स्वाभिमान को ठेस नहीं

पहुँचाना चाहता। तुम उसके नजदीकी हो इसलिए यह कहकर दे देना कि जब तुम अपनी समस्या से उबर जाओ तो ये पैसे वापस मत लौटाना बल्कि तुम्हें कभी अपनी जिंदगी में लगे कि तुम्हारी तरह और कोई परेशान है तो उसे यह रकम दे देना और उसको भी कहना कि वह भी अपनी समस्या से उबर जाने पर दूसरे के लिए सहयोगी बने। यह था उनका सेवा-चक्र और सेवा-भाव का दर्शन। कई बार तो सेठानी साहिबा को भी बिना पूछे दुखी-दर्दी को सहयोग कर देते, पर वे ऐसे गुप्तदानी थे कि एक हाथ से दूसरे हाथ को भी पता नहीं चलता। ❑

किसी ने आचार्य श्री हस्ती से इस बात की आलोचना की कि उमरावमल हिन्दू मंदिरों में भी जाते हैं। क्या यह मिथ्यात्व नहीं है? आचार्य श्री ने कहा कि श्रावक आत्मधर्म को ही नहीं, गृहधर्म, ग्रामधर्म और राष्ट्रधर्म को भी मानता है। ऐसा महावीर ने कहा है। मैं निर्लेप नारायण को जानता हूँ कि वे साधना के किस भाव में जी रहे हैं। वे मंदिर ही नहीं, मस्जिद भी जाएँ तो मुझे कोई एतराज नहीं। जिसकी दृष्टि सम्यक् है, उसका हर आचरण भी सहज, सरल और शुद्ध होता है। मुझे मालूम है कि हवेली में शिवाला है। वे परंपरागत शिवाले में बैठकर ही सामयिक करते हैं। आचार्य श्री के शब्दों से सत्य उजागर हो रहा था।

दूसरे दिन उन सज्जन ने सेठ साहब के चरण-स्पर्श कर क्षमा माँगी। सारी कहानी सुनाई। मेरी भूल को आचार्यवर ने फूल बना दिया। सारी व्यथा-कथा सुनकर उमरावमल ने स्नेहपूर्वक कहा कि आप मेरे स्वधर्मी बंधु हैं। इससे क्या फर्क पड़ा? उन्होंने उसको यह अनुभव तक नहीं होने दिया कि उनकी बात से उनको कष्ट हुआ। उमरावमल ने उन्हें हवेली के नीचे खड़े वाहन में बिठाकर हाथ जोड़ विदाई दी। शिकायती श्रावक की आँखें आँसुओं से नहाकर पावन हो गईं। उमरावमल ने तो अपना जीवन इस दोहे के इर्द गिर्द जिया—*निंदक नियरे राखिए/ आँगन कुटी छवाय/ बिन साबुन उज्ज्वल करे/ निरमल करे स्वभाव।*

सेठानी साहिबा ने पूछा कि आज उन सज्जन से आपकी मीटिंग इतनी लंबी कैसे हुई? स्वभाव के विपरीत दो बार चाय पी गए। क्या खास बात थी? सेठ साहब हँसे। "कुछ खास बात नहीं। आचार्य श्री ने मेरी प्रशंसा की तो इन सज्जन के मन में भाव जगे कि ऐसे श्रावक से मुझे मिलना चाहिए।" सेठजी ने निंदा

प्रसंग को गोल-मोल कर दिया, वरना सेठानी साहिबा के मन में उस व्यक्ति के प्रति दुर्भावना पैदा हो सकती थी। भद्रिकमना सेठानी ने सेठ जी की बात को स्वीकारा। वे कितने संवेदनशील थे! सेठानी तो भद्रिकमना थीं, उनके लिए पति का वचन ही किसी प्रवचन से कम नहीं था। श्राविका श्रीकँवर को यदि ये सारी बातें पता चलतीं तो उनके मन में उस व्यक्ति के प्रति दुर्भावना जगती। दुर्भावना से कषाय की वृद्धि होती है। एक जैन सूत्र ने तो यहाँ तक कहा कि 'कषाय मुक्ति किल मुक्तिरेव'। कषाय भाव से मुक्ति का अर्थ है—अकषायी होना। वीर प्रभु ने कषाय के चार भेद बताए हैं—क्रोध, मान, माया और लोभ। उमरावमल ने मन ही मन सोचा एक कवि की भाषा में—*आवत गाली एक हैं/ उलटत हुए अनेक/ जो गाली देवे नहीं/ रहे एक की एक।*

इस बात से सहज अनुमान लगाया जा सकता है कि उन्होंने अपने गुरु के प्रवचन सुने ही नहीं बल्कि उनको जीवन में उतारा भी। वे आचरण के साथ जागरण को महत्त्व देते थे। अगर साधक की आत्मा सुप्त है, तो उसे किसी भी शास्त्र, आचार्य और गुरु के ज्ञान का प्रभाव नहीं पड़ेगा।

एक श्रावक ने उनसे पूछा—"मैं लगातार सामयिक करता हूँ, प्रवचन भी सुनता हूँ, पर जीवन में कोई बदलाव नहीं आया।" उमरावमल ने कहा—"घड़ा उल्टा है तो सौ सावन भी बरसे तो घड़े में एक बूँद पानी की नहीं जाएगी। घड़ा सुल्टा है तो वह एक बारिश में भी लबालब हो जाएगा। वीतरागियों, संतों, ग्रंथों और पंथों ने मन के घट को सुल्टा रखने की बात कही है। हमारे दर्शन में 'घट' शब्द आत्मा के अर्थ में और 'पट' शब्द शरीर के लिए प्रयुक्त है।

❑

उमरावमल पर उम्र का असर होने लगा। उनके इकलौते बेटे दिल्ली में कार्यरत थे। उनका बार-बार अजमेर आना संभव नहीं था। उन्होंने उमरावमल से कहा कि पिताजी, आप अब हमारे साथ ही रहोगे। बहुत अनुनय के बाद उन्होंने हाँ की। वे दिल्ली के लिए पुत्र के साथ प्रस्थित हुए।

उमरावमल को हवेली छोड़ते पीड़ा हुई। वह न कही जाए, न सही जाए। हवेली की नींव से लेकर कंगूरे-कंगूरे से वे भी परिचित थे। आज उनको लगा कि पत्थरों के हृदय भी पसीज गए। वे द्वार से लड़खड़ाते कदमों के साथ निकले। हवेली की खिड़कियाँ उनको निहार रही थीं। वह बुलंदद्वार ऐसा प्रतीत हो रहा था

जैसे आज वह खोलने पर भी नहीं खुलेगा! दीवारें बोल रही थीं कि ये काल्पनिक प्रश्न हैं। पर जब मन:स्थिति परिस्थिति को प्रभावित करती है तो परिस्थिति भी मन:स्थिति को क्यों नहीं स्पंदित करती है? उमरावमल अक्सर गाते थे कि 'इस अंजुमन में आपको आना है बार-बार। दीवारों दर को पहचान लीजिए।'

उमरावमल दिल से दिल्ली नहीं जाना चाहते थे, पर उनके पुत्र के दायित्वों को वे जानते थे। उनकी तबियत की चिंता उनके पुत्र के दायित्व निर्वहन में असहयोगी थी। प्रकाश का एक पाँव दिल्ली की दहलीज पर, दूसरा अजमेर की चौखट पर होता था।

दिल्ली में उनकी देख-रेख होने लगी। पुत्र एवं पुत्रवधू, पोते-नाती-नातिन, दामाद और पुत्री—सभी सेवा में लीन थे। प्रकाश मल के संस्कारों में था—मातृदेवो भव, पितृदेवो भव जबकि आज की पीढ़ी के लिए लक्ष्मी देवो भव, गृहलक्ष्मी देवो भव है। यह बात जब उमरावमल ने बताई तो सभी खिलखिला गए।

दिल्ली में उमरावमल की बेटी विमला का परिवार भी रहता है। भारतीय प्रशासनिक सेवा के वरिष्ठ अधिकारी डी.आर. मेहता उनके दामाद हैं। प्रकाशमल ढढ्ढा के निवास पर सभी परिजन उनसे मिलने आते थे। स्वास्थ्य में भी सुधार हो रहा था। दीपक का जब निर्वाण होता है तो वह कुछ पलों के लिए तेज प्रकाश से परिवेश को प्रकाशित करता है। उमरावमल की जीवन-ज्योति अब बुझने को थी। शरीर की निष्क्रियता के बावजूद वे चेतना के तल पर जाग्रत थे।

वसंतकुंज दक्षिणी दिल्ली की सुंदर कॉलोनी है। पुत्र और परिवार के साथ वे दिल्ली आ गए, पर अभी भी आँखों में अजमेर बसा था।

बहू कुमुद बताती हैं कि वे रात को जल्दी सोते थे। सुबह जब मैं चाय का कप लेकर आती तो वे कहते कि मैं सामयिक के बिना मुँह में कुछ नहीं डालता। तब प्रकाश बाबू ने कहा कि अब आप मेट्रो सिटी में हैं। अपने स्वास्थ्य के अनुसार यह नियम तोड़ो, पर उन्होंने कभी नियम नहीं तोड़ा।

कुमुद बताती हैं कि प्रकाश सर्विस पर चले जाते। एक दिन बाबूसा ने कहा कि बिनणीसा, तुमने आज तक घूँघट रखा, पर अब यह पर्दा तुम्हें हटा देना चाहिए। मुझे अब पढ़ने में दिक्कत होती है इसलिए तुम अब एक-एक कर सारे आगम मुझे सुनाओ। 'पुप्फभिक्खु' के हिन्दी आगम मँगाए। वे तब तक सुनते रहते जब तक उनकी आँखों में नींद नहीं घुलती। कुमुद कहती है कि

उनको सुनाने के बहाने से मैंने भी कई आगम पढ़ लिए। कभी विमला से कहते कि जहाँ तक कुमुद ने सुना दिया, तुम उसके आगे सुनाओ। बहू और बेटी से सारे शास्त्र सुने। अनुवाद के बारे में उनकी दृष्टि उनकी डायरी में देखने को मिलती है। उत्तम से उत्तम अनुवाद मूल की बराबरी नहीं कर सकता और निकृष्ट से निकृष्ट अनुवाद में भी मूल का परिचय देने की उपयोगिता पाई जा सकती है।

उनका कहना था कि बाकी आगमों में तो आचार्यों ने हेरफेर किया पर आचारांग के प्रथम श्रुतस्कंध में मुझे महावीर का स्वर सुनाई देता है। इसका अर्थ यह हर्गिज नहीं है कि शेष आगम मिथ्या हैं। प्राचीनकाल में श्रुतों को श्रमणों ने सुनकर अपने स्मृतिकोष में सुरक्षित किया। मैं और विमला बाईसा उनको तब तक आगम सुनाते जब तक कि वे सो नहीं जाते।

❑

विमला बताती हैं कि पिताजी के एक दोस्त थे। एक बार उन्होंने कहा—''यार, पिताजी की छोटी-सी पेंशन से गुजारा हो जाता है, पर बहन की शादी सामने है। ससुराल वालों को तामझाम पसंद है। ऐसे में मैं क्या करूँ?''

उमरावमल की आँखों में नमी बरसी। वे बोले—''यारा मेरे पास 20,000/- नकद पड़े हैं। तेरी बहन जो मेरी भी बहन है, उसकी शादी में कितने खर्च होंगे?'' मित्र ने उमरावमल से कोई पाँच-सात हजार रुपए माँगे। उमरावमल ने कहा—''समझ ले, ये तेरी बहन की नहीं, मेरी बहन की शादी है।'' उन्होंने दरीखाने में दोस्त को बिठाया। कहा कि मैं चाय के लिए कहने जा रहा हूँ। चाय आई, उसके पहले बीस हजार नकद अपने मित्र को दिये। बातचीत जारी थी। इतने में हवेली का कार्यकर्ता चाय ले आया। बातचीत को संकेत से समझाते हुए उमरावमल ने मित्र को चुप्पी साधने को कहा।

चाय रख जब कार्यकर्ता चला गया तो उन्होंने कहा कि यह बात तुम्हारे और मेरे बीच की है। चार कान के सिवाय ये छः कान तक न जाए। मित्र ने कहा कि मैं आपकी मानता हूँ, पर अपनी बहन को जरूर कहूँगा कि सेठ उमरावमल ने ही तुम्हारे हाथ पीले कराए हैं। सेठ उमरावमल ने नकारा तो उसने कहा कि मैं वादा करता हूँ कि बहन के सिवाय यह बात कहीं नहीं जाएगी, वरना यह पैसा लेना मेरे लिए अनैतिक है।

सप्तपदी का अवसर आया। मित्र ने कहा माता-पिता की जगह आप और सेठानी साहिबा बैठें, पर उमरावमल नहीं माने। वे व्यवहार धर्म के विज्ञाता थे। वे सपत्नी सप्तपदी तक बैठे रहे, जबकि अन्य जन विदा हो गए। सप्तपदी होते ही जब माता-पिता के चरण ढोकने नवदंपती आया तो बहन की आँखें नम थीं। उमरावमल और उनकी धर्मपत्नी की आँखों में खुशी की झील लहलहा रही थी। उन्होंने नवदंपती के जीवन में परिणय के बाद निरंतर प्रणय पीयूष वर्षण होने का शुभाशीष दिया। जब बहन उनके सामने आई तो उसकी आँखें आँसुओं से नम थीं। उन सज्जन ने यह भी बताया कि जब भी बहन-बहनोई हमारे घर आते हैं, तो पहले 'ढढ्ढा हवेली' जाकर आते हैं।

उमरावमल का भरापूरा परिवार था। ढढ्ढों की हवेली में कई पीढ़ियों बाद इतनी चहल-पहल हुई। उमरावमल पुत्र-पुत्रियों, नाती-पोतों से घिरे रहते थे। वे अक्सर हमसे कहते कि सूनी हवेली अब रौशन हुई है। चहकते-महकते बच्चों में दादा-नाना की भूमिका को उन्होंने बखूबी निभाया।

वैसे वे 'रिजर्व नेचर' के थे, पर नाती और पोतों के आग्रह पर वे हवेली की छत से पतंग उड़ाते थे। 'वो कट्टा, वो कट्टा' के कहकशों का वे भरपूर मजा लेते थे। नाती-पोते उन्हें यह भूलने को मजबूर करते थे कि वे बूढ़े हो चुके हैं।

अजमेर में हिन्दू पतंगबाजी में और मुसलमान कबूतरबाजी में निपुण थे। पीढ़ी के अंतराल को तो उन्होंने अपनी जिंदगी में आने ही नहीं दिया। वे बच्चों में बच्चे, युवाओं में युवा और बूढ़ों में बूढ़े हो जाते थे। यही उनके स्वभाव की विशेषता थी कि उन्होंने एक जीवन में कई जीवन जिए।

19 मई, 1931 को विवाहित उमरावमल कभी मजाकिया लहजे में कहते कि अगर मैं विवाह नहीं करता तो किसी बंधन में नहीं बँधता। हिन्दी भाषा में ठीक ही कहा जाता है कि अमुक श्रीमान अमुक श्रीमती के साथ विवाह-बंधन में बँधे। वास्तव में विवाह बंधन ही है। पर हम दोनों ने इस बेड़ी को रेशमी डोरी बना एक स्वस्थ मस्त वैवाहिक जीवन जिया। कभी वे नाराज होतीं तो मैं चुप हो जाता। मैं नाराज होता तो वे मुँह पर ताले जड़ लेती थीं। पत्नी गृह मंत्रालय सँभालती और मैं विदेश मंत्रालय। यानी घर की चिंता मैं नहीं करता, बाहर की चिंता वे नहीं करतीं। यही हमारे सुखद दांपत्य का राज है।

वे कहते थे, बुजुर्ग की सेवा के साथ उनकी शुश्रुषा भी करनी चाहिए। सेवा शुश्रुषा शब्द को एक साथ पढ़ा जाता है। उमरावमल ने कहा कि सेवा का अर्थ

तो लोकप्रसिद्ध है, पर शुश्रुषा का अर्थ है—बुजुर्गों की बातों को सुनो। उनसे बात भी करो। इस तरह शुश्रुषा का अर्थ है—सम्यक् रूप से सुनना।

उनके एक करीबी का कहना है कि सेठजी मितव्ययी थे पर कंजूस नहीं। भोजन समय पर करते थे, पर भोजन में 'उनोदरी तप' की साधना भी करते थे। उनोदरी का आशय है 'उन' यानी 'न्यून' भोजन करना। पेट को थोड़ा खाली रखना। उनोदरी तप पर एक संत ने ठीक कहा है कि उपवास करना आसान है, पर स्वादिष्ट खाने को बीच में रोकना कठिन। पुत्रवधू कहती हैं कि दो पतली रोटी और सब्जी लेते थे। पाँच विगय में से एक विगय का हमेशा त्याग करते थे। विगय का अर्थ घी, तेल, दही, खट्टा, मीठा—इनमें से एक का हमेशा त्याग करते थे।

हवेली की 'कुक' किशनीबाई बताती है कि कई बार वह नमक डालना भूल जाती तो सब कहते—बाईजी, आप नमक डालना भूल गईं, पर बाबूसा ने कभी शिकायत नहीं की। उनकी अपनी आहार शैली थी। वे हमेशा कहते थे कि चीनी और नमक हम बेमतलब खाते हैं। ये दोनों चीजें हमें अन्न, फल और सब्जियों से सहज उपलब्ध हैं। उन्होंने कभी खाने के आस्वादन को लेकर शिकायत नहीं की। 'इट विदाउट टेस्ट' की वे बात करते थे।

बहूजी कहती हैं, वे हमेशा मुझे नैतिक जीवन के लिए प्रेरित करते थे। कुमुद की आँखों में आँसू तैर आए जब उन्होंने कहा कि जितना नेह पिता से नहीं मिला, उससे कई गुना नेह ससुर साहब से मिला। जब से प्रकाशमल ढढ्ढा उन्हें दिल्ली ले आए, उनकी आँखों में अजमेर बसा था। ढढ्ढा हवेली दरगाह के नजदीक थी। इसलिए फज़्र की नमाज की अजान के साथ वे सामयिक करने लग जाते। वे इस्लाम की नमाज और जैन साधना के प्रतिक्रमण के समय संयोग की बात करते थे। वे कहते—सुबह-शाम अजान के समय ही प्रतिक्रमण का समय भी होता है। पर वसंत कुंज के आस-पास अजान सुनाई नहीं देती है इसलिए वे अलार्म लगा कर सोते थे, ताकि सुबह-शाम सामयिक समय पर कर लें।

उन्हें श्रावकचर्या में आनंद का अनुभव होता था। एक बार उन्हें एक ऐसा श्रावक मिला जो कभी-कभार ही नहाता था। वह श्रावक इस बात का वास्ता देता था कि उसकी साधना श्रमण साधना से कम नहीं है। इसलिए श्रावक आधे-अधूरे श्रमणधर्म की बजाय पूर्ण श्रावक धर्म को अपनाए, पर जब कोई श्रावक श्रमण की चर्या का अनुकरण करता है तो वह श्रमण नहीं हो जाता। राम

होना अलग बात है और रामलीला का राम बनना दूसरी बात है। दिखाऊ आचरण उन्हें नापसंद था। वे नकली अनुकरण के विरुद्ध थे। उनकी डायरी में हजारी प्रसाद द्विवेदी के विचार-प्रवाह देखने को मिलते हैं—'लज्जा प्रकाश ग्रहण करने में नहीं होती, अन्धानुकरण में होती है। अविवेकपूर्ण ढंग से जो भी सामने पड़ गया, उसे सिर-माथे चढ़ा लेना, अन्ध भाव से अनुकरण करना, जातिगत हीनता का परिणाम है। जहाँ मनुष्य विवेक को ताक पर रखकर सब कुछ की अन्ध भाव से नकल करता है, वहाँ उसका मानसिक दैन्य और सांस्कृतिक दारिद्र्य प्रकट होता है, किन्तु जहाँ वह सोच-समझकर ग्रहण करता है और अपनी त्रुटियों को कम करने का प्रयत्न करता है, वहाँ वह अपने जीवंत स्वभाव का परिचय देता है।'

सेठजी ने श्रेष्ठ श्रावक बनने की कोशिश की। श्रमणधर्म महाव्रतियों के लिए है और श्रावक धर्म अणुव्रतियों के लिए है। उनका जीवन खुली किताब थी। उनका आचरण आवरण-मुक्त था। इसलिए उन्होंने अपने जीवनकाल में ही आचार्य श्री के सामने अपने सभी गुप्त क्रिया-कलापों की आलोचना कर प्रायश्चित्त कर स्वयं को शुद्ध किया।

एक बार उन्होंने बताया कि सामयिक पाठ में जहाँ 'सावज्जं जोगं पच्चक्खामि' अंश आता है, वहाँ सावज्ज का अर्थ सावद्य है, अर्थात् वद्य पाप, उसके सहित। भाव यह है कि सामयिक में उन सब कार्यों का त्याग करना होता है, जिनके करने से पाप कर्म का बन्ध होता है। आत्मा में पाप का स्रोत आता है।

पुत्रवधू कुमुद आगमों की स्वाध्याय सुनाती थीं। उन्हें दवा, दूध, चाय और उपयुक्त आहार के बाद सागारी संथारा करवा देती थीं। सागारी संथारा अर्थात् सावधिक संथारा इस भाषा में किया जाता है—*आहार शरीर उपधि/ पचखूं पाठ अठार/ मरण को वे तो वोसिरूं जीवूं तो आगार* अर्थात् मैं अब भोजन, शरीर, साधन, स्मृति और अठारह पाप स्थानों को छोड़ रहा हूँ। मरण का वरण हो जाए तो मैं इन सभी का त्याग करता हूँ। सागारी संथारा आजीवन अनशन का सूक्ष्म रूप है। सागारी संथारा सभी श्रावकों के लिए अनिवार्य व्रत है।

एक दिन उमरावमल अपने पुत्र और पुत्रवधू दोनों से बोले कि 'अब आयुष्य वृक्ष की जड़ हिलती जा रही है। शाखाओं, डालियों और पत्तों पर पानी छिड़कने से कुछ लाभ होने वाला नहीं है। मुझे अब संयम से जीवन की अंतिम

साँस लेने दो। अब डॉक्टर, वैद्य व हकीमों की जरूरत नहीं है। मैं उधारी जिंदगी नहीं जीना चाहता हूँ।' उनकी दृष्टि निर्मल थी। इसलिए बोले कि 'पूरे परिवार ने मेरी सेवा में कोई कमी नहीं रखी, पर आयु का एक पल भी न कोई घटा सकता है न कोई बढ़ा सकता है। मुझे कई वर्ष पूर्व साधना अवस्था में अनुभव हुआ कि मेरी मृत्यु नदी या सागर तट के पास होने वाली है। अब मैं जाह्नवी के तट के निकट अंतिम साँस लूँगा।'

कुमुद कहती हैं कि हम उन्हें टोकते—'आप मृत्यु की बात मत किया करो।' वे बोलते कि 'नहीं' अध्यात्मजीवी को सदैव मृत्यु को स्मरण रखना चाहिए। मरण का स्मरण सुमिरन बन जाता है।' लगातार वे शास्त्र सुनते थे। बीमारी की वेदना में भी समत्व भाव को जीते रहे। वे कहते थे कि हँस-हँसकर बाँधे कर्म को रो-रोकर काटने से कर्मों की फसल बढ़ती है, पर उन्हीं कर्मों को आर्त और रौद्र ध्यान की अपेक्षा धर्म-ध्यान की साधना से जीवन ऊर्ध्वारोहण की ओर अग्रसर होगा। धर्म-ध्यान का अभ्यास जब गहन हो जाएगा तो शुक्ल-ध्यान की साधना सहज संभव होगी।'

पुत्रवधू ने कहा कि बाबूसा शास्त्रज्ञ थे। मैंने एक बार पूछा कि श्रद्धेय, आपको गुरुदेव श्री हस्ती 'निर्लेप नारायण' कहते हैं। इसके विशेषण का अर्थ समझाओ।

बहुत निष्काम भाव से बोले कि 'यह तो गुरुदेव की कृपा है। उन्होंने मुझ अकिंचन को यह सम्मान दिया, पर नर को नारायण बनने के लिए आत्मा को हलुकर्मी बनना होगा। हलुकर्मी-सहज सरल होता है। हल्का होता है। जीवन पर अष्टकर्म के लेप दर्ज हैं। इन लेपों को एक-एक कर कम करने से आत्मा हल्की होती जाएगी। हल्का फूल पानी में तैरता है। भारी पत्थर पानी में डूबता है। इसलिए मन को हल्का बनाना है। भारी तन जैसे रोगों का घर बनता है, वैसे ही भारी मन तनावग्रस्त होता है।' एक साँस में श्रावक उमरावमल ने अपनी साधना दृष्टि समझा दी कि जब कर्मों का भार हल्का होगा तभी नर की यात्रा नारायण के लक्ष्य तक पहुँच सकती है।

दिल्ली में बीमार उमरावमल ने अपने गिरते तन-बल के बावजूद मन को मजबूत बनाए रखा। वेदना होती तो भी उसे व्यक्त कर व्यापक नहीं बनाते थे। वे कहते थे—'खुशियाँ बाँटते रहना चाहिए। दर्द के हलाहल को नीलकंठ बन कर पीना चाहिए।' उनकी यह भावदशा देख लगता है कि सच में वे निर्लेप नारायण थे।

अपने दौहित्र से बात करते हुए एक दिन वे बोले कि 'अच्छी किताबें पढ़नी चाहिए। किताबें हमारी सबसे अच्छी दोस्त होती हैं। वे व्यक्ति को यौवन में मार्गदर्शन देती हैं और बुढ़ापे में उसको सांत्वना देती हैं। स्वाध्याय से ही सामयिक शुद्ध होती है। स्वाध्याय का शास्त्र पढ़ना ही नहीं बल्कि स्व यानी आत्मा का अन्वीक्षण आत्मद्रष्टा बनना ही स्वाध्याय है।'

दिल्ली में वे अपनी बीमारी के दिन काट रहे थे पर उनकी आत्मिक सजगता में कभी कमी नहीं हुई। सामयिक किए बिना पानी की घूँट भी नहीं लेते थे। रात्रि भोजन से तो उनका परहेज था। प्रण प्राण से भी ज्यादा प्रिय थे। वे कहते थे कि 'आध्यात्मिक ऊर्जा से तन की बीमारी भी ठीक होती है।'

एक दिन उन्होंने आहार संयमन का संकल्प किया। परिजनों ने पूछा कि आप भोजन कम क्यों कर रहे हैं? उन्होंने कहा कि 'मैंने श्रीमद् राजचंद्र के जीवन को पढ़ा है। उन्होंने अनशन करके शरीर को सुखा दिया। एक बार एक जिज्ञासु ने पूछा कि आप शरीर को क्यों सुखा रहे हैं? श्रीमद् ने उत्तर दिया कि मेरी आत्मिक ऊर्जा का एक स्रोत है अगर इसे देह से सींचूँगा तो आत्मा कमजोर हो जाएगी। यदि देह के क्षेत्र को सींचूँगा तो आत्मा की क्यारी सूख जाएगी। मेरे लिए आत्मा का क्षेत्र महत्त्वपूर्ण है। इसलिए देह सूखती है तो मुझे कोई व्यथा नहीं। श्रीमद् कहते थे कि देह छत्तां जेनी दशा, बरते देहातीत। ते ध्यानी ना चरण मां वंदन हो अगणित।'

उमरावमल का शरीर साथ नहीं दे रहा था, फिर भी उन्होंने अपने मुखमंडल पर पीड़ा को कभी अभिव्यक्त नहीं होने दिया। वे मौन साधने लगे। शरशैया पर लेटे भीष्म पितामह की तरह उमरावमल अस्पताल के पलंग पर सोए हुए थे। वे बार-बार परिजनों से आग्रह कर रहे थे, अब उन्हें उधारी जिंदगी नहीं चाहिए। डॉक्टर लगातार चैकअप करते थे। एक दिन डॉक्टर से बोले कि 'यह जिंदगी की चादर अब इतनी फट चुकी है कि इस पर कोई पैबंद नहीं लग सकता। आप भी परिजनों को कहो कि वे मोह छोड़ें ताकि मैं आत्मस्थ होकर मरण का वरण कर सकूँ।'

पुत्र प्रकाशमल, पुत्री विमला और पुत्रवधू कुमुद उनकी बातों से अधीर हो जाते तो वे मौन साध लेते, पर बार-बार द्वार पर उनकी दृष्टि जाती। वे अपने दामाद डी.आर. को देखना चाहते थे। घरवालों ने बताया कि वे फ्लू से ग्रस्त हैं। डॉक्टर्स ने साफ मना किया है कि वे बीमार के पास नहीं जाएँ। उखड़ते शब्दों से उमरावमल बोले—'मेरा दुर्भाग्य है कि गुरु हस्ती के अंतकाल में हृदयाघात हो

गया, जिससे अपने सद्‌गुरु के अंतिम दर्शन से वंचित रहा। अब जब मैं जीवन की अंतिम घड़ियाँ गिन रहा हूँ तब मेरे प्रिय दामाद को 'फ्लू' हो गया। इसलिए संयोग-वियोग की भावना से आत्मा को ऊपर उठा लेना चाहिए।' वे आगम पाठ दोहराते हुए बोले—'एगो मे सासवो अप्पा सेसा बहिरा भावा'। मेरी तो बस एक आत्मा है, शेष सभी बाह्य भाव हैं।'

दुखी परिजनों के बीच में वे एक दिन आचारांग सूत्र को उद्धृत करते हुए बोले—'जे विन्नाणे से आया, जे आया से विन्नाणे।' अर्थात् ज्ञान आत्मा का स्वभाव है, वह कभी मर नहीं सकता। आत्मा के साथ लगातार बना रहता है। महावीर तो आत्मा और ज्ञान में अभेद संबंध मानते हैं और यहाँ तक कहते हैं कि 'जो ज्ञान है, वह आत्मा है और आत्मा ही ज्ञान है'। इसलिए देह के गेह को छोड़ने वाली आत्मा कभी मरती नहीं।

❑

एक दिन जिद करके अस्पताल से वसंतकुंज आवास पर आ गए। डॉक्टर का परामर्श नहीं माना। उन्होंने कहा कि मैं शांतिपूर्वक संसार से विदा होना चाहता हूँ, तनावपूर्वक नहीं। आदमी जीवन भर तनाव में जीता है। कम से कम मृत्यु तो संतोष से होनी चाहिए। वे बोले—'संतोष ऐसी अनुभूति है, जो प्रगति के असंख्य खजानों के द्वार खोलती है। जो संतुष्ट हो जाता है, वह ही दूसरों का ख्याल रख सकता है। असंतोष की भट्ठी में जाने/अनजाने जिसने खुद को झोंक दिया, वह न तो कभी स्वयं को उपलब्ध हो पाता है और न ही दूसरों को उनका प्राप्य लेने देता है।'

वे अब थोड़ा बहुत आहार और औषध लेते थे। अहर्निश सुमिरन करते थे ताकि मरण सुमरण हो सके। उनकी भावदशा को आचार्य अमितगति के शब्दों में इस तरह व्यक्त कर सकते हैं—*शरीरतः कर्तुमनन्त-शक्तिं/ विभिन्न मात्मान-मपास्दोषम्/ जिनेन्द्र! कोषादिव खड्‌ग्यष्टिं/ तव प्रसादेन ममास्तु शक्तिः।*

हे जिनेन्द्र , आपकी स्वभाव सिद्ध कृपा से मेरी आत्मा में ऐसा आध्यात्मिक बल प्रकट हो कि मैं अपनी आत्मा को कार्मण शरीर आदि से वैसे ही अलग कर सकूँ जैसे म्यान से तलवार अलग की जाती है। मेरी आत्मा अनन्त शक्ति से संपन्न है और सम्पूर्ण दोषों से रहित होने से निर्दोष वीतराग है।

उमरावमल की बिगड़ती सेहत से घर-परिवार की खुशी की चिड़िया जैसे फुर्र हो गई। हमेशा अध्यात्म और आत्मबल के धनी उमरावमल को अनुभव हुआ

कि अब साँस की पतली डोर से बँधी जिंदगी कभी भी टूट सकती है। पूरे परिवार में उनकी सेहत की चिंता और चर्चा थी, पर उन्हें मृत्यु का कोई भय नहीं था। वे मृत्यु को भी मित्र मानते थे जो शरीर-रूपी पुरातन वस्त्रों को उतार नए वस्त्र पहनने को देती है, वह मृत्यु कैसे शत्रु हो सकती है?

चिंतातुर परिजनों के बीच एक दिन उमरावमल बोले कि किसी को यह पता चल जाए कि उनके घर-द्वार आने वाला अतिथि अंतिम है, इसके बाद कभी उनके घर में कोई अतिथि नहीं आएगा। इस सच को जानने के बाद घर के लोग अच्छा भोजन, श्रेष्ठ वस्त्रोपहार और पलक पाँवड़े बिछाकर उनका स्वागत करेंगे या नहीं क्योंकि अब घर में किसी आगत का यह अंतिम स्वागत होगा। रंगोली सजेंगी। बंदनवारें बनेंगी। बड़ी मान-मनुहारें होंगी। हकलाते शब्दों में उमरावमल ने अपनी बात पूरी की। फिर प्रश्न पूछा कि क्या मैं मिथ्या भाषण कर रहा हूँ? सभी ने उनकी बात का समर्थन किया। किसी ने 'न' में सिर नहीं हिलाया।

सभी ने कहा कि ऐसे अतिथि जिसके बाद कोई अतिथि नहीं आएगा, उसके स्वागत में सर्वस्व न्यौछावर करेंगे। चमकती आँखों और होंठों पर मंद मुस्कान लिए उन सबसे 'हाँ' करवाने के बाद उमरावमल बोले कि महादेवी वर्मा ने मृत्यु को जीवन का अंतिम पाहुन अर्थात् अंतिम अतिथि कहा है। भला उसके आने पर हँसना-मुस्कुराना चाहिए, कि गीली आँखों से मुरझाए मुँह से हम अनमोल अतिथि से नहीं मिलेंगे? उमरावमल ने ही प्रश्न किया और उत्तर में उमरावमल के एक बालसखा ने कहा कि कोर्ट में तो वकालत की नहीं। अब सारे तर्क के तीर अपने तरकश से निकाल रहे हैं। उमरावमल फिर क्लांत होकर शांत हो गए।

अंतिम समय उनकी वाचा पर आचारांग सूत्र के ये शब्द थे—'जत्थ सरा निव्वंत ते तक्का तत्थ न विज्जई।' आत्मा इन्द्रिय और मन से अगोचर है। आत्मा अरूपी है, उसका कोई रूप-रंग नहीं। आत्मा में स्पर्श, रस, गंध नहीं होते। ये सब जड़ पुद्गल प्रकृति के धर्म हैं, आत्मा के नहीं। दृश्यमान देह के अदृश्य होने से आत्मभाव पर कोई प्रभाव नहीं पड़ता।

गोविन्द वल्लभ पंत अस्पताल का कॉटेज रूम। सारे परिजन उनके आस-पास बैठकर सुखविपाक सूत्र का वाचन कर रहे थे। अचानक काल का विकराल प्रकोप हुआ। शांत भाव से लेटे हुए उमरावमल ने इस असार संसार से विदाई ली।

पृथ्वी तत्त्व मिट्टी में लीन हुआ। जल तत्त्व जल में विलीन, अग्नि तत्त्व चिता की आग में लीन हुआ। साँस वायु में समा गई। आकाश में इन्द्रियाँ उड़ गईं।

परिजनों, हितुओं और मितुओं की आँखों में आँसू अठखेलियाँ कर रहे थे। 15 दिसम्बर, 1910 को अवतरित और 5 सितम्बर, 1992 को इस पृथ्वी उपग्रह से एक महान व्यक्तित्व ने चिर विदाई ली। फूल से सुगंध और पानी से वाष्प की तरह चेतना अनंत व्योम विहार पर निकल गई। शेष रह गईं सुखद स्मृतियाँ। ये स्मृतियाँ सदैव दुखद अनुभवों को सांत्वना देंगी। फूल मुरझा जाता है पर अपनी सुगंध से पूरे परिवेश को महका देता है। उमरावमल ने जिस साधना, शिक्षा और संघर्ष को जिया, उससे सिद्ध होता है कि लौकिक होकर भी वे अलौकिक व्यक्तित्व थे। छोटी-सी जिंदगी में वे महान आचरण के आदर्श छोड़ गए। आदर्शों के इन चरण-चिह्नों पर उनके चाहने वाले चलेंगे। कभी भी विस्मृतियों के अंधकार में उनको नहीं डूबने देंगे। युग-पुरुष के चले जाने से एक युग का पटाक्षेप हो गया।